S0-FCX-188

LES ASSASSINS SONT PARMI NOUS

Pierre Bellemare est né en 1929. Dès l'âge de dix-huit ans, son beau-frère, Pierre Hiegel, lui ayant communiqué la passion de la radio, il travaille comme assistant à des programmes destinés à R.T.L. Désirant bien maîtriser la technique, il se consacre ensuite à l'enregistrement et à la prise de son, puis à la mise en ondes.

C'est Jacques Antoine qui lui donne sa chance en 1955 avec l'émission « Vous êtes formidables ». Parallèlement, André Gillois lui confie l'émission « Télé Match ». A partir de ce moment, les émissions vont se succéder, tant à la radio qu'à la télévision.

Au fil des années, Pierre Bellemare a signé plus de quarante recueils de récits extraordinaires.

PIERRE BELLEMARE
JACQUES ANTOINE
MARIE-THÉRÈSE CUNY

Les assassins
sont parmi nous

Tome I

ÉDITION° 1

EN JAGUAR LE DIMANCHE

Madame la concierge a prévenu la police. Mme la concierge est profondément outrée. Son vilain menton exprime à la fois le mépris et une juste colère :

« Cette fille, monsieur l'agent ! Elle est encore partie faire la bringue avec je ne sais qui ! Et elle laisse son bébé hurler la nuit entière ! C'est un scandale ! Une fille comme elle, monsieur l'agent, ne devrait pas faire d'enfant ! Le bon Dieu ne devrait pas permettre ça ! »

Dans l'escalier étroit, Mme la concierge prend toute la place, et M. l'agent la suit deux marches en arrière.

« Est-ce qu'elle a l'habitude de faire ça ? De laisser le bébé toutes les nuits ?

— C'est pire que ça, monsieur l'agent ! Elle ne le laisse pas d'habitude, figurez-vous ! Figurez-vous que mademoiselle reçoit des hommes chez elle ! C'est honteux, avec cet enfant qui dort dans la pièce à côté ! Un scandale, je vous dis !

— Quel âge a l'enfant ?

— Oh ! ça !... A peine quatorze ou quinze mois, le pauvre ! »

M. l'agent s'arrête, sa patience a des limites :

« Ecoutez, madame, faudrait savoir de quoi vous vous plaignez ! D'après vous, il s'agissait de tapage nocturne, et tout ce que j'entends c'est un bébé qui braille.

— C'est pas du tapage nocturne, ça ? Il est plus de minuit !

— Les bébés ne sont pas considérés comme des fauteurs de trouble quelle que soit l'heure.

— Mais puisque je vous dis qu'elle est allée faire la bringue !

— Vous l'avez vue sortir ?

— Non. Je l'ai pas vue sortir, mais je me doute ! Elle a abandonné son gosse !

— Madame, si cette femme n'est pas sortie, c'est qu'elle n'a pas abandonné son gosse ! Alors, soyez claire. A cette heure-ci on n'entre pas comme ça chez les particuliers, sans un motif sérieux ! »

Mme la concierge opère un demi-tour dans l'escalier, qu'elle bouche complètement d'une bonne centaine de kilos.

« Si c'était pas un motif sérieux, vous croyez que je remonterais deux étages ? Je l'ai déjà fait tout à l'heure, il était onze heures environ, et le bébé hurlait. Ça fait plus d'une heure qu'il hurle sans arrêt, et elle ne bouge pas ! J'ai écouté derrière la porte ! Je dis qu'elle a abandonné ce gosse ! Ça m'étonnerait pas qu'elle le maltraite, ça m'étonnerait pas qu'elle boive ou qu'elle se drogue, ou je ne sais quelle horreur ! C'est une putain, monsieur cette fille ! Et nous les honnêtes gens, on ne peut rien contre elle ! On ne peut pas la mettre à la porte ! Mademoiselle paie son loyer ! Ça ne suffit pas, monsieur l'agent, de payer son loyer ! Vous l'entendez crier, ce gosse ? Vous l'entendez ? »

Un enfant pleure, en effet. Et, malgré son mauvais caractère évident, Mme la concierge n'a pas eu tort d'appeler la police.

Il est debout dans son petit lit, rouge d'avoir tant pleuré, ses cheveux noirs collés par la fièvre, ses grands yeux effrayés...

L'appartement est vaste, constitué d'une grande pièce, salon-chambre à coucher, salle de bains. Aucune séparation, sauf pour la chambre de l'enfant.

L'agencement est moderne, luxueux et un peu curieux. La jeune femme qui occupe les lieux a choisi de faire la cuisine, ou de prendre son bain, au vu des visiteurs éventuels.

Elle est morte, à présent. Allongée dans sa baignoire, étranglée par un chemisier enroulé et serré fortement autour du cou. L'agent de service l'a découverte en entrant. N'obtenant pas de réponse, il a ouvert avec le double des clefs de la concierge, pensant que l'enfant était seul et peut-être malade. Puis il a appelé le commissariat, tandis que la concierge tentait de calmer le bébé. Peine perdue. C'est un petit garçon, et il est en pleine crise de nerfs. Le haut de son pyjama trempé jusqu'aux épaules montre qu'il a cherché à « réveiller » sa mère. Il a pu entendre, et peut-être voir, le meurtre. Il est assez grand pour marcher, assez grand pour atteindre la baignoire, assez grand pour la peur et trop petit pour faire un témoin.

Rapidement la police fait son travail, l'enfant est emmené, confié à un hôpital où il s'endort enfin, drogué, fiévreux, sur quel souvenir horrible...

Monika L., dix-neuf ans, 1,72 mètre, était une jolie fille, exerçant officiellement le métier de modèle. Les murs de l'appartement sont recouverts de photos la montrant aussi bien nue qu'en robe du soir. Une rousse spendide, aux jambes longues et au sourire lumineux.

Mme la concierge, premier témoin, affirme qu'elle travaillait plus de ses charmes que de son métier de modèle.

Une call-girl mère de famille, ça existe. Le carnet de ses clients, en cuir luxueux, est découvert facilement, à peine dissimulé dans un tiroir. Et le commissaire fait la grimace. Quelques prénoms, quelques initiales, certains numéros qu'il fait identifier vont le mener loin. Loin dans la hiérarchie des hommes en vue.

C'est toujours ennuyeux pour un petit policier de

quartier, dans une grande capitale européenne, d'avoir à interroger les « gros bonnets ». Ils nieront ou se débrouilleront pour que le commissaire de quartier soit déchargé de l'enquête. Une call-girl de cette classe, étranglée dans son bain, cela sent le chantage.

Mme la concierge donne la description des hommes qu'elle a vus monter dans l'immeuble. Elle en rajoute, manifestement. La victime ne faisait pas le trottoir, ses rencontres étaient plus raffinées et plus lucratives. Le relevé de son compte en banque le prouve. Sa garde-robe aussi. Quant à l'enfant, il ne manquait de rien. Vêtements, jouets, baby-sitter dans la journée, pédiatre. Sa mère tenait même un journal depuis sa naissance, avec les dates des petites maladies, les premières dents, les vaccins, les premiers mots, le tout orné de photographies. Elle aimait son enfant. Le métier n'a rien à y voir, quoi qu'en dise la concierge.

D'ailleurs, les voisins confirment volontiers que l'enfant ne hurlait jamais et que, lorsque sa mère s'absentait, une garde se chargeait de lui en permanence.

Mme la concierge n'a vu monter personne le soir du crime, évidemment.

« A cette heure-là, on a le droit de dormir ! Le gosse s'est mis à crier vers onze heures. Je l'entends parfaitement, sa chambre est au-dessus de la mienne ! »

La mère a été étranglée à la même heure et, selon le médecin légiste, la mort est récente.

Le commissaire feuillette le carnet avec découragement. Ses hommes relèvent les empreintes, mais les bords de la baignoire sont nets, essuyés avec soin. Le criminel a pris ses précautions, bien qu'il ait certainement improvisé le crime. Le commissaire l'imagine sonnant à la porte, la jeune femme est dans son bain, elle va ouvrir, c'est un familier sûrement, car elle retourne dans l'eau. Discussion, elle ne se méfie pas ; l'assassin s'empare d'un chemisier, celui qu'elle devait porter avant de se déshabiller, et il l'étrangle dans l'eau, la noyant en même temps. Elle se débat, les éclaboussures sur la moquette le montrent, des flacons se brisent.

Il est très difficile de se défendre dans ces cas-là. La baignoire est glissante, l'eau mousseuse et la surprise fait le reste. Le commissaire regarde partir la civière, les longs cheveux roux trempés font de petites gouttes par terre... Il se pose une question. Un enfant de quinze mois peut-il décrire, même un tout petit peu (et s'il l'a vu), l'assassin de sa mère ?

A l'hôpital, le petit Frantz a dormi douze heures d'affilée, assommé par les calmants. Il s'est réveillé normalement, n'a pas pleuré, n'a pas réclamé sa mère et a mangé sans problème. A présent il joue dans la nursery, sous la garde d'une infirmière.

Le commissaire se sent ridicule. Ce bébé parle à peine, il gargouille quelques mots. Pauvre gosse. Orphelin de mère, alors que sur l'état civil il n'a déjà pas de père. Le commissaire a lu : né de père inconnu. Tristement classique. Il s'approche tout de même de l'enfant et le regarde jouer un moment. Frantz arrive à articuler son propre nom, il dit « ballon », il montre un jouet en plastique et bafouille « canard »... Puis, tout d'un coup, il dit « papa » en montrant un ours en peluche.

Papa ? Ce gosse sait dire papa, il aurait donc un papa inconnu ? Il le connaîtrait ? Bizarre. La concierge et les voisins ont parlé d'hommes, mais personne n'a signalé les visites d'un père.

L'infirmière donne une explication :

« Vous savez, il le dit peut-être sans savoir, les enfants baragouinent souvent des mots que les autres enfants disent. A la crèche par exemple. »

Oui, mais ce gosse n'a jamais été confié à une crèche. Sa mère faisait appel à une agence de baby-sitters, et il était élevé à la maison. Alors ? Pourquoi papa ? Les formules de l'état civil ne veulent parfois rien dire. Le père était marié, il n'a pas reconnu l'enfant de manière officielle, mais il le voyait et l'enfant a appris à dire papa ! C'est une théorie qui en vaut une autre. Alors, tandis que ses hommes vérifient un par un les numéros de téléphone du carnet de cuir, le commissaire se charge des amies de travail de Monika. Des modèles comme elle. Pas toujours des call-girls... sauf une. Comme Monika, elle a un double emploi avec des nuances :

« Ne confondez pas, commissaire, il m'arrive de passer une soirée de temps en temps avec un homme. Si ça lui plaît de me faire des cadeaux. »

C'est une fille brune, sympathique, d'allure sportive, et elle dit spontanément ce qu'elle sait.

« Le père, je le connais. Une petite ordure. Monika l'a rencontré il y a plus de deux ans. Elle était encore gamine, même pas dix-sept ans ! Il lui a fait un enfant et Monika a dû se battre pour le garder.

— Elle le voyait régulièrement ?

— Non, de temps en temps. En fait, si vous voulez mon avis, ce type est un vulgaire maquereau. C'est lui qui l'a poussée à se faire des "relations". Monika était un peu naïve. Chaque fois, elle me disait : "Tu comprends, c'est un type qui fait du cinéma..." ou alors, c'était un "gros industriel", pour les affaires de Bob. Bob avait toujours une raison pour qu'elle accepte de rencontrer un homme, et elle, elle y croyait ou faisait semblant d'y croire. Elle aimait l'argent, elle en voulait beaucoup pour son fils. Pour plus tard, pour l'élever, pour qu'il étudie et devienne quelqu'un de bien, quand elle serait trop vieille pour faire le métier. Vous savez, Monika était une brave fille, pas très maligne, elle n'aurait rien su faire d'autre que des photos. Ce Bob en a profité lui aussi.

— Un souteneur ?

— Pas un professionnel, en tout cas. Mais je ne l'ai vu que deux ou trois fois. Il venait voir le gosse, il avait l'air de l'aimer.

— Marié ?

— D'après Monika, il l'est.

— Il avait une raison de la tuer ?

— Apparemment aucune. Elle lui rapportait de l'argent. Une commission sur ses cachets d'abord ; il était soi-disant son imprésario, plus le reste... les extra.

— Où peut-on le trouver ?

— Tout ce que je sais, c'est qu'il travaille officiellement chez un concessionnaire automobile. Il est fou des voitures, il en change sans arrêt. Monika m'a montré le garage une fois. Je vais vous faire un plan, je ne connais pas l'adresse précise. On passait par là un jour toutes les deux en taxi, et Monika m'a dit : "Tu vois, il travaille là, un jour il sera le patron. Peut-être qu'il divorcera alors et qu'on pourra se marier." Elle était naïve, vous voyez.

— C'est Bob comment ?

— Ah ! ça. Bob et c'est tout ! J'en sais pas plus. »

Il y a un Bob dans ce grand garage, au milieu des grosses voitures lustrées de neuf. Un Bob genre play-boy, rasé de frais, blouson à la mode et chaussures en lézard. Il prétend ne pas connaître de Monika. Puis il connaît une Monika. Et il sursaute en apprenant sa mort. Il n'a pas l'air au courant. Vraiment pas. Il change de couleur, il a peur, c'est un lâche. La nuit du crime, il était de sortie, il a des témoins. Il jure que le chantage n'est pas son affaire et qu'il ne faut pas chercher l'assassin dans le petit carnet.

« Tous des hommes bien. Des amis de Monika, vous verrez... »

Quelque chose tracasse le gandin. Le commissaire le voit bien. Comme il voit bien que ce type dénoncerait plutôt sa mère que d'être soupçonné d'avoir volé un œuf.

« Vous êtes sûr que c'est un homme, l'assassin ? »

Bonne question. En effet, *a priori* le commissaire a pensé à un homme, c'était logique, mais rien ne le prouve.

« Allez-y... il est possible que ce soit une femme. Quoique les femmes étranglent rarement.

— Je suis marié, commissaire. C'est ma femme qui possède 50 pour 100 de ce garage.

— Et alors ?

— Je sais qu'elle est sortie il y a trois jours, justement ce soir-là. Je le sais, parce que je suis rentré à la maison vers minuit, une heure, je me rappelle pas l'heure exacte. Je suis venu chercher de l'argent pour le casino. On y allait avec des copains. J'ai fait doucement, pour ne pas la réveiller et donner des explications. L'argent est dans la chambre, dans un coffre. Eh bien, elle n'était pas là, nulle part dans la maison.

— Elle sort souvent ?

— Non. D'ailleurs, le lendemain, elle m'a raconté une histoire plutôt bizarre, une amie malade qui avait téléphoné, du vent, quoi.

— Et vous n'avez rien dit ?

— Vous savez, c'est ma femme qui décide, et elle est pas facile de caractère. Quand vous la verrez. »

Le commissaire la voit. Dans son bureau au premier étage, au-dessus des voitures et de son gandin d'époux. Une forte femme. Forte dans les affaires, forte physiquement, forte en voix.

« Vous désirez ? »

Elle n'a pas d'alibi pour cette soirée. Elle se défend pied à pied, mais son époux de pacotille s'évertue à trouver des indices.

Lorsqu'il est rentré de sa soirée au casino, elle dormait, mais il a vu ses vêtements dans la salle de bain, mouillés. Or, il ne pleuvait pas en plein mois de mai. Cela suffit pour une perquisition. Pour trouver le compte rendu d'un détective privé, donnant l'adresse de Monika, avec des photos d'elle et de l'enfant...

Cette femme de trente ans avouera enfin avoir décidé, froidement, de tuer Monika, parce qu'elle entravait la carrière de son mari et lui soutirait de l'argent pour élever un enfant qui n'était peut-être même pas le sien ! D'ailleurs, l'enfant s'est réveillé, il a crié, il est venu jusque dans le salon et, avant de partir, pour le faire taire, elle lui a, de son propre aveu, « flanqué une fessée et l'a remis au lit » !...

Résultat de ce crime sordide : la prison à vie pour elle. Le petit Frantz a été confié aux parents de sa mère, qui ne l'avaient jamais vu et ignoraient son existence.

M. Bob, lui, dirige le garage et roule en Jaguar le dimanche.

MONSIEUR LE CHEF DE RAYON

La respectabilité d'un homme comme Alexis Gruber ne se discute pas. Peut-on discuter son épouse qui lui a donné six enfants en dix ans, conformément à la volonté divine ? Peut-on discuter son métier ? Chef de rayon d'un grand magasin à quarante ans, après avoir commencé dans ce même magasin en qualité de coursier à l'âge de dix-sept ans ?

Alexis Gruber n'a pas de dettes, possède trois costumes, une voiture raisonnable, une salle à manger rustique et se rend chaque dimanche à la réunion d'une association catholique de son quartier. On y parle de la jeunesse délinquante, de l'aide aux handicapés et de la réinsertion des prisonniers.

Alexis Gruber consacre le reste de ses dimanches à une promenade familiale éducative et revigorante, qui consiste à parcourir quelques kilomètres dans la campagne genevoise. Le soir, il lave sa voiture, l'aspire et l'époussette, puis la rentre au garage jusqu'au dimanche suivant. Il établit avec son épouse, Elisabeth, le menu de la semaine, assiste au coucher de sa progéniture, en recommandant la prière du soir, borde les six frimousses dans leurs lits superposés et s'accorde un quart d'heure pour lire le journal.

Il prend l'autobus en semaine, ses repas à la cantine, et un air de circonstance pour sermonner les vendeuses frivoles. Il connaît chaque article de son rayon, peut réciter les étiquettes et les prix, s'incline devant le directeur et espère obtenir un jour la médaille du travail. Si l'on observe bien Alexis Gruber, son 1,75 mètre, ses chaussures luisantes, son visage impassible et sa démarche équilibrée, il est impossible de supposer une fêlure dans cette respectabilité.

Comment imaginer qu'un tel homme puisse tout envoyer promener du jour au lendemain et sans explication valable ?

C'est pourtant ce qu'il fait, un matin de 1970, après, il est vrai, une nuit blanche de réflexion solitaire... Il envoie promener sa brosse à dents, son costume trois pièces, sa voiture qui n'a que 10 000 kilomètres au compteur, ses mouchoirs propres, son épouse Elisabeth et les six enfants que le Bon Dieu lui a donnés.

C'est une étrange chose que la liberté. Bien des hommes la réclament, se battent pour elle, la mettent en chanson, en statue, en précepte, en espoir, et puis un jour ils l'ont. Et ils ne savent qu'en faire. Comme si la liberté était trop grande pour eux. Pour Alexis Gruber, elle est immense.

Depuis le beau matin surprenant où il a déclaré à son épouse Elisabeth :

« Je pars. Demande le divorce, occupe-toi des enfants et ne cherche pas à me courir après... »

Il est là, tout bête, en chef de rayon qui n'a plus rien d'un chef de rayon, qui se moque pas mal des ricanements des vendeuses, des réclamations des clientes et du prix des étiquettes. Quelle importance, tout ça ?

Il reste encore un dinosaure pour trouver de

l'importance là où Alexis Gruber n'en voit plus : son directeur.

« C'est intolérable, monsieur Gruber. Votre rayon a le coulage le plus important du magasin ! Les hommes de la sécurité ne savent plus où donner de la tête ! Même les vendeuses en profitent !

— Ah ?

— C'est tout ce que vous trouvez à dire ? Parfait. Si la situation ne s'améliore pas cette semaine, vous pouvez prendre la porte ! »

Il fut un temps, déjà lointain pour Alexis Gruber, où une pareille menace l'aurait fait rougir de honte, et où il aurait rasé les murs et les rayons pour être digne de la confiance d'« en haut ». Mais aujourd'hui, dans le bureau d'« en haut » justement, il regarde la ville, les toits, hausse les épaules et déclare :

« La porte, vous dites ? Je la prends aujourd'hui. Préparez donc mes indemnités, j'ai besoin de fêter ça ! »

Trois jours plus tard, ayant fêté la rupture du dernier maillon de ses chaînes, Alexis Gruber se réveille pâteux dans une chambre d'hôtel, au côté d'une dame légère. Légère comme une bulle. Blonde comme une réclame de shampooing et nue comme un ver.

Jamais son épouse Elisabeth n'aurait osé promener ainsi sa nudité. Rien ne vous oblige à être nue pour que Dieu vous envoie six enfants.

La jeune femme blonde est célibataire, ne connaît ni Dieu ni ses enfants, et vit comme un oiseau sur la branche. Sans métier, sans attaches, poisson libre au gré des pêcheurs, et toujours à la recherche d'un sou pour faire un franc.

Alexis Gruber lui donne le reste de ses indemnités, bon prince, et déclare qu'il va chercher un emploi.

Le voilà vendeur de cravates dans une boutique. Une semaine. On ne se sert pas des cravates de la vitrine pour son usage personnel ! Dehors, monsieur Gruber...

La chose se fête. Mais une semaine de salaire ne représente pas une grande fête pour lui et la dame blonde. Alors le voilà intérimaire au rayon épicerie d'un supermarché. Un intérimaire qui arrive trop tard le matin et file trop tôt le soir.

« Plus besoin de vous, monsieur Gruber... »

La chambre d'hôtel devient trop chère. Un meublé la remplace et les petits boulots s'enchaînent, en ordre décroissant de respectabilité, selon les critères anciens d'Alexis Gruber. Mais il n'a plus aucun critère en réserve, plus une chemise propre et une barbe de six mois. Voilà ce qu'il est devenu en six mois : un clochard ou presque, qui trouve du travail pour subsister grâce aux bons offices de sa petite amie blonde. Le voilà garçon de bar. Plongeur serait le mot juste. Le garçon, lui, est en gilet et nœud papillon. Il sert les apéritifs. Alexis Gruber, à l'autre bout du comptoir, caché par les bouteilles, trempe les verres dans la vaisselle, fait trois petits tours, rince, égoutte, essuie et recommence. De sa place privilégiée au salaire minimum, il peut apercevoir régulièrement la dame blonde, qui sourit et fait la cour aux clients. Un ancien chef de rayon n'est pas stupide au point de ne pas comprendre. Surtout lorsque la dame blonde lui jette en passant :

« Hé ! Alexis, j'ai fait une bonne affaire aujourd'hui, on fait la fête ? »

C'est elle qui paie. Sa main aux ongles rouges et longs manie les billets avec désinvolture, et Alexis prend l'air songeur. Un drôle d'air. Celui qu'il prenait jadis lorsque son épouse Elisabeth riait un peu trop fort au cinéma.

Il disait alors :

« Calme-toi, Elisabeth, c'est inconvenant. »

Cette fois, il dit à sa maîtresse de rencontre, pourtant aussi provisoire qu'un rayon de soleil en hiver :

« Je vais t'aider à changer de vie.

— Changer de vie ? Qu'est-ce qui te prend, Alexis ? T'es fâché, c'est ça ? T'aimes pas profiter du fric des autres ? Il est à moi, tu sais, je l'ai gagné !

— Justement. Je ne veux plus que tu fasses ce métier. Tout va changer. Et quand mon divorce sera prononcé, je t'épouserai !

— C'est ça... D'accord, on en reparlera...

— Tu ne veux pas m'épouser ?

— Ecoute, Alexis, soyons sérieux. Je t'aime bien, mais ça s'arrête là. Je gagne plus d'argent en un soir que toi en un mois à essuyer tes verres.

— Je suis un minable, c'est ça ?

— Mais non, t'es pas minable ! T'es même un marrant quand tu veux ! Seulement, j'ai pas envie d'habiter une chambre de bonne, de laver tes chaussettes et d'attendre que ton unique paire de draps soit sèche pour refaire ton lit !

— Tu préfères la prostitution à une vie de femme honnête avec moi !

— Alexis, c'est trop tard pour moi. J'ai commencé à vingt ans, j'ai des habitudes...

— Tes habitudes te font vivre dans la boue. Je t'en sortirai !

Retournement de situation. Alexis Gruber réclame à nouveau la respectabilité pour lui et pour cette femme. C'est comme une maladie. Et elle le gratte à nouveau. Finies les soirées à boire et à traîner, finies les grasses matinées. Le voilà qui regrette sa brosse à dents, son paillasson, son alliance et le réveil qui sonne à 6 h 30.

Alexis Gruber est en manque.

« Mademoiselle Marthe Vincent, acceptez-vous de prendre pour époux Alexis Gruber, divorcé d'Elisabeth Gruber et ici présent ? »

Elle a dit oui, Marthe. Un oui léger comme une bulle de savon, léger comme elle. Plus d'un an a passé, et Alexis Gruber est arrivé à ses fins. Une nouvelle respectabilité, de nouveaux costumes, un nouveau travail, une nouvelle femme.

Avec quelques nuances, sans doute. On ne peut être et « avoir été ». Il n'est pas chef de rayon, il est employé dans une conserverie. Mais il a un bon salaire, une voiture neuve à crédit, et, si la pension alimentaire de sa première femme lui paraît lourde, il a bon espoir d'un avancement. Quant à Marthe Vincent, sa nouvelle épouse toute blonde et maquillée de frais, elle a promis d'être sage.

Promis seulement. Selon elle, ça ne l'engage à rien de précis au bout de trois mois d'un bonheur apparemment sans nuages.

« Oui, j'ai bu un verre avec ce type, et alors ? »

Dans la brasserie, les regards des consommateurs se lèvent amusés. Marthe n'a pas l'air de comprendre la gravité de la situation et sourit à l'époux comme à son compagnon du moment. L'époux se fâche :

« Rentre à la maison tout de suite !

— Oh ! là... Oh... doucement, tu ne vas pas jouer les maris jaloux, tout de même ?

— Baisse le ton, Marthe ! Je te dis de baisser le ton, tout le monde nous regarde !

— Alors, assieds-toi ! Mon copain t'offrira un verre et on discutera tranquillement. Y'a pas de quoi en faire un drame !

— Tu as passé l'après-midi avec lui !

— Exact ! Et si tu continues, je passerai la nuit !

— Marthe ! Tu es ma femme !

— Et alors ? Ça change quoi ? Je suis comme ça. On me prend ou on me laisse ! Je t'ai pas demandé de m'épouser ? Non ? Alors, prends tes cliques et tes claques, et si tu n'es pas content c'est le même prix ! »

Alexis Gruber est pâle d'indignation. Lui, jadis si peu émotif, si éloigné des complications de la vie, si sûr de sa place dans l'existence, vient de vivre une année terrible. Sa liberté, il en a fait quoi au juste ? Il a bu, vécu d'expédients et s'est amouraché d'une femme qui le trompe avec désinvolture, disparaît des

journées entières et porte des robes qui lui coûte-
raient un mois de salaire chacune s'il devait les
payer.

« Tu vas rentrer !

— Quand je voudrai, et si je rentre, minable ! »

On expulse le mari outragé. Fermement, deux
employés de la brasserie le rejettent sur le trottoir.
Le trottoir... Il a voulu empêcher sa femme d'y retourner. Il a voulu en faire une épouse respectable, et elle
y est repartie au galop. Depuis plus d'une semaine,
Alexis Gruber se ronge les sangs, guette, surveille,
questionne, espionne. Il voulait la vérité en face ? Il
l'a.

Marthe n'est pas rentrée de la nuit. La cuisine est
en désordre, la chambre en fouillis, la salle de bain
dans tous ses états. Marthe n'est pas une ménagère,
ce n'est pas une femme, c'est une prostituée. Voilà ce
qu'il a fait : il a épousé une prostituée ! Lui, l'ex-chef
de rayon, l'ex-père de famille, l'ex-M. Gruber respectable et respecté. Personne ne peut lui expliquer cette
déchéance. Il ignore lui-même pourquoi il a un jour
abandonné ses pantoufles, croyant chausser des
bottes d'aventurier. Il est beau, l'aventurier, à l'aube
du 15 septembre 1971. Il est là, gris d'angoisse et
d'alcool, espérant le retour d'une femme qui est allée
coucher ailleurs, guettant le bruit de la clef dans la
serrure, malade de jalousie et de rage.

Marthe est-elle si jolie ? Point du tout. Si intel-
ligte ? Sûrement pas. Que lui a-t-il trouvé ? Quel vertige l'a emporté dans cette histoire de fou, cette histoire de naïf ! Il a cru, lui, le médiocre, qu'il la
garderait au foyer, entre les casseroles du devoir et
le plumeau du pire et du meilleur... Une femme qui
a besoin de la lumière des bars, du strass et des rencontres de hasard. Elle a joué un moment les dames
convenables, et puis la voilà qui rentre à l'aube, les
yeux trop noirs, la robe trop décolletée, avec ses cheveux trop jaunes et son air de tout savoir.

« D'où viens-tu ? »

Question ridicule, venue d'ailleurs, d'un monde extraterrestre où le conformisme a force de loi. Un monde auquel Alexis Gruber s'est rattaché comme un noyé égaré ; et il veut y entraîner avec lui cette autre noyée, cette épave de la nuit qui ne parle même pas le même langage :

« Tu rigoles ou quoi ? »

Alexis Gruber répète cette phrase comme un automate devant le policier qui l'interroge. A peine deux heures plus tard, huit heures du matin, l'heure de pointer à la conserverie où il n'ira plus, l'heure des honnêtes gens, de ceux qui travaillent, respectent la loi, les horloges, les sacrements, les échéances de crédit et se regardent dans la glace sans frémir.

« Elle a dit : "Tu rigoles ou quoi ?" Elle se fichait de moi, elle me narguait, elle sentait le mauvais parfum, elle était vulgaire, indécente.

— Vous l'avez frappée ?

— Je l'ai frappée, j'étais fou, elle criait, elle hurlait des insultes ; ce n'est pas de sa faute, elle ne connaît que la rue.

— Qu'avez-vous fait ensuite ?

— Ensuite ? Je l'ai regardée. Elle ôtait ses bas, c'était comme... comme ces vilaines images dans les mauvais magazines.

— Et puis ?

— J'ai pris un bas. Elle a crié plus fort. Je l'ai assommée avec... je ne sais pas quoi...

— Cette lampe ? Vous avez pris cette lampe pour l'assommer ? C'est ça ?

— Oui... la lampe. Après j'ai entouré son cou avec le bas et j'ai serré.

— Vous reconnaissez avoir tué votre femme en l'étranglant avec son propre bas ?

— Oui, monsieur, j'ai fait cela. Je suis un assassin.

— Parce qu'elle vous trompait ?

— Oui, monsieur. Elle m'a trompé. Elle a trompé ma confiance, mes espoirs et tout le mal que je me suis donné pour la tirer du ruisseau.

— Allons-y, monsieur Gruber, prenez quelques affaires.

— J'ai tout avoué ! Je vous ai téléphoné.

— Très bien, monsieur Gruber... Allons-y, prenez quelques affaires.

— Est-ce que je peux mettre ma cravate ? »

Il a mis sa cravate, son costume gris, ses chaussettes en fil d'Ecosse, et il est allé en prison, puis au tribunal, avec son air de chef de rayon respectable et de mari outragé... Avec aussi son air d'amoureux transi, trompé, humilié. Drôle de mélange.

Drôle d'assassin, celui qui fait déposer un bouquet de myosotis sur la tombe de sa victime. Drôle d'assassin, celui qui embrasse Elisabeth, son ex-femme, sur le front et lui recommande de « veiller » sur les enfants.

Le jury a estimé à sept ans de réflexion cellulaire la mort d'une prostituée de trente-deux ans, la deuxième Mme Alexis Gruber, et c'est peu cher payé.

LE CAISSON DE SURCOMPRESSION

L'index de la main gauche appuyé sur la tempe gauche, celui de la main droite appuyé sur la tempe droite, les deux coudes plantés sur la table, le tout dans un fouillis de cheveux noirs : Mlle Helen Kocer supporte sa migraine chronique en lisant le journal. Soudain, la voici qui sursaute et lève des yeux bleus : la jolie Helen semble réfléchir, le regard dans le vague, puis baisse de nouveau le visage pour relire le même article. Au fait, est-ce un article ? Non, il s'agit de ce que l'on appelle une « publicité rédactionnelle ». Nuance. Mais, pour une jeune coiffeuse de vingt-quatre ans, cette nuance ne saute pas aux yeux. Voici le texte de cette publicité rédactionnelle.

« La postière Elfried Rehnart, trente-deux ans, paralysée, aveugle et sourde des suites d'une attaque, a recouvré l'ouïe, la vue et la faculté de marcher et de se déplacer tout à fait normalement après seulement dix-sept heures de soins. Des milliers de malades peuvent se remettre à espérer grâce à la "surcompression par air hyperbare". »

Evidemment, Helen Kocer ne prête aucune attention à cette bizarre construction de phrase qui ne fait qu'aligner les pléonasmes. Elle note simplement que le langage lui paraît technique, concret, sans appel (pour une fois) à la magie ou à quelque pseudo-science métapsychique. Elle lit la suite :

« L'Institut de régénération par la thérapie de surcompression a déjà guéri quantité de maux et d'infirmités, de la migraine à l'infarctus en passant par la bronchite chronique et les jambes variqueuses. Pas de médicaments, pas d'interventions chirurgicales, simplement quelques séjours soigneusement calculés dans une chambre de surcompression. Comprimé à 4,6 atmosphères, l'oxygène régénère votre sang. Plus il y a d'oxygène dans les vaisseaux sanguins d'un malade, mieux il se porte. » Fin de citation.

Suivent les adresses et les numéros de téléphone de l'institut avec lequel Mlle Helen Kocer entre immédiatement en contact pour une effarante aventure.

Février 1976, le 9 au matin. La jolie Helen, cheveux toujours noirs, yeux toujours bleus, tailleur de laine fauve et corsage de soie froufroutante, se présente à l'Institut de régénération par la thérapie de surcompression. Une assistante en blouse blanche, souriante et stylée, la reçoit.

« Vous connaissez le principe de notre traitement ?

— Oui, mademoiselle, j'ai eu le docteur Baumgartner au téléphone.

— Parfait ! Combien vous a-t-il prescrit de séances ?

— Dix séances de quatre-vingt-dix minutes.

— Bien, c'est le traitement standard, cela vous fera 650 marks payables d'avance », conclut « l'infirmière » en blouse blanche.

Dix minutes plus tard, sont réunis dans le salon d'attente : Irma Flork, soixante ans, qui éternue sans arrêt, M. Bick, cultivateur, soixante-deux ans, qui souffre comme Mlle Kocer d'épouvantables migraines, Martin Schloesberg, qui marche avec des cannes, etc. En tout vingt personnes. Une musique douce, diffusée par des baffles dissimulés dans les murs, s'arrête lorsque paraît le docteur Baumgartner. Lunettes, cheveux et barbe poivre et sel, chemise rayée bleue, veste élégante, petit foulard autour du cou : gai et sérieux, il inspire confiance.

« Permettez-moi, en quelques mots, de vous rappeler le principe de notre traitement : il y a trente ans, le docteur Joseph Boesch, en examinant des plongeurs sous-marins, constatait que leur sang, sous la pression qui règne à une profondeur de quarante mètres, absorbait beaucoup d'oxygène : cet oxygène est généralement trop rare dans le sang des malades. Comme il n'était pas question de descendre ceux-ci à de telles profondeurs, il eut l'idée de faire construire des cabines d'acier où, par une surcompression artificielle, il obtenait exactement le même effet. Notre institut a donc installé six cabines de ce type dans cinq grandes villes d'Allemagne. Commencés il y a seulement quelques semaines, tous les traitements s'avèrent extraordinairement efficaces. Avez-vous des questions à poser ? »

Un bref instant, les vingt regards se croisent, un ou deux messieurs se risquent à quelques questions auxquelles le docteur Baumgartner répond par une avalanche de termes techniques avant de conclure :

« Nous allons procéder maintenant à la séance de surcompression. Si vous voulez bien passer par le déshabilloir, l'infirmière va vous distribuer des peignoirs. »

Dix heures : les vingt clients en peignoir de bain et savates entrent, pour leur première plongée simulée, dans la cabine de surcompression. En prenant place sur les sièges confortables (style avion), ils plaisantent pleins d'entrain et de gaieté. Aucun n'a peur. Les baffles distillent leur continuelle musique d'ascenseur, l'ambiance est bonne.

Après avoir veillé à leur installation, le docteur Baumgartner procède aux dernières recommandations :

« En cas d'une dépressurisation brutale, totalement exclue mais que nous sommes tenus de prévoir à la demande des compagnies d'assurances, vous porterez à votre visage les masques à oxygène qui pendent à la droite de votre fauteuil. Je reste en contact par l'intermédiaire d'un microphone et, si besoin est, vous pouvez me parler. D'ailleurs, je ne vais pas vous quitter pendant ces quatre-vingt-dix minutes, grâce à un écran de télévision qui me transmettra l'image prise par la caméra que vous voyez... Là, en haut, dans ce coin... Bonne plongée ! »

Là-dessus, le docteur Baumgartner disparaît, fermant derrière lui la lourde porte d'acier. Les vingt patients restent seuls avec l'éternelle musique d'ascenseur qui s'interrompt quelques instants pour que le docteur Baumgartner annonce par le haut-parleur :

« C'est fait, les compresseurs sont en marche : mademoiselle Flork, ne vous recroquevillez pas sur votre siège, détendez-vous plutôt, respirez normalement... »

A part Irma Flork, tous les autres sont parfaitement à l'aise. Une vieille dame de soixante-treize ans remarque :

« C'est vraiment comme dans l'avion.

— Oui, réplique M. Schloesberg, sauf qu'on ne décolle pas et qu'on ne risque pas de tomber. »

Tout le monde sourit à cette remarque désopilante, sans penser que, si le danger, en avion, c'est la chute, le risque n'est pas moins grand dans une plongée où la remontée trop rapide peut être mortelle.

Les soixante premières minutes s'étant passées en bavardages futiles, brusquement tous les regards se tournent vers M. Bick, le cultivateur, qui vient de pousser un petit gémissement. En quelques secondes, le gémissement devient un râle, ses yeux se révulsent et il s'affaisse dans son fauteuil. Horrifiée, Mlle Helen Kocer voit la salive couler de chaque côté de sa bouche :

« Mon Dieu, qu'est-ce qu'il a ?

— Il faut faire quelque chose.

— Oui, mais quoi ?

— Et le docteur ! Qu'est-ce qu'il fait... Il ne nous voit pas ?

— Docteur !... Docteur ! » hurlent les patients.

Enfin la voix du docteur Baumgartner consent à tomber du haut-parleur :

« Monsieur Bick !... Monsieur Bick ! Qu'avez-vous ? »

A l'appel de son nom, le malheureux semble reprendre connaissance. Son regard s'anime, ses lèvres s'agitent comme s'il voulait parler.

Le docteur Baumgartner lance un ordre :

« Monsieur Bick ! Mettez votre masque à oxygène... Allons, mettez votre masque ! »

M. Bick ne faisant pas un geste, Helen Kocer s'étonne du silence du docteur Baumgartner... comme s'il y avait un flottement à l'extérieur de la cabine. Elle appelle :

« Docteur !... Docteur !... Mais enfin, répondez-moi, docteur !

— Je vous écoute, mademoiselle.

— M. Bick ne peut pas bouger : il n'a plus l'usage de ses mains. Il faut le sortir de là !

— Euh... c'est impossible, si j'ouvre la porte la pression va tomber... Je vous mettrais tous en danger. Au contraire, je dois ralentir la décompression...

— Voulez-vous que je lui mette le masque à oxygène, docteur ?

— Oui... essayez.

— Combien de temps faut-il attendre ? demande Helen Kocer.

— Eh bien... euh... attendez... Je calcule... Au moins quarante minutes. »

Cette fois, tout le monde a compris... Cette cabine est un véritable piège.

« C'est complètement dingue ! s'exclame Schloesberg, l'homme aux béquilles.

— Nous sommes dans un piège », murmure Helen Kocer.

L'entrain fait brutalement place à l'horreur, tandis que le malheureux M. Bick tente de respirer son oxygène dans le masque qu'Helen Kocer maintient fermement sur son visage. Chacun se teste mentalement et guette les moindres symptômes de suffocation, désormais conscient de courir un risque mortel.

Il est douze heures trente à Hanovre, Allemagne, février 1976. Dix-neuf patients en peignoir de bain et savates sortent de la chambre d'acier de l'Institut de régénération par surcompression, où ils viennent de subir la première séance d'un traitement destiné à recharger leur sang en oxygène. Appâtés par une publicité rédactionnelle, tous ces gens, souffrant de maux variés, de la migraine à l'infarctus en passant par les maux de tête et les varices, ont payé 650 marks d'avance. Helen Kocer lâche le masque à oxygène qu'elle maintient depuis cinquante minutes contre le visage de M. Bick, cultivateur de soixante-deux ans, victime d'un malaise, et que l'on n'a pu évacuer, le docteur Baumgartner, responsable du traitement, ne voulant pas faire courir aux autres le risque mortel d'une décompression trop brutale. Ce même docteur, décomposé et manifestement dépassé par les événements, après avoir constaté que tous les autres patients semblent en bonne santé, entre à son tour dans la cabine une seringue à la main. Il explique à Helen Kocer, atterrée, qui regarde le pauvre M. Bick affalé sur son siège :

« Pendant que je lui fais une piqûre pour activer la circulation, pourriez-vous me rendre un service, mademoiselle ?

— Certainement. Que dois-je faire ?

— Je vous remercie... Il faudrait accompagner chez elle Mme Gamow. Je crois qu'elle va bien, mais à soixante-treize ans on ne sait jamais. »

Douze heures quarante-cinq : Helen Kocer sort avec Mme Gamow, petite vieille aux cheveux blancs tout frisottés, qui répète sans arrêt à son bras, et avec conviction :

« Ça va, ma petite... Ça va ! »

Mais tandis qu'elles attendent le taxi, le bras de la vieille femme se fait soudain plus lourd. Si lourd qu'Helen doit bientôt la soutenir et finalement la porter presque dans la salle d'attente de l'institut.

« Vite ! s'exclame l'infirmière en la voyant, il faut la conduire dans la chambre de compression ! »

C'est aussi l'avis du docteur Baumgartner :

« Nous allons la mettre avec M. Bick... Ils ont été décompressés trop vite. Je vais m'enfermer avec eux pour les surveiller. »

Sitôt dit, sitôt fait. Tandis que l'assistante en blouse blanche ferme la porte d'acier, une voix de stentor résonne dans l'escalier :

« Qu'est-ce qui se passe ? Qu'est-ce qui se passe ? »

Surgit le P.-D.G. de l'institut. Il a été tour à tour fraiseur sur métaux, pompier et guérisseur. Et à présent, il surgit en P.-D.G.

Tout en mettant en route le compresseur, l'infirmière en blouse blanche lui explique rapidement :

« Nous avons eu un pépin, monsieur le directeur. Un client a été pris d'un malaise. Peut-être qu'on a décompressé trop vite. Une vieille dame s'est trouvée mal en attendant le taxi. Le docteur a décidé de les repasser par le caisson. Il est avec eux. »

Dans leur affolement, le guérisseur P.-D.G. et l'infirmière en blouse blanche oublient complètement Helen Kocer qui suit avec eux, sur l'écran de télévision, le comportement des deux malades et celui du docteur.

« Qu'est-ce qui s'est passé ? Mon Dieu, qu'est-ce qui a bien pu se passer ? répète le guérisseur P.-D.G.

— Je crois que le docteur a perdu les pédales, murmure l'infirmière. Lorsque le client a eu son malaise, j'ai vu qu'il actionnait sans arrêt la manette de compression : en haut, en bas, en haut, en bas. On aurait dit qu'il ne savait plus ce qu'il faisait. »

Soudain, le P.-D.G. guérisseur interrompt l'assistante et semble découvrir Helen Kocer :

« Qui êtes-vous ? Qu'est-ce que vous faites là ?

— C'est une cliente, explique l'infirmière.

— Une cliente ? Vous êtes malade, mademoiselle ?

— Non, je ne crois pas.

— Alors, vous n'avez rien à faire ici. Rentrez chez vous. »

Helen Kocer ne se le fait pas dire deux fois. Après un dernier regard sur l'écran de télévision où elle remarque l'attitude angoissée du docteur Baumgartner face à ses deux clients presque inertes dans leur fauteuil, elle monte l'escalier, traverse la salle d'attente déserte. Sur le petit bureau de l'infirmière, un téléphone sonne longuement. A tout hasard, elle décroche :

« Allô... l'Institut de régénération par la surcompression ?

— Oui.

— Vous venez de traiter un dénommé Martin Schloesberg ?

— Oui, peut-être, je ne fais pas partie du personnel. Comment est-il, ce monsieur ?

— Il marchait avec des cannes.

— Comment ça, "il marchait" ?

— Dame, il ne marche plus ! On vient de le trouver affalé sûr son palier, il est mort. »

Helen Kocer prend une grande inspiration, essayant d'écouter le rythme de ses artères ; elle porte une main à son cœur comme pour en contrôler les battements. Elle se sent normale, mais pour combien de temps ?

Au bout du fil, la voix ricane.

« Bon, ça va... Vous avez l'air d'être complètement paumée, j'arrive. »

A peine a-t-elle raccroché que la porte de l'institut s'ouvre brutalement. Un homme en imperméable suivi de deux policiers en uniforme fait irruption et s'adresse à Helen après un regard circulaire :

« Vous êtes de la maison ?

— Non, je suis une cliente. Tout le monde est en bas dans la chambre de décompression. Vous voulez que je vous conduise ?

— Oui. »

Dans l'escalier, Helen demande :

« Vous êtes de la police ?

— Oui.

— Qu'est-ce qui se passe ?

— On vient de ramasser dans la rue Mlle Irma Flork. On a trouvé dans sa poche un prospectus publicitaire : Traitement par surcompression avec air hyperbare et l'adresse. »

Lorsque Helen et le policier débouchent dans le sous-sol où est installé le caisson, il ne leur vient pas à l'idée de prononcer un seul mot : comme le P.-D.G. guérisseur et l'assistante en blouse blanche, ils assistent à l'affolement du docteur Baumgartner, à la lente agonie de M. Bick et de Mme Gamow qui meurent devant eux sans qu'il soit possible d'ouvrir le caisson au risque de tuer aussi le docteur.

Le lendemain matin, un cinquième patient meurt à l'hôpital. La police pose les scellés sur les portes de l'institut dans cinq villes d'Allemagne. Le P.-D.G. guérisseur licencie le docteur et disparaît mystérieusement. Non seulement le caisson n'avait même pas reçu l'agrément officiel, mais les autorités avaient mis l'utilisateur en garde contre le danger mortel que représentaient ces installations, où toute intervention est impossible lorsque le traitement a commencé.

Risquer la peau des autres, c'est aussi de l'assassinat.

FLASH-BACK

Il est assis dans le fossé. Au creux du fossé qui borde la route nationale. Une route d'Espagne entre Barcelone et Alicante. La chaleur torride, le soleil de plomb sont peut-être responsables de l'immobilité étrange de cet homme.

Des voitures passent, des conducteurs l'aperçoivent, personne ne s'arrête. L'homme ne fait aucun signe, pourquoi s'arrêteraient-ils ? Il faut être curieux, et médecin surtout, pour trouver bizarre la silhouette prostrée, en plein midi, tête nue, dans ce fossé desséché, à quelques mètres seulement de l'ombre bienfaisante d'un buisson d'eucalyptus.

Le docteur Carlo Esteban revient de l'hôpital où il a opéré toute la matinée. Il ralentit par réflexe, presque professionnel, se penche à la portière :

« Hé ! Vous avez un problème ? »

En posant la question, il se dit aussitôt qu'il est tombé sur un malade ou un anormal. L'homme paraît jeune, une trentaine d'années. Il transpire abondamment, son visage aux traits figés est rouge de chaleur, le regard fixe, il semble ne rien voir et ne rien entendre. En tenue de sport, relativement élégante, il a cependant l'air débraillé. Sa chemise est déchirée, tachée de poussière noirâtre, son short également.

Le docteur Esteban examine les environs d'un coup d'œil. Pas de voiture accidentée, pas de moto ni de vélo...

« Hé ? Vous m'entendez ? »

Lentement, le regard de l'homme se porte sur lui, toujours fixe. Il paraît sous l'effet d'un choc terrible. Prudent, le docteur Esteban arrête sa voiture à l'ombre, descend et s'approche.

« Vous êtes malade ? Il ne faut pas rester comme ça au soleil ! Il vous est arrivé quelque chose ? Un accident ? »

Tout en parlant, il tend la main, tâte le front brûlant de fièvre, remarque les mains inertes, la gauche porte une alliance.

« Levez-vous... Allez... Faites un effort... Debout mon vieux... Il ne faut pas rester là... Comment vous appelez-vous ? »

Aucune communication ne passe. Pas de chance pour le docteur Esteban. La matinée a été dure, et il a fallu qu'il tombe sur ce type ! Impossible de le laisser là. Le pouls est faible, difficile à contrôler malgré la fièvre. Rapidement le docteur Esteban prend l'homme sous les bras et le traîne à l'ombre. Il se laisse faire en pantin inerte.

En marmonnant, le docteur fouille dans sa trousse. *A priori*, il pense à une histoire cardiaque, un coup de chaleur. Encore un qui s'est pris pour un sportif de haut niveau ! Du footing en plein soleil, déshydratation, etc. D'abord une injection pour soutenir le cœur, ensuite il n'y a plus qu'à allonger le malade sur la banquette arrière, et demi-tour vers l'hôpital en vitesse. Quoi faire d'autre lorsqu'on est médecin ?

Une vingtaine de minutes plus tard, l'inconnu est pris en main par l'équipe d'urgence. Aucun papier sur lui. La police est prévenue. L'histoire de cet homme n'est pas son histoire. Il n'en est ni le héros

ni la victime, il n'est que le résultat final d'une machi-
nation diabolique, un parcours de mort à l'envers,
comme un film qui commencerait par la fin.

Le docteur Carlo Esteban explique la situation au
lieutenant de police Mirez.

« Coma, depuis trois jours. Physiquement, il a
récupéré, mentalement c'est plus grave. Il a manifestement été victime d'un choc brutal. »

Le lieutenant Mirez observe le visage du malade.

« Il a les yeux ouverts ? C'est possible, ça ?

— Ce n'est pas rare.

— Il n'entend pas ?

— Prostration. Il entend sûrement mais ne comprend pas.

— Est-ce qu'il pourrait jouer la comédie ?

— La réponse est non. Pourquoi ?

— Alors il est dingue ?

— Non plus.

— Docteur, ce type est soupçonné d'assassinat. On
l'a identifié. Quand vous l'avez trouvé, il avait disparu d'un camp de vacances sur la plage. Il s'appelle
José Iberraz, vingt-sept ans, il occupait un bungalow
dans ce camp, avec sa femme et sa belle-sœur. On
les a trouvées mortes toutes les deux, dans la matinée du 13 août. L'une étranglée, l'autre, on ne sait
pas très bien, empoisonnement ou quelque chose
d'approchant, peut-être une morsure de vipère.
J'attends l'autopsie. Pour l'épouse, il peut s'agir d'un
accident, mais pour la belle-sœur aucun doute, elle
a été étranglée, et sûrement par lui. Où sont les vêtements qu'il portait ? »

Une infirmière montre au policier le léger paquet
poussiéreux, rangé dans l'armoire de la chambre.

« Vous avez un plastique ? Je dois emporter ça au
labo. La femme étranglée tenait dans ses mains des
morceaux d'étoffe blanche. Elle a déchiré les vêtements de l'assassin en se débattant. »

Le docteur Esteban confirme l'hypothèse du policier.

« Quand je l'ai ramassé sur la route, sa chemise était déchirée par endroits, le short aussi.

— C'est bien ce que je pensais. Je vais vous envoyer un spécialiste pour examiner ses mains. La victime a des éraflures au cou et aux épaules. On devrait retrouver des traces sous les ongles. Dès qu'il pourra parler, prévenez-moi. Encore une histoire de fou. »

Rapidement, la culpabilité de José Iberraz est établie, au moins en ce qui concerne la jeune femme étranglée : Martina, vingt-cinq ans, belle-sœur de José. Martina et sa sœur Laura, son aînée d'un an, passaient leurs vacances d'été, depuis le 2 août 1976, en compagnie de leur beau-frère et mari. Martina, la cadette, veuve depuis deux ans, était la plus jolie. Au camp plus d'un homme avait remarqué la silhouette superbe et les maillots suggestifs qu'elle portait avec insolence. L'épouse, plus fine, plus fragile, plus discrète, passait inaperçue, au contraire de sa sœur. Les voisins immédiats du bungalow ont donné leur impression à la police :

« Nous, on croyait que sa femme c'était l'autre. Ils se baignaient toujours ensemble, enfin ils avaient l'air d'être intimes... Mais on n'en sait pas plus, ces trois-là ne se mélangeaient pas aux groupes, ils ne venaient pas aux soirées, ils vivaient entre eux. Dans la nuit, on n'a rien entendu de spécial, tout le monde dansait sur la plage, eux ils étaient restés dans leur bungalow. C'est le garçon de cabine qui les a trouvées toutes les deux vers onze heures du matin. »

Laura, l'épouse, était morte depuis plus longtemps que sa sœur. L'autopsie révèle une dose importante de barbituriques et d'alcool. Mais la cause du décès est plus étrange : morsure de vipère aspic.

Le reptile assassin a disparu, mais il est évident qu'il a commis son forfait alors que Laura dormait dans son lit, assommée par les somnifères et incapable de réagir. Où se trouvaient sa sœur et son mari pendant ce temps ? Le lit de Martina n'a pas été dérangé, draps intacts. Martina a été étranglée au milieu de la nuit, son corps est resté sur le sol du bungalow, à deux mètres de celui de sa sœur. Pour compliquer le mystère, le médecin légiste précise que des rapports sexuels ont précédé la mort.

L'histoire sent le soufre. José Iberraz était donc l'amant de sa belle-sœur, mais pourquoi l'a-t-il étranglée ? Qui a placé une vipère dans le lit de l'épouse après lui avoir fait boire, à son insu, un mélange d'alcool et de somnifères ?

Il n'y a pas de vipère, sur cette plage. Elle vient d'ailleurs. La preuve : elle a été transportée dans une sorte de bocal de plastique au couvercle troué et dissimulé dans un sac de plage. Le tout a été retrouvé dans la salle de douches du bungalow. Double meurtre, donc, avec un seul assassin en vue dans l'histoire : le mari, José Iberraz. Sauf... sauf que cette histoire n'est pas vraiment son histoire, bien qu'il soit le seul à pouvoir la raconter, dès qu'il le pourra ou le voudra.

Le cinquième jour de son hospitalisation, il regarde toujours le plafond fixement, les infirmières fixement, ses mains, parfois, fixement. Puis les tranquillisants font peu à peu leur effet, le regard change, le corps prostré se détend. Il s'agite et prononce les premiers mots depuis une semaine devant le docteur Esteban :

« Je suis fichu... elle a fichu ma vie en l'air... Fichu... tout est fichu... Garce ! La garce !... »

Le docteur Esteban attire l'infirmière à l'écart et chuchote :

« Appelez le lieutenant de police, son numéro est sur mon bureau... Dépêchez-vous... »

Puis il s'assoit près du malade. Le dialogue est tout d'abord décousu. Le médecin parlant médecine, et le malade monologuant sur la réalité retrouvée.

Le docteur demande :

« Comment vous sentez-vous ? Maux de crâne ? Ne vous agitez pas, vous parlerez plus tard. Levez la main, bougez les doigts, regardez-moi, vertige ? »

Et l'autre n'écoute pas, il parle sur un ton monocorde :

« Tout... elle a tout combiné... depuis toujours... l'accident de voiture... tu parles... elle l'a tué, oui... Quel imbécile... J'ai tout avalé... »

Suit un chapelet d'insultes, qualifiant une femme de tous les adjectifs possibles. En clair et poliment traduit, cette femme-là est une sorte de sorcière diabolique, prostituée, menteuse, meurtrière, une vermine.

« De qui parlez-vous ?

— Martina... Martina, ma jolie belle-sœur, la bombe sexuelle, l'amour de ma vie. Je sais, maintenant, j'ai tout compris, ça m'est venu d'un coup. Elle a tout préparé, elle menait sa saleté d'existence, sans rien me dire, et moi je marchais, je marchais...

— Calmez-vous. Je dois vous prévenir que vous faites l'objet d'une enquête de police. Je ne suis pas là pour vous interroger, moi, je suis médecin, je vous ai trouvé sur la route, malade, choqué. Je ne permettrai à la police de vous parler que si vous vous sentez bien, si vous êtes lucide. Laissez-moi vous examiner.

— J'ai dormi, hein ? Je sens que j'ai dû dormir longtemps, mais ça va maintenant. Maintenant, je vois clair. Je vois tout. Ecoutez-moi, ça m'étouffe, vous voulez bien m'écouter ? Quand on a compris c'est tout simple.

« Je me suis marié il y a cinq ans, avec Laura, sa sœur aînée. On s'aimait bien, ça allait bien, jusqu'au jour du mariage. Qu'est-ce qu'elle a fait le jour du mariage ? Le jour même, hein ? En pleine réception ? Elle m'a attiré dans sa chambre. Bon sang, il fallait que je sois devenu fou, j'avais bu un peu. Et voilà, ça a commencé là. Mais attendez, elle, elle se mariait aussi ce jour-là. Elle avait voulu le même jour que nous. Pedro, un bon copain. Elle s'en foutait comme du quart, elle ne l'aimait même pas. Et moi, aveugle, imbécile, je courais dès qu'elle me sifflait, femme, copain, tout ça, je ne voyais plus rien. Il n'y avait qu'elle. Et puis elle l'a tué. Ça j'en suis sûr, maintenant. Elle a tué son mari. Deux ans après le mariage. C'était planifié dans sa tête, tout ça. Elle a raconté une histoire d'accident de voiture. Il est mort, elle a été éjectée "miraculeusement" ! Elle a sauté, oui... Je me souviens du flic qui lui disait sans arrêt : "Vous avez dû sauter par la portière avant le dérapage, essayez de vous souvenir..." Et elle : "Non, non... Je ne sais plus, le virage... j'ai oublié." Moi je savais et je ne voulais pas savoir. Après le mari, il fallait éliminer Laura, bien sûr, c'était évident. Alors, elle l'a fait. »

José Iberraz semble raconter un film dont il ignorait être le spectateur sur le moment. Les calmants le font parler avec une facilité peut-être dangereuse pour sa situation vis-à-vis de la police. Le médecin le met en garde :

« Vous devriez attendre d'être interrogé, d'avoir un avocat. Vous n'êtes pas dans votre état normal pour l'instant, et ce n'est pas mon rôle de vous écouter.

— Ça ne fait rien, je m'en fous, si vous saviez comme je m'en fous maintenant que j'ai compris. D'ailleurs, je l'ai tuée, étranglée comme un serpent. Imaginez ça : je l'ai étranglée de mes mains, je ne pouvais pas faire autrement, elle m'a rendu fou.

« On était sur la plage, dans un coin tranquille. L'amour, elle ne pensait qu'à ça ! J'étais son dieu, moi pauvre imbécile ! Et elle me dit de ne pas m'en faire, qu'elle a donné à Laura un petit somnifère avec du whisky. Elle me dit qu'elle dort et qu'on est tranquilles. Elle me dit : "Ne bouge pas, je vais voir, attends-moi." Et des grimaces et des promesses. Et moi qui marche, vous savez c'était une putain, cette femme ! Je la vois bien, maintenant. Et la voilà qui revient. Elle me dit : "Elle dort, on a toute la nuit."

Une nuit. Elle a mis tout son talent, cette nuit-là. Et puis nous rentrons, il fait presque jour. Je vois Laura crispée sur le lit, bizarre, la bouche ouverte. Je vais crier, appeler du secours, mais l'autre, elle m'entraîne, elle me fait taire. Elle me dit : "Viens... je vais t'expliquer, il faut que tu saches. Maintenant, nous sommes complices et nous sommes libres." Et elle raconte qu'elle a été chercher une saleté de serpent dans un institut de Madrid, en disant qu'elle faisait des expériences ou je ne sais quoi. On lui en a même donné deux ! Elle en a tué un, et elle a emporté l'autre en vacances, comme si elle emportait une crème à bronzer, dans un sac, comme ça, et cette nuit-là elle a ouvert le bocal dans le lit de Laura. Et elle est revenue sur la plage, faire son cinéma, me parler d'amour éternel et tout le reste.

« J'ai vu rouge. Un voile, un coup sur la tête, au cœur, partout. Elle s'accrochait à moi, elle parlait, elle parlait, et moi je voyais du venin, du venin partout. Il fallait que je tue ça, il le fallait. Ça explosait dans ma tête.

« Tout à l'heure, en me réveillant, j'ai revu toutes les images, bien nettes, peut-être que je suis fou, maintenant, mais moins qu'avant. A présent, je suis lucide.

— La police va venir, monsieur Iberraz. Il faudra répéter tout ça.

— Je le ferai. J'ai tué cette garce, mais c'est normal. Normal, je ne pouvais pas faire autrement. Elle a fichu ma vie en l'air, ça m'est bien égal ce qui va arriver maintenant. Je suis tout seul, heureusement. Vous savez ce que je crois ? Si ma femme avait eu un enfant, elle l'aurait tué aussi. Elle disait toujours : "Ne fais pas ça, ne lui fais pas d'enfant. Un jour c'est moi qui l'aurai, cet enfant. Je dirai que le père est inconnu. Je suis veuve, je suis jeune, j'ai le droit." Elle avait tout prévu, tout combiné dans sa tête de vipère. Je ne croyais pas que c'était possible, une femme comme ça. Je ne croyais pas que ça existait, je vivais avec elle, à côté d'elle, je la trouvais belle, j'étais fou amoureux, heureux même si je mentais à ma femme. Et je ne la connaissais pas. Un corps, juste un corps de femme et un serpent dans la tête. »

José Iberraz a été inculpé d'un meurtre sur deux. Martina avait bien acheté la vipère dans un institut de Madrid, sous prétexte d'expériences, avec fausse adresse et faux nom. L'enquête le prouva. Mais aussi diabolique que soit son plan, il était imparfait. D'abord : il n'y a pas de vipère aspic de ce genre dans la région.

Ensuite : c'est elle que son amant a étranglée comme un serpent. D'instinct.

Ce pourquoi il a été acquitté après une longue enquête et une instruction minutieuse. Martina ne trompait pas vraiment ses amis et sa famille. Même s'ils n'imaginaient pas, les uns et les autres, de quoi elle était vraiment capable, ils ne furent pas étonnés. Jalouse, ambitieuse, folle d'elle-même, autoritaire, elle l'était, a dit sa propre mère, depuis le jour de sa naissance. Il n'y avait que sa sœur Laura pour lui pardonner tout, et elle l'a tuée. Il n'y avait que José Iberraz pour l'aimer en aveugle, et il l'a tuée, le jour où il a vu clair et déroulé le film à l'envers en quelques secondes. Un extraordinaire flash-back.

LA FEMME AUX BÉQUILLES

Avant même qu'elle entre dans la salle des assises, le public, le juge, les jurés, les avocats et le procureur entendent le bruit de ses béquilles sur le carrelage du couloir. Et, lorsqu'elle apparaît, tous les visages se tournent vers la porte avec une expression de curiosité mêlée de répugnance : cinquante ans, plutôt grande, presque obèse, un visage lisse, des cheveux noirs huileux ornés d'un cercle doré. Elle a revêtu son manteau de laine chinée gris, garni de faux astrakan.

A pas lents, pesant sur ses deux béquilles, Clémentine se traîne maintenant dans la travée centrale. Après avoir jeté un coup d'œil vif à droite et à gauche, elle se dirige vers le box où deux gendarmes l'attendent. Puis son regard redevient dur, fixe, buté. Tandis qu'elle avance, la bouche contractée par un pli amer, il court sur son passage un frémissement d'horreur.

Clémentine... Comment un monstre aussi horrible peut-il porter un prénom aussi charmant ?

Elle s'arrête un instant, comme pour reprendre son souffle, cramponnée à ses cannes. Pourquoi cette comédie ? Chacun sait ici qu'elle n'est pas infirme.

Le président, d'abord imperturbable, la regarde progresser à pas comptés. Puis, comme s'il sentait monter jusqu'à lui l'odeur acide de l'accusée, il ne peut réprimer une petite grimace qui assombrit pendant quelques secondes son visage sympathique de vieil enfant aux yeux bleus, que la majesté de la perruque ne parvient pas à défigurer.

« Je vous demande de rester calmes et silencieux », dit-il enfin au public en qui la révolte monte.

Dans un silence horrifié, les spectateurs observent alors la misérable comédie de l'inculpée gravissant les marches du box. Lorsque enfin elle a gagné sa place, le juge dit, sans une ombre d'ironie mais contenant son indignation :

« Vous pouvez rester assise si vraiment votre état vous y oblige. » Clémentine n'attendait pas sa permission, elle s'est littéralement écroulée sur son banc.

Aux assises de Louvins, le 3 décembre 1980 le président a tout vu depuis qu'il juge : des voyous, des truands, des escrocs, des pauvres types fourvoyés dans la collaboration, des dénonciateurs, des fascistes criminels, des empoisonneuses par amour, d'autres par intérêt, mais jamais un être aussi méprisable, aussi moralement hideux que cette Clémentine. Est-ce vraiment une femme ou un animal d'une espèce inconnue ? Par définition, un animal ne pourrait être aussi pervers. Le président parvient enfin à détacher son regard de cette accusée qui le fascine. Il chausse ses lunettes et ouvre son dossier :

« Vous vous appelez Clémentine Rippens.

— Oui, monsieur le président. »

La voix est aimable et claire.

« Vous êtes née le 15 août 1930. Votre père était bûcheron.

— Je l'accompagnais souvent dans le bois, répond l'accusée. C'est lui qui m'a appris à manier la cognée et la tronçonneuse. De mon état je suis forestière, monsieur le président. Autrefois j'étais très solide. »

Les précisions données, elle promène sur la salle un regard satisfait, ravie d'avoir pu parler de son passé de « bûcheronne ». Elle ne se rend pas compte que le mot « tronçonneuse » a provoqué dans le public, et chez le président lui-même, une association d'idées effroyable : pendant quelques instants, ils l'ont imaginée arc-boutée, ayant abandonné ses béquilles, sciant avec cet engin, un rictus de plaisir sur les lèvres, les arbres et les branches, comme s'il s'agissait de corps et de membres vivants.

« C'est cela... une vie saine et au grand air... » ne peut s'empêcher de grommeler le président avant de reprendre un interrogatoire qui laisse désormais l'accusée totalement indifférente.

Elle se contente d'acquiescer à l'évocation de la naissance d'un premier enfant en 1955 et de son mariage avec un Espagnol l'année suivante. L'évocation des trois nouvelles naissances qui suivent ne suscite chez elle aucun commentaire. Lorsque le président signale que trois de ses quatre enfants ont dû être placés dans des centres spécialisés pour débiles mentaux, elle approuve d'un petit signe de tête.

« Vous avez quitté votre mari. Pourquoi ?

— La vie avec lui était impossible.

— Ah ! bon, et pourquoi ?

— C'était un homme épouvantable, monsieur le président. »

Un silence suit cette déclaration : chacun essaie d'imaginer ce que peut être un homme que le monstre ici présent qualifie d' « épouvantable ». Le président, plus tard, se laissant aller à quelques confidences, avouera :

« J'avais beau me répéter que tous les êtres humains sont respectables, cette femme me répugnait au point que je lui aurais volontiers craché au visage. Lorsque je lui ai fait remarquer qu'elle avait un ami qui venait parfois la visiter, je n'ai pas résisté à l'envie de lui demander quel était son métier. "C'était un ouvrier d'abattoir, monsieur le président, m'a-t-elle répondu. — Est-ce lui qui vous a expliqué comment on tranche la gorge des animaux ?" Je savais qu'à cette question précise, que je posais d'une voix sèche, faussement indifférente, les jurés allaient avoir un haut-le-cœur, parce qu'ils avaient encore dans la mémoire les atroces photos du crime que l'avocat général venait de leur montrer. »

Pour le moment, une jeune fille de dix-huit ans, un peu forte, brune et sans grâce, s'approche timidement de la barre :

« Vous êtes Geneviève Rippens, l'unique fille "normale" de votre mère Clémentine Rippens. Lorsque celle-ci est venue s'installer dans ce village, vous avez quitté l'internat pour venir habiter avec elle. Immédiatement, vous avez fait office de garde-malade. Votre mère, obèse, diabétique, exigeait des soins constants, paraît-il. Lesquels ?

La pitoyable Geneviève Rippens jette sur sa mère un sourire gêné.

« Je l'habillais, monsieur le président, je la lavais...

— Et si vous ne le faisiez pas ? »

La fille bégaie une sorte d'hésitation gênée, interminable, que le président élude :

« Inutile de répondre, mademoiselle, nous le savons. Si vous ne le faisiez pas, elle se laissait totalement aller. Elle pouvait rester des semaines sans faire sa toilette. »

A ce moment, l'accusée se croit obligée d'intervenir :

« Ma santé n'était pas fameuse, explique-t-elle. Du mois d'août au mois de novembre, j'ai dû être hospitalisée.

— Et vous en êtes sortie ne sachant plus marcher, constate froidement le président. Tout à coup, il vous fallait des béquilles. Ce n'est pas une bonne publicité pour la clinique. »

L'accusée, tête baissée, regarde en biais le président pour expliquer d'un air sournois :

« J'avais des rhumatismes à la jambe droite.

— Vous dites parfois que c'est à la jambe gauche. Les gens malintentionnés prétendent que tout cela n'est que simulation. On dit dans votre village que vous n'êtes pas infirme.

— C'est faux, je ne peux pas me passer de mes béquilles, s'écrie Clémentine soudain furieuse.

— Possible, mais on prétend que, lorsque cela vous chante, vos béquilles vont plus vite que vous. Enfin, passons. Au printemps 1975, Claudine Foster, une jeune mère séparée de son mari et vivant seule avec sa fillette Yvette, vient habiter le village dans une maison proche de la vôtre. Immédiatement votre fille Geneviève se lie d'amitié avec la nouvelle venue. Considérez-vous qu'elle a changé d'attitude à votre égard à dater de ce jour ?

— Oui, monsieur le président. J'avais pourtant été gentille avec Claudine Foster. Au début je la trouvais sympathique. D'ailleurs, je l'avais aidée à emménager.

— C'est à cette occasion, je suppose, que vous avez

appris où elle rangeait ses couteaux ? demande brutalement le magistrat... Passons. Donc, vous la trouviez sympathique. Elle est en effet fort sympathique. Malheureusement, cela n'a pas duré. Très vite vous avez été jalouse de l'influence qu'elle exerçait sur votre fille.

— Parfaitement, je voulais qu'elle laisse Geneviève tranquille.

— Mais enfin, quel mal lui faisait-elle ?

— Elle voulait me la prendre, monsieur le président.

— Qu'elle ait voulu libérer votre malheureuse enfant, qui s'en étonnerait ? grogne le président. C'est alors que vous avez décidé de l'obliger à partir. Vous avez brisé ses vitres, sectionné le tuyau de la cuve à mazout, vidé des seaux hygiéniques dans son jardin, prétendu dans le village qu'elle était atteinte d'une grave maladie contagieuse, etc. J'en passe...

« Le comble, c'est lorsque vous avez cassé les tuiles du toit pour qu'il pleuve chez elle... Cela ne devait pas être facile avec vos béquilles ? D'autant que le chemin qui relie vos deux maisons est difficilement praticable ?

— Je marchais doucement, répond l'inculpée avec le même regard sournois.

— Le 15 août c'est votre anniversaire. Eh oui, remarque le président en s'adressant aux jurés. Comme tout être humain, Clémentine est née, Clémentine a été un petit bébé rose qui faisait "arreu arreu"... Et l'on se croit obligé de fêter cet affreux jour. Yvette, qui a cinq ans, vient vous offrir à cette occasion un jupon et un pendentif. Le geste de cette enfant ne vous a pas émue ?

— Si, monsieur le président, j'en ai même pleuré. C'était la première fois qu'on me faisait un cadeau.

— Malheureusement, ce jour-là aussi, votre fille Geneviève et Claudine Foster ont été ensemble consulter une voyante. Quand elles sont revenues, que vous ont-elles dit ?

— Que quelqu'un allait mourir dans notre entourage, monsieur le président.

— Et cette prédiction vous a trotté dans la tête, n'est-ce pas ?

Oui, j'y ai pensé toute la nuit.

— Après l'épisode de la voyante, vous avez dit à votre fille que le vase débordait, pourquoi ?

— Parce qu'elle voulait partir en Tunisie avec Claudine. Elle voulait m'abandonner.

— Elle vous l'a dit vraiment ? Vous en êtes sûre ?

— Euh ! non, mais...

— En réalité, explique le magistrat se tournant vers les jurés, Geneviève avait reçu une carte postale d'un ami tunisien, et c'est à partir de cette unique correspondance que l'accusée a bâti un roman. Un roman qui le 16 au matin l'a conduite à prendre une décision : elle va tuer... C'est l'un des crimes les plus affreux, les plus injustes, les plus stupides que j'aie jamais eus à juger.

« Donc, l'accusée, soi-disant impotente, qui veut à tout prix se débarrasser de sa voisine Claudine Foster, décide de tuer, et de tuer qui ?... La petite fille de celle-ci : Yvette ! Une gamine charmante qui la veille encore lui a fait venir les larmes aux yeux en sonnant à sa porte, un jupon et un pendentif à la main, qu'elle lui offrait pour son anniversaire. En vouliez-vous personnellement à cette enfant ?

— Non... j'aime beaucoup les petites filles. »

Un véritable grondement s'élève de la salle des assises. Chacun revoit, parfaitement visibles sur les photos présentées par l'accusation, les traces des doigts de Clémentine enfoncés profondément dans le menton de la fillette.

« Mais alors pourquoi ?... Pourquoi ? crie le président.

— C'était le seul moyen de me débarrasser de cette Claudine.

— Mais pourquoi pas la mère ? C'eût été plus radical, non ? »

Clémentine provoque un nouveau mouvement de révolte dans l'assistance lorsqu'elle répond logiquement :

« Je n'étais plus assez forte. »

Le président esquisse un geste qui exprime son découragement : comment juger humainement un être pareil ?

« Vous attendez donc que votre fille et son amie partent faire des courses, puis vous vous glissez subrepticement jusqu'à la maison où dort la petite Yvette. Racontez-nous cela, s'il vous plaît.

— Oui, monsieur le président. Je suis passée par la fenêtre du rez-de-chaussée. J'ai pris un couteau dans le tiroir de la cuisine, puis je suis montée dans la chambre à coucher de la gamine.

— C'était un escalier très dur pour vous, non ?

— Oh ! oui... Je suis montée lentement, à genoux, en m'accrochant à la rampe. J'avais mis le couteau dans ma poche et...

— Et vous prétendez être infirme alors que vous avez enjambé une fenêtre, réussi à grimper seule l'escalier de bois très raide qui mène aux chambres. De même que, parvenue au chevet de l'enfant, il a bien fallu que vous lâchiez vos cannes pour prendre dans votre poche le couteau de cuisine. Yvette ne s'est pas réveillée lorsque vous vous êtes approchée du lit ?

— Non... Je me suis doucement assise sur le bord du matelas. Je tenais la lame de la main gauche, car l'autre est mutilée, vous voyez ? J'ai appuyé sur sa tête, d'abord avec le coude droit, puis ensuite avec la main...

— Et pour l'égorger, vous avez fait, je présume, plusieurs mouvements de va-et-vient.

— Oui, monsieur le président. »

Dans un silence bizarre, une sorte de silence furieux, le président secoue la tête, comme s'il essayait de chasser un cauchemar, et précise à l'attention des jurés :

« Elle a tranché la gorge de l'enfant endormie jusqu'à la colonne vertébrale. Quelle vigueur étonnante pour une infirme... Après, que s'est-il passé ? »

De sa voix détachée, l'accusée explique qu'après avoir redescendu l'escalier sur les fesses elle n'a pas eu le temps de sortir de la maison : revenues des courses, Claudine Foster et sa fille Geneviève l'ont surprise dans le vestibule. Elle leur a crié : « Claudine, va donc voir ce qu'il a fait à ta gosse ! C'est un barbu. Je l'ai vu sortir de chez toi. »

« Evidemment, conclut le président, pendant plusieurs jours la police s'est acharnée sur tous les barbus des environs, avant de se rendre à l'évidence : l'auteur de ce crime stupide et monstrueux n'était autre que la voisine : Clémentine. »

C'est fini, ou presque.

« Une formalité ! J'espère, s'écrie l'avocat général, que ce jugement ne sera qu'une formalité ! Et pourtant je requiers la peine de mort. Cela pour trois raisons : la première, c'est qu'il s'agit d'un acte de barbarie ; la seconde, c'est que, même complètement déraisonnable, ce crime a été médité par l'accusée pendant toute une nuit : plus de dix heures ; la troisième, c'est que, si vous déclarez que l'accusée est folle, elle sera conduite dans un asile psychiatrique et risque d'être remise en liberté dans six mois... »

Les jurés ne vont pas délibérer longtemps, à peine trente-cinq minutes, et ils reviennent avec leur verdict : la peine de mort.

LA MÈRE D'ISABELLE

Une librairie à Bâle, qui sent bon le vieux papier, le vieux cuir, le vieux bois. Comme un bateau dans la ville agitée, qui transporterait une cargaison de livres rares. C'est là qu'Isabelle fait un stage en terminant ses études de littérature. Une fille sage de vingt ans, en jupe grise et gros pull-over bleu. Elle met en fiches les pensées des autres, époussette les reliures, fait glisser silencieusement l'échelle de bois le long des rayonnages. Calme, quiétude, havre de réflexion, ou chuchotement parfois des passionnés, collectionneurs d'œuvres originales, amoureux des pages imprimées sur vélin de luxe... Le libraire est un barbu tranquille, à la voix tranquille :

« Isabelle ? »

Isabelle ne répond pas. Quelque part au fond de la librairie, coincée entre des cartons, sa jupe grise dans la poussière, elle respire à petits coups, à petit souffle, pâle, les yeux étrangement fixes.

« Isabelle ? Qu'est-ce qu'il y a, Isabelle ? Vous n'êtes pas bien ? »

Isabelle cherche le visage penché sur elle, comme une aveugle. Elle répond à côté de la question :

« Je vois du rouge, c'est le rouge qui danse, le rouge, le rouge... »

Le libraire comprend très vite : sueur, pâleur, tremblements, pupilles dilatées, c'est une histoire de drogue. Il n'aurait jamais soupçonné la sage Isabelle de sombrer dans la triste manie du siècle. Mais l'évidence est là, recroquevillée à terre, comme une poupée cassée. Alors il fait ce qu'il doit faire, il appelle un médecin. Puis il prévient la famille d'Isabelle. Le père est en voyage, toujours en voyage. La mère réagit mal.

« C'est impossible ! Pas Isabelle ! Elle est malade, mais la drogue, c'est impossible ! »

C'est possible. Et c'est grave. Le médecin ne peut

rien sur place. Ambulance, réanimation, hôpital. Isabelle va mourir.

Dans son sac, un petit carnet où elle a noté chaque prise de drogue, avec les effets constatés. Des mots fous, des images, des couleurs, des explosions, des cauchemars.

La mère est une statue d'incompréhension devant le lit blanc. Le visage aux traits réguliers de sa fille disparaît sous un masque à oxygène, un écran reproduit les battements du cœur, sous la forme d'une petite boule lumineuse qui tressaille péniblement, lentement, si lentement, avant de disparaître, de se fondre en une ligne plate, émettant un sifflement continu et strident... Comme si la petite Isabelle hurlait dans le silence de son corps immobile : « Je suis morte, morte, morte... »

La mort d'Isabelle est un assassinat. Mais où se cache l'assassin ?

La mère dit : « On l'a tuée ! »

Dans son désarroi, elle ne pense pas une seconde que sa fille, la sage Isabelle, ait voulu flirter avec la mort de son plein gré. Elle dit et elle répète : « On a tué ma fille ! »

Il est terrible, ce « on ». Cet assassin anonyme, ce pourvoyeur de mort, dont personne ne soupçonnait la présence aux côtés d'Isabelle. Il a fait son œuvre en quelques mois, dans l'ombre, où va maintenant le rechercher la mère. Quête impossible ? Vengeance sans espoir ?

Mme D., la mère d'Isabelle, est à quarante-deux ans le portrait de sa fille. Même silhouette mince, même visage régulier aux traits sages, bien dessinés, harmonieux, même chevelure brune, même regard émouvant de douceur.

A la police, devant le sac de sa fille, un grand cartable d'écolière, elle écoute, glacée, ce qui ressemble à un verdict d'impuissance.

« Mescaline... L.S.D., si vous préférez... Nous

savons que les jeunes en font le trafic et l'usage dans les cafés de la ville. Mais la filière est une vraie passoire. Impossible de mettre la main sur le fournisseur d'origine. Les étudiants se repassent des tuyaux entre eux et ils ne se dénoncent jamais. Ces jeunes imbéciles pratiquent ça comme un sport intellectuel.

— Isabelle n'était pas comme ça.

— Madame... Les parents se rendent rarement compte de ce qui se passe. Par exemple, amenait-elle des amis chez vous ?

— Non, jamais. Elle rentrait tard le soir, son travail à la librairie le matin, ses cours l'après-midi ; elle travaillait même le dimanche...

— Elle fumait beaucoup ?

— Depuis quelque temps trop à mon goût.

— C'est un signe, en principe. En dehors des prises, ils compensent avec le tabac. Elle était fatiguée ? Il lui arrivait de s'endormir brusquement ?

— Parfois, le surmenage.

— La drogue, madame. Depuis quand était-elle ainsi ?

— Je ne sais pas, quelques mois.

— Quel endroit fréquentait-elle ?

— Je ne sais pas.

— Vous voyez...

— Elle n'avait aucune raison de faire ça ! Elle était heureuse, normale, elle aimait ses études, quelqu'un l'a entraînée.

— Comme toujours. Et, quelle que soit la raison, elle a choisi ce chemin-là, vous n'y pouviez rien.

— Je suis sûre qu'on l'a forcée ! Sûre. Elle a dû prendre ça comme une expérience, elle ne savait pas.

— Ils ne savent jamais.

— Qu'est-ce que vous allez faire ?

— Il y a des brigades spéciales. On va leur communiquer le dossier, mais ils ne trouveront pas grand-chose, et ça ne vous rendra pas votre fille. Ils vont interpeller deux ou trois jeunes comme elle. Avec un peu de chance, ils mettront la main sur un petit dealer. Cette drogue est l'une des plus insaisissables. A l'origine, c'était un médicament réservé aux malades mentaux. Le trafic a commencé dans certains hôpitaux aux Etats-Unis, il y a eu des vols dans les pharmacies. On a retrouvé le L.S.D. sous toutes les formes, en sirop, en bonbons. Devant le danger, les laboratoires ont cessé la fabrication, mais il se trouve toujours un étudiant en chimie ou en médecine pour le fabriquer ou le ramener de vacances. Voyez-vous, ce n'est pas le même circuit que les drogues classiques, avec filière plus ou moins repérée et laboratoires clandestins. Surtout chez nous, en Suisse. Depuis le début des années 60, on en voit passer de temps en temps. Votre fille a dû rencontrer un étudiant qui en prenait, elle a cru à cette espèce d'expérience bidon, de dépassement de soi-même, de paranoïa intellectuelle dont certains jeunes se gargarisent en croyant l'affaire sans danger. Ceux-là sont presque insaisissables pour la police. Ils ne se considèrent pas comme des drogués.

— Alors, vous n'allez rien faire ?

— Si vous connaissiez les relations de votre fille, si vous aviez un nom à nous donner, il y aurait une enquête possible, mais dans l'état actuel des choses... »

Mme D. s'en va, elle emporte le grand cartable, avec les feuilles de cours, les bouquins, les paquets de cigarettes, le petit carnet, un mouchoir, une paire de gants, une carte d'étudiante, des tickets d'autobus, un porte-bonheur en plastique rose.

La police a gardé une boîte d'allumettes contenant trois pastilles à l'air inoffensif de bonbons acidulés. La mort dans une boîte d'allumettes. Qui ? Elle veut savoir qui. Elle veut le tuer de ses mains, l'écraser comme un animal nuisible. Mais où ? Combien de parents ont ressenti cette rage impuissante et aveugle. Ils avaient une fille ou un garçon dont ils croyaient tout savoir, et se retrouvent devant la tombe d'un inconnu, parti avec son mystère.

La mère d'Isabelle ne vivra plus sans l'idée que, quelque part, marche et vit l'assassin de sa fille. Obsession dont elle ne parlera pas. Qu'elle taira comme Isabelle taisait son secret. Autre drogue dangereuse, que ce besoin d'identifier un responsable à tout prix, au risque et au danger d'accomplir une vengeance inutile.

En face de la librairie où travaillait Isabelle se trouve un petit café-bar, fréquenté par les employés du quartier. On y déjeune sur le pouce. Isabelle n'y allait jamais. Le patron ne reconnaît pas son visage, il ne l'a jamais vue.

Jouer les policiers, ce n'est pas évident. Montrer une photo dans tous les petits bars du quartier et demander inlassablement : « Vous connaissez cette jeune fille ? » n'amène en général que des réponses méfiantes.

« Qui êtes-vous ? Qu'est-ce que vous voulez ? »

Alors il faut mentir :

« Elle a disparu, elle est malade, elle a besoin d'être soignée. »

Comme si Isabelle était vivante quelque part dans la ville. C'est à la fois douloureux et anesthésiant.

Le père, lui, est reparti à ses affaires. Il n'a rien compris. Même pas les démarches de sa femme.

« Tu cherches à savoir quoi ? Ça te mènera où ? S'il y a des coupables dans cette histoire, c'est toi et moi. C'était à nous de deviner. »

La mère poursuit son idée fixe. Isabelle n'était pas une droguée ordinaire. « Son » Isabelle a été attirée dans un piège tragique, elle était trop intelligente, trop lucide pour se laisser convaincre par n'importe qui. Elle n'avait aucun conflit intérieur, rien qui puisse l'amener à une forme quelconque de désespoir. Elle a voulu faire une expérience, son carnet le dit. Elle n'y a noté que des impressions, comme une scientifique. Quelqu'un est à l'origine de cette folie.

« Je cherche cette jeune fille, elle est malade, elle a disparu. »

Deux mois ont passé. Une serveuse répond enfin, dans une cafétéria :

« Il y a longtemps qu'on ne l'a pas vue... »

La mère s'assoit, elle a peur soudain. Elle regarde ce décor un peu laid, les tables en Formica, les couleurs heurtées, les lumières trop vives. Alors c'est là qu'Isabelle venait, c'est là qu'elle s'asseyait pour écrire, lire, manger un sandwich, discuter... Elle a mis deux mois à trouver ce lieu, à 200 mètres de la librairie. La serveuse compatit.

« Ah !... vous êtes sa mère ? Elle avait pas l'air malade, pourtant.

— Dites-moi, qui elle fréquentait ?

— Oh ! ça, ma pauvre dame, ils se fréquentent tous, vous savez. Les étudiants, ça va, ça vient...

— Mais vous vous souvenez d'elle ? Pourquoi ?

— Elle dessinait toujours des trucs sur la nappe en papier...

— Quels trucs ?

— Des trucs qui ne voulaient rien dire, pas des vrais dessins, quoi... des gribouillis. Une fois je crois qu'elle a oublié son écharpe, oui, je crois bien que c'est elle... Je me rappelle plus bien, vous pensez, j'en vois tellement...

— Qu'est-ce qu'il y a eu à propos de cette écharpe ?

— Un de ses copains l'a prise, il a dit qu'il la lui rendrait.

— Qui ? Essayez de vous souvenir, qui ? Je vous en prie.

— C'est trop vague, je vous dirais des bêtises. Un grand type, maigre, il me semble.

— Il est là ? Il vient souvent ?

— Comme les autres.

— Il était toujours avec elle ?

— Ça je pourrais pas vous dire. »

De la fumée, de vagues souvenirs, des bulles de

souvenir. Il faut être une mère pour s'accrocher à si peu. Pour revenir inlassablement, jour après jour, demander désespérément :

« Vous connaissez Isabelle D. ? »

Un jour, enfin, une petite jeune fille boulotte apporte la réponse tant attendue.

« Isabelle, on la voit plus au cours. Elle a laissé tomber sa thèse, c'est son copain Frank qui me l'a dit.

— Qui est Frank ? Son petit ami ?

— Non, son copain, ils bossaient ensemble, ils avaient le même prof comme directeur de thèse. Vous êtes sa mère et vous saviez pas ça ?

— Où est Frank ?

— On le voit plus souvent, lui non plus. Il est un peu dingue, ce type. Brillant, mais dingue...

— Aidez-moi à le rencontrer, je vous en prie. Il sait peut-être où se trouve ma fille.

— Tout ce que je sais, c'est qu'il joue de la musique dans un club de jazz, du saxo. »

Enfin, il est là, dans la fumée d'une cave, grand et maigre, silhouette fantomatique, accroché à son instrument. C'est lui. L'instinct d'une mère ne peut pas tromper. C'est lui, ce faiseur de bruit syncopé, de musique moderne réservée à une élite d'initiés.

Il est en sueur, désinvolte, il s'assoit par terre et lève sur la mère d'Isabelle un regard désabusé.

« Qui ça ? Isabelle ? Ah ! oui, elle est morte, Isabelle. »

Il savait, bien sûr. Et déjà il regarde ailleurs, il échappe, comme un coupable. Il faut jouer la ruse, pour être sûre.

« Vous êtes le seul qui pourriez m'expliquer. Je suis sa mère. J'ai besoin de comprendre. Cette drogue, cette expérience.

— Qu'est-ce que vous cherchez ? Quelle drogue ? Je sais pas de quoi vous parlez. Fichez le camp.

— Elle m'a dit que vous faisiez une expérience ensemble.

— Foutaise. Ça n'a rien donné.

— Mais vous ?

— Quoi, moi ? On a tenté un truc. C'est pas de ma faute si elle s'est obstinée.

— Parce que vous, vous avez abandonné ?

— Ça m'a amusé quelque temps. Des trucs de gamins. Vous frappez pas comme ça. Isabelle prenait tout au sérieux, pas marrante du tout. J'ai pas envie d'en parler, d'accord ? Vous m'oubliez un peu, d'accord ?

— Elle est morte, et vous voulez oublier ?

— Okay, j'ai compris. La faute à qui, hein ? Tout ça parce qu'elle vous a raconté que je lui ai filé des bonbons, et après ? J'en ai donné à d'autres ! Qu'est-ce que vous croyez ? Que je vais me battre la coulpe en répétant devant Dieu c'est ma faute, c'est ma très grande faute ? Elle est allée trop loin, c'est tout. Ça me regarde pas.

— Elle est morte ! Vous lui avez donné la mort. C'est vous qui lui avez fait avaler cette saleté !

— Mais non, c'est pas moi, c'est personne ! C'est même pas le type qui a fabriqué cette saleté, comme vous dites. Ça n'avait rien de dangereux, on l'a tous essayée, on n'en est pas morts. Maintenant, fichez-moi la paix avec vos salades. Puisque votre petite fille vous disait tout, elle a dû vous dire qu'elle voulait atteindre les sommets ? Le mystique ? Dieu, ou je ne sais quoi d'autre ? Foutaise, je vous dis. Ça ne m'intéresse pas, ça me concerne pas. Je n'étais pas son maître à penser. Vous, les parents, c'est toujours pareil, c'est toujours la faute des autres, vous pigez rien. J'ai pas de parents, moi. Un vrai bonheur, personne pour s'accrocher à mes basques.

— Vous êtes odieux, un monstre.

— Il faut bien être quelque chose ou quelqu'un, non ? Allez-vous-en. C'est pas un endroit pour vous. Les parents n'on rien à faire ici. »

La mère d'Isabelle a rapporté cette conversation à la police. Elle seule pouvait le faire.

Elle a quitté le club de jazz, cet endroit où les parents n'avaient rien à faire. Elle est montée dans sa voiture. Elle a attendu jusqu'à quatre heures du matin, presque l'aube. Une longue préméditation.

Quand il est sorti, en traînant son saxophone, elle l'a suivi, en roulant doucement d'abord, puis elle a accéléré. Il y avait des témoins. Ils ont vu la voiture passer sur le grand corps maigre, en rugissant du moteur, comme un fauve.

Folie. Internement. Vengeance désespérée, pas de jugement. Qui sont les victimes, qui sont les assassins. On ne sait plus.

J'AVAIS DIT
QUE JE VOUS TUERAIS

Nue, en jean ou en manteau de fourrure, Ruth Gronemeyer est diablement belle. C'est dans la vie le principal, sinon l'unique atout de sa réussite. Aussi, lorsque la sonnette retentit, jette-t-elle un coup d'œil en passant vers la glace au cadre de bois doré qui orne la petite entrée. Inspection rapide, quasiment militaire de sa coiffure. Un adjudant dirait : « Je ne veux voir qu'une tête. » Elle pense : « Je ne veux voir qu'un cheveu. »

Cette belle autorité se décompose dès la porte ouverte. Ses belles lèvres rouges écartées pour saluer la visiteuse ne se referment pas. Ses yeux verts fixent le petit revolver braqué sur elle.

La jeune femme qui lui fait face, pâle et la voix tremblante, la pousse du canon de son arme, et fait deux pas en avant pour refermer la porte derrière elle :

« Je m'appelle Elisabeth Honig », dit-elle.

Ruth Gronemeyer a compris et secoue la tête.

« Vous êtes la femme de...

— Oui... Je suis la femme de Franz... Vous savez que vous détruisez notre foyer ? »

Ruth Gronemeyer observe que le canon du revolver n'est plus braqué sur elle et que des larmes coulent des yeux de la visiteuse qui bégaie :

« Est-ce que vous vous rendez compte du mal que vous faites ? »

Ruth Gronemeyer constate que la jeune femme est bien telle que la lui a décrite son amant : plutôt jolie elle aussi, mais moins éclatante, d'une blondeur un peu fade, moins pulpeuse, certainement moins sensuelle. Pas étonnant que Franz en soit fatigué.

« Est-ce qu'au moins Franz vous a dit que nous avions un enfant ? »

Ruth Gronemeyer ne supporte jamais longtemps une position d'infériorité. En un éclair, elle voit comment retourner la situation : non qu'elle soit très intelligente, mais une certaine méchanceté naturelle lui donne du génie :

« Oui... il m'a dit que vous aviez une fille : Flora, mais... qu'elle n'était pas de lui. »

Sous cette déclaration imprévue, Elisabeth Honig chancelle et Ruth Gronemeyer, en quelques phrases, va se débarrasser d'elle :

« De toute façon, ma chère, il n'y a pas de quoi vous mettre dans cet état. Rangez-moi ce revolver. Je n'ai pas du tout, mais pas du tout l'intention de vous voler votre grand benêt de mari. Ce n'était qu'une passade, j'en suis lasse et vous le rends bien volontiers. »

De retour dans leur jolie villa des environs de Munich, Elisabeth Honig se laisse tomber dans un fauteuil et attend le retour du docteur Honig, son époux. Elle l'attend longtemps, toute la soirée et toute la nuit. Enfin, vers six heures du matin, elle entend la voiture, la porte du garage qui s'ouvre et se referme. Elle avouera plus tard qu'elle tient son petit revolver caché dans la poche droite de sa jupe. Evidemment, elle va tirer... mais il ne faut pas en déduire que l'affaire va s'arrêter là. Elle ne fait que commencer.

Donc, à six heures du matin, la porte du garage s'ouvre, se referme, et le docteur Honig, grand, mince, très très grand, très très mince, et même bien trop grand, et bien trop mince, le cheveu raide et brillantiné, de grosses lunettes en équilibre sur deux narines frémissantes, entre en claquant rageusement la porte :

« Ah ! te voilà ! s'exclame-t-il en apercevant sa femme immobile dans un fauteuil. Qu'est-ce que tu es allée faire là-bas, petite idiote ? Hein ? Qu'est-ce que tu lui as raconté ? »

Penché sur le fauteuil, la main gauche appuyée sur l'un des bras, de la main droite, il gifle violemment Elisabeth qui ne bouge pas.

« Qu'est-ce que tu lui as dit ?

— Que nous avions un enfant.

— Comme si elle ne le savait pas ! Tu penses bien que je le lui ai dit.

— Tu lui as dit aussi qu'il n'était pas de toi ! »

Le docteur, derrière ses grosses lunettes, roule des yeux fous. Ses narines s'écartent comme s'il étouffait de colère.

« Et alors ? Qu'est-ce qui me prouve qu'il est de moi, cet enfant ? »

A quinze mètres de là, au bout d'un couloir, une porte s'entrouvre, laissant apparaître le visage anxieux et indécis de la petite bonne. Celle-ci entend les éclats de voix d'Elisabeth, les injures proférées par le docteur et, finalement, deux coups de feu suivis d'un silence. Tandis qu'elle jette un manteau sur sa chemise de nuit, sa patronne sortie du salon s'avance lentement dans le couloir :

« Appelez le docteur ! Appelez la police. »

Elisabeth Honig lui montre d'un geste du bras,

là-bas, par la porte restée ouverte, le corps inanimé de son mari.

Triste journée pluvieuse en ce mois de février, où la blonde Elisabeth Honig, vingt-sept ans, doit être jugée devant un tribunal de Bavière. Lorsque le principal témoin s'avance lentement, appuyé sur deux cannes, le président lui demande :

« Docteur Honig, voulez-vous vous asseoir ? Oui ? Voulez-vous donner une chaise au témoin, s'il vous plaît. »

Dans la trop grande, trop mince silhouette du docteur, les os de la hanche droite doivent craquer douloureusement autour de la cheville de métal qui la rafistole. Son cœur doit battre à grands coups près du petit trou d'où il a fallu extraire la seconde balle. Le président résume les faits et conclut :

« L'accusée, comme vous l'avez entendu, pour expliquer son geste aux policiers, a prétendu que, l'ayant trompée et près de la quitter, vous l'avez giflée et injuriée au point de lui faire perdre un instant la raison. Que répondez-vous ?

— A peu près tout ce qu'elle raconte est le fruit de son imagination, déformée et morbide.

— Avez-vous vraiment douté de votre paternité ? » demande encore le président.

Le docteur Honig hausse les épaules. Il a presque un sourire de pitié lorsqu'il murmure :

« Mais non, monsieur le président ! Bien sûr que non ! »

Chacun s'attend à ce qu'Elisabeth Honig et son avocat deviennent, à tort ou à raison, des accusateurs implacables de la victime. D'autant que la partie civile a traité l'accusée d'« assassin contrecarré ». Mais il n'en est rien : lorsque l'avocat se tourne vers sa cliente, la suppliant de lui laisser la liberté de la défendre comme il l'entend, elle refuse :

« Non ! Taisez-vous... Ne remuez pas la boue... Je ne veux pas de boue... nous avons un enfant. »

A la question que lui pose le président :

« Mais enfin, pour tirer vous aviez bien un motif...
Répétez au moins ce que vous avez dit à la police ! »

Elle se contente de répondre :

« Avec mon mari, la vie était un enfer. »

Dans ces conditions, le procès est vite expédié. Même le témoignage de Ruth Gronemeyer est réglé en trois temps et quelques questions. Lorsqu'elle paraît derrière la barre, de bleu sombre vêtue, superbe, autoritaire et digne, le président lui demande les relations qu'elle entretenait avec le docteur :

« En tant que visiteuse médicale, répond-elle, promenant un regard vert sur le tribunal, nous avions beaucoup d'intérêts communs, c'est tout.

— Aucune relation intime ? » insiste le président.

Ruth Gronemeyer lève trois doigts vers le plafond puis, avec une gravité que dément quelque peu la rougeur exagérée de ses lèvres, elle jure devant Dieu :

« Le docteur Honig est un très bon ami, mais nous n'avons jamais entretenu de relations intimes. »

Cette fois, l'accusée hors d'elle se dresse dans son box.

« Jamais ? hurle-t-elle.

— Jamais ! » tranche le témoin.

Le président a beau intervenir, l'accusée insiste :

« Et demain ? Quand ce procès sera fini ?

— Ni hier, ni aujourd'hui, ni demain, j'ai dit jamais ! affirme le témoin.

— Accusée, taisez-vous ! »

Mais avant que deux policiers l'aient, d'un geste vigoureux, écrasée sur son siège, l'accusée a le temps de promettre :

« Nous verrons ! Si j'apprends un jour que vous vivez avec Franz, je vous tuerai ! »

Cette promesse va conditionner toute la suite de l'histoire.

Pour l'heure, le procès se termine aux torts complets de l'accusée, condamnée à trois ans de prison. Toujours pour ne pas remuer la boue à cause de leur petite fille, Elisabeth refuse de recourir en appel contre le jugement. Son mari obtient aisément un divorce prononcé à son avantage exclusif. Après quoi le tribunal fait savoir à son ex-femme que le droit de revoir sa fille lui est refusé. Et le docteur Honig quitte Munich pour s'installer à Berlin.

Lorsque, trois ans plus tard, Elisabeth sort de prison, seule et sans travail, elle doit vivre chez ses parents. Nous sommes au début de l'année 1937. Comme elle l'a fait maintes fois en prison, la première chose qu'elle demande est :

« Comment va Flora ? »

Aucune photo de Flora chez le couple des grands-parents, tristes, blanchis par l'âge et les épreuves de leur fille.

« Elle va bien, répond la grand-mère, son père nous l'a amenée en passant une dizaine de minutes le mois dernier. C'était son cinquième anniversaire.

— C'est une nurse qui s'en occupe ? »

Le grand-père et la grand-mère échangent un regard.

« Oui... enfin... » C'est le grand-père qui prend son courage à deux mains, expliquant avec une fausse désinvolture :

« Il s'est remarié, tu sais, et rassure-toi, sa nouvelle femme a l'air de très bien s'en occuper. »

Puis il se lève très vite et change de conversation sous le regard horrifié de sa femme : jamais, ils n'oseront lui dire la vérité. Le docteur Honig a bel et bien épousé Ruth Gronemeyer. Et c'est sa rivale victorieuse qui élève l'enfant d'Elisabeth.

Un jour, la police arrête celle-ci sur un banc dans un parc de la ville : elle est accusée de vagabondage. Il faut dire que la police nazie aime particulièrement l'ordre. Mais lorsque le juge découvre qu'Elisabeth possède un casier judiciaire, la sentence est vraiment très lourde : quatre ans.

La guerre éclate tandis qu'Elisabeth purge sa deuxième année de prison.

1945, un camp de réfugiés : la foule se presse en longues files devant les tables dressées à la hâte, où les fonctionnaires essaient de remettre un peu d'ordre dans l'immense pagaille qui, pendant un temps, va régner en Allemagne. Pour cela, il faut commencer par le commencement : chacun doit avoir un nom et une carte d'identité.

« Et vous, comment vous appelez-vous ? »

L'un des ronds-de-cuir examine une petite femme maigre, vaguement blonde, qui fut sans doute jolie, mais avant la guerre.

« Je m'appelle Elsa Binder, j'ai perdu mes papiers dans le bombardement de Dresde.

— Votre métier ?

— Laborantine. »

C'est ainsi qu'Elisabeth devient Elsa Binder. Elle trouve un emploi dans un laboratoire de la Badish Anyline, où elle est promue chef de division en 1952.

Jamais elle n'a cherché à revoir sa fille Flora. Non qu'elle s'en désintéresse, non qu'elle soit parvenue à l'oublier, mais tout simplement pour ne pas gâcher sa vie. De loin en loin, elle a réussi à obtenir quelques nouvelles. Elle sait que Flora, devenue jeune fille, mène à Berlin-Ouest une vie enviable, ignorant sans doute le drame qui, grâce au Ciel, ne semble pas avoir réellement bouleversé son enfance. Depuis son geste, il y a maintenant près de vingt ans, l'obsession d'Elisabeth a été : « Pas de boue, ne pas remuer la boue. »

Le 5 mars 1955, lorsqu'elle apprend que Flora va se marier, elle se rend chez un bijoutier de Munich, cherche longuement, les larmes aux yeux, le bijou le plus discret qu'elle puisse trouver, choisit une minuscule chaîne de poignet et la lui envoie : sans signature, sans un mot, espérant qu'elle la portera.

Le 9 mars, Elisabeth-Elsa, qui a désormais les cheveux poivre et sel, se prépare à quitter l'hôtel de Berlin où elle est descendue pour assister le lendemain au mariage, incognito, lunettes noires et foulard autour du visage. Dans le hall, elle entend le portier s'adresser à úne jeune femme blonde qui se retourne :

« Tenez, mademoiselle, voilà la dame ! »

Elisabeth comprend aussitôt qu'il s'agit de sa fille. Flora, de son côté, après un bref instant d'hésitation, vient vers elle.

« Vous êtes ma mère ? »

Incapable de dire un mot, Elisabeth acquiesce d'un petit signe de tête.

Dans le taxi qui les conduit dans le faubourg où demeure le docteur Honig et sa femme, Flora lui explique que depuis plusieurs mois elle cherchait discrètement à retrouver sa mère. Etonnée de recevoir cette petite chaîne de poignet anonyme, elle a téléphoné au bijoutier dont l'écrin portait l'adresse. Le bijoutier lui a donné celle d'Elisabeth. A l'adresse d'Elisabeth, une femme de ménage a répondu que celle-ci était descendue à un certain hôtel de Berlin pour quelques jours. « Voilà, c'est tout simple. »

Descendue de taxi, Flora sort ses clefs et ouvre la porte :

« Vous verrez, maman, je suis sûre que papa sera très content que vous soyez à mon mariage.

— Tu es certaine ? Absolument certaine ?

— Oui, oui, oui.

— Et ta... enfin, sa femme ?

— Ruth ? Bien sûr qu'elle sera contente. »

Elisabeth a blêmi, son regard s'est durci :

« Comment tu as dit : Ruth ? Elle s'appelle Ruth ? »

Déjà Flora traverse le hall en courant et s'adresse à une femme invisible qui se tient dans l'encadrement d'une porte ouverte :

« Ruth ! Devine qui est là ? Ma mère ! J'ai retrouvé ma mère ! »

Elisabeth, qui entre à son tour dans le hall, voit la porte se refermer violemment devant la jeune fille stupéfaite, plus stupéfaite encore lorsque Elisabeth hors d'elle, à demi folle, se jette sur la poignée.

« Vous êtes Ruth Gronemeyer ? demande celle-ci en hurlant... Vous êtes Ruth Gronemeyer ? »

La poignée résiste quelques instants, puis il y a derrière la porte de la chambre un bruit de pas, un tiroir qu'on ouvre :

Comme une furie, Elisabeth entre dans la chambre : les yeux étincelants, les mains en avant, toutes griffes dehors.

« Je vous avais pourtant dit que je vous tuerais ! »

Ruth Gronemeyer, terrorisée, se protégeant le visage du bras gauche, braque sur sa rivale le revolver qu'elle vient de sortir du tiroir de la table de nuit et fait feu.

Elle n'avait pas promis en public de tuer sa rivale. Mais elle s'y préparait depuis des années, si l'occasion lui en était offerte. Et elle appelait ça : légitime défense.

NUIT NOIRE

A gauche, une rue tranquille bordée de pavillons fleuris ; à droite, la même rue tranquille, les mêmes pavillons fleuris.

Le tout est éclairé parcimonieusement par d'élégants réverbères style 1925, mais ils sont rares et la lumière qu'ils diffusent en plaques rondes laisse de larges zones d'ombre. Nuit noire sans lune et sans étoiles.

Un amoureux sonne à une porte. On lui ouvre. Il disparaît.

« Encore ce type ! Si j'étais le père, ça ne se passerait pas comme ça. Non mais tu te rends compte,

Elise ? Elise ! Je te parle, c'est encore l'amant de cette
petite traînée.

— Quelle traînée ?

— La gamine du 32 *bis*.

— Oh ! écoute Sylvio, elle a le droit à son âge de
recevoir qui elle veut ! Elle a passé vingt ans !

— Et alors, tu trouves ça normal, toi ? Sous le toit
de son père ?

— Mais les parents sont en vacances.

— Justement. »

Armé de jumelles, dans l'ombre noire de sa
chambre, Sylvio Ostie balaie le paysage comme un
guetteur de commando en mission. Ses jumelles sont
à infrarouges et, si la chose n'est pas suffisante, il dispose d'une lunette encore plus puissante destinée à
observer Mars et les anneaux de Saturne.

Nuit noire. Observation nulle. Sylvio s'est donc
rabattu sur l'observation des environs immédiats, ce
qu'il fait de toute façon presque chaque soir. C'est
une manie. Un genre d'espionnite accompagnée de
jugements à l'emporte-pièce sur les mœurs des
voisins.

« Voilà que ça recommence !

— Quoi, encore ?

— Ce sale gosse fait exprès de faire tourner sa
moto ! Comme s'il ne pouvait pas la réparer dans la
journée !

— Sylvio, viens te coucher, la guerre est finie, bon
sang ! »

Sylvio Ostie, ancien légionnaire, ancien mercenaire, a pratiqué la guerre toute sa vie de vingt à
soixante ans, et ce n'est pas une compagne de passage comme celle qui tente de dormir dans son lit
depuis un an qui lui donnera des ordres.

« La ferme ! »

Qu'en termes élégants ces choses-là sont dites.
Pourtant, Elise ne répond pas. Lorsque Sylvio est
dans cet état, le mieux est de se faire ignorer. Alors,

elle va dormir en attendant que la lourde masse de son compagnon vienne s'écrouler à son côté : 1,85 mètre et 90 kilos de muscles encore solides.

Elise s'endort. La nuit de novembre est noire dans cette banlieue, aussi noire que l'œil de Sylvio toujours rivé à ses jumelles. Il ne va pas dormir, lui, il cherche une mission de redresseur de torts pour meubler sa retraite.

Dans le quartier, il passe pour un râleur inoffensif, un peu rouleur de mécaniques, et ferait plutôt ricaner les jeunots qui pétaradent à mobylette. Que peut-on craindre d'un homme qui va chercher sa baguette de pain et son litre de lait tous les matins, qui fait du jogging autour du quartier en survêtement, qui joue avec son chien sur une pelouse tondue à ras, qui fait lui-même les saucisses du dimanche dans le jardin et se passionne pour l'opéra ?

Que peut-on craindre ?

Elise dormait. Elise a quarante-cinq ans, c'est une ancienne athlète reconvertie dans le commerce. Elle possède un bar-restaurant à Munich où elle a rencontré Sylvio Ostie : une caricature de mercenaire, menton carré, dents solides, épaules larges, œil de lynx mais un ulcère à l'estomac. Au moins, il n'empeste pas l'alcool et le tabac. Il ne boit que du lait, ne mange que des grillades et ne se mêle jamais à la conversation des autres.

Par contre, dès le début de leur liaison, Elise a découvert la face cachée du héros : insomnies, nervosité, agressivité, manie de la persécution et difficulté réelle à s'adapter à la vie civile, à la retraite et à la soupe du soir.

Pourtant, Elise est restée. Elle n'a apporté qu'une brosse à dents, une cafetière et un peignoir de bain. Le matin, elle repasse chez elle dans le centre de la ville pour se changer et ouvrir le bar. A dix heures du soir, heure de la fermeture, elle accompagne Sylvio jusqu'au pavillon de banlieue sous les réverbères, et là, en général, elle gare sa voiture jusqu'au lendemain.

Ce soir, tout s'est passé ainsi. Comme d'habitude, Sylvio a sondé la nuit de ses jumelles, émis quelques sentences, proféré quelques menaces, puis Elise s'est endormie.

Donc Elise dormait lorsque les sirènes de police ont déclenché un bruit infernal dans la rue. A son côté, Sylvio aussi devait dormir puisqu'il a sursauté en grognant.

Les voilà tous deux à la fenêtre, comme la plupart des riverains. Un attroupement s'est formé à l'autre bout de la rue, les gyrophares clignotent, une ambulance arrive en trombe.

Ensommeillée, Elise scrute la nuit pour comprendre.

« Regarde avec tes jumelles, Sylvio ! Qu'est-ce qu'il y a ? Un accident ?

— Sûrement un accident.

— Eh bien, regarde !

— Ça m'intéresse pas, j'ai sommeil. »

Elise veut s'emparer des jumelles, mais son compagnon l'en empêche.

« Laisse ça ! Tu ne sais pas les régler.

— Tu as vu quelque chose ?

— Moi ? Non, je dormais. J'ai pris un somnifère. »

Effectivement, Sylvio a la mine chiffonnée et il retourne se coucher de mauvaise humeur.

Elise contemple un instant les lumières des voitures de police, les lumières des pavillons, les curieux en chemise ou en robe de chambre ; elle aperçoit vaguement à 200 mètres une civière puis une autre que l'ambulance avale et emporte en hurlant. Elle referme la fenêtre sur l'humidité de la nuit.

Ce n'est que le lendemain matin qu'elle se souviendra d'avoir fermé cette fenêtre. D'habitude, Sylvio ne se couche jamais sans la boucler, car il a horreur du bruit. Une horreur maladive, comme sa curiosité est maladive. Et Elise trouve bizarre cette fenêtre ouverte, comme elle trouve bizarre le manque de curiosité de Sylvio. Certes, il était trois heures du matin et, certes, il a l'habitude de prendre des somnifères au milieu de la nuit ; certes, mais logiquement il aurait dû examiner la scène, la décrire et la commenter du bout de ses jumelles.

Autre sujet de réflexion pour Elise : Sylvio s'est endormi avec ses chaussettes aux pieds.

« T'as vraiment rien vu cette nuit ?

— J'ai rien vu, ça m'intéresse pas et en plus j'ai décidé de quitter ce quartier. On se croit tranquille et il y a toujours un imbécile pour faire du bruit. Je vais chercher une maison à la campagne. Le loyer sera moins cher et je préfère un chien qui hurle à une moto qui pétarade. J'ai la migraine et mal à l'estomac. Il me faut du calme, du vrai calme, le calme du désert avec juste le cri d'un coyote de temps en temps. Le bruit des hommes me rend malade. A ce soir ? »

Elise a dit : « A ce soir. » En partant avec sa voiture, elle s'est arrêtée devant un cercle à la craie, une tache d'huile et des traces de sang. Deux ou trois badauds discutaient devant ce schéma macabre. Elise a demandé ce qui s'était passé.

« Un accident, un type en voiture a percuté une moto. Le jeune motard a été tué sur le coup. Le type de la voiture est mort dans l'ambulance. Il était peut-être soûl. »

Pourquoi Elise se sent-elle soulagée ? Avait-elle craint un moment que Sylvio soit mêlé à cette histoire ? En tout cas, elle a chassé l'idée lorsque, dans l'après-midi, Sylvio vient lui annoncer avec excitation qu'il a trouvé une maison habitable immédiatement et qu'il va déménager ce soir même.

« J'en ai pour deux jours à peine, je reviendrai te chercher quand j'aurai fini. En attendant, tu dors chez toi et tu m'attends. Tu verras... Y'a rien de mieux que la campagne. Pas une maison à moins de

500 mètres. A propos, des flics sont venus à la maison tout à l'heure au sujet de l'accident. Je leur ai dit qu'on dormait et qu'on n'avait rien vu, mais ils ont demandé ton adresse ici.

— Qu'est-ce qu'ils cherchent ?

— Je sais pas, il paraît qu'on a tiré sur la voiture ou sur la moto, alors ils interrogent tout le monde, mais nous on n'a rien vu, hein ? T'as rien vu, toi ?

— Non.

— Eh ben, tu leur diras. Je me sauve, je vais emballer mes caisses. »

Lorsque les deux policiers se sont approchés du bar, deux heures plus tard environ, Elise a eu un creux à l'estomac, comme jadis avant le départ d'une course. Le trac. Et pourtant, elle n'avait rien vu, ou si peu.

Ils sont polis, prudents, froids mais inquisiteurs, ces deux policiers. Après quelques questions de routine pour préciser les liens entre Sylvio Ostie et le témoin, le véritable interrogatoire commence :

« Vous connaissez bien vos voisins ?

— Pas vraiment, je n'habite pas la maison en permanence, j'y dors seulement. J'arrive tard le soir et repars en général assez tôt.

— Hier soir, vous n'avez rien remarqué ou rien entendu en provenance des maisons voisines ?

— Non, je dormais.

— Un coup de feu vous aurait réveillée ?

— Sûrement, oui.

— Décrivez-nous vos voisins.

— Lesquels ?

— Vos voisins immédiats, de chaque côté du pavillon.

— Autant que je sache, dans la maison à gauche, il y a un couple de jeunes mariés avec un bébé, et de l'autre côté une famille avec des enfants, je ne les connais pas.

— Le motard habitait de l'autre côté de votre rue, 200 mètres environ, lui, vous le connaissez ?

— Non.

— Tout le monde dit dans le quartier qu'il faisait beaucoup de bruit, la nuit également. Vous avez dû le remarquer ?

— Oui, mais je ne le connais pas.

— On dit qu'il s'amusait à tourner en rond au carrefour et qu'il empêchait les gens de dormir.

— Ça ne durait pas longtemps, c'est un fermier.

— Il avait dix-huit ans et quelqu'un lui a tiré dessus selon toute probabilité. Le hasard a voulu que la balle ne l'atteigne pas, mais elle a touché un automobiliste qui prenait son virage au carrefour. D'après les premières constatations, le conducteur, touché au cou, a perdu le contrôle de sa voiture et a percuté le motocycliste qui le croisait en sens inverse.

— Ah ?

— La trajectoire de la balle semble indiquer que le tireur s'était posté dans votre coin. L'arme utilisée est assez sophistiquée, probablement munie d'un silencieux. Une arme de professionnel. Votre ami était dans l'armée, je crois ?

— Vous le soupçonnez ?

— Peu de gens possèdent une arme de ce genre, et vos voisins immédiats n'ont pas la tête à ça.

— Sylvio n'a pas d'arme, en tout cas, je n'en ai jamais vu. Et puis nous dormions tous les deux, il avait même pris un somnifère.

— Il s'est couché en même temps que vous ?

— Pas tout à fait, quelque temps après, vers onze heures trente ou minuit, sûrement.

— Mais vous ne pouvez pas l'affirmer ?

— Non.

— Que faisait-il avant de se coucher ?

— Il prenait... le frais à la fenêtre.

— A-t-il fait une remarque quelconque ? »

Elise ne répond pas, elle a peur de répondre, peur de parler des jumelles, de la fenêtre ouverte, des chaussettes et du déménagement. Peur d'accuser Sylvio. Son trouble ne passe pas inaperçu.

« Votre ami déménage aujourd'hui, c'était prévu ?

— Euh... A vrai dire non, mais il se plaignait du bruit depuis qu'il vivait là. C'est un insomniaque, mais moi, je dors toujours très bien.

— Est-il agressif, violent ?

— Ce n'est pas un tendre, mais...

— L'estimez-vous équilibré ?

— Je ne sais pas, il essaie de l'être, en tout cas, il fait beaucoup de sport. Avant, sa vie était très active, alors, bien sûr, il s'ennuie un peu. Mais vous l'avez vu ! C'est à lui de répondre.

— Avez-vous un doute, madame ?

— Ecoutez, je ne peux pas répondre à cette question, c'est trop grave, et puis je dormais, je n'ai rien vu.

— Cette affaire est sérieuse, madame, un dingue s'est amusé à tirer en pleine nuit sur des gens inoffensifs. Le coup est parti de votre côté et d'une fenêtre en hauteur. Nous n'avons pas tellement le choix : d'un côté, un jeune marié père d'un bébé de six mois ; de l'autre, un père de famille tranquille employé à la ville et, au milieu, vous ! Réfléchissez, votre compagnon est ancien légionnaire, il a fait plus de guerre en trente ans que tout le quartier réuni. Si quelqu'un peut posséder une arme, c'est lui, et il déménage comme ça, le lendemain ? Lorsque nous sommes arrivés chez lui, ses affaires étaient déjà emballées et il a donné une nouvelle adresse en dehors de la ville. Ça ne vous tracasse pas ? Ça ne vous paraît pas le meilleur moyen pour éviter une perquisition, pour faire disparaître l'arme ? Il faut nous dire tout ce que vous savez sur lui et le moindre détail de cette nuit. Même si vous tenez à cet homme ! Il est peut-être malade, il recommencera peut-être. »

Après un long silence, Elise s'est décidée.

« La nuit était noire... »

Et elle a tout dit : la fenêtre ouverte, le fait que Sylvio n'ait pas voulu voir ce qui se passait, alors qu'il avait l'habitude d'espionner l'environnement à la moindre occasion, les jumelles. Pourquoi s'était-il couché en chaussettes, comme quelqu'un qui s'est couché précipitamment pour faire semblant de dormir ? Et cette rage contre le bruit, cette hantise des conventions et d'une certaine morale. Morale et conventions qu'il appliquait aux autres, mais pas à lui.

Lorsque les policiers se sont présentés au nouveau domicile de Sylvio Ostie, soixante ans, mercenaire à la retraite, l'homme les a fait entrer puis, sous prétexte d'attacher son chien dans la cour, a disparu une minute. Le temps de récupérer son arme dans la niche du chien et de se tirer une balle dans la poitrine. La même arme, la même balle qui avait troué la nuit noire et provoqué la mort de deux personnes. Mais il a survécu, lui, même s'il n'est plus qu'un demi-corps foudroyé sur une chaise d'infirme dans le silence ouaté d'un hôpital-prison, mercenaire de lui-même.

UN AMOUREUX DES ARMES

Au mois de janvier 1962, le cadavre d'une commerçante de trente-six ans est découvert, par un dimanche après-midi, dans un bosquet des environs de Hambourg. La police ne relève aucun indice, sinon que la malheureuse a été tuée de quatre balles de revolver : deux tirées à une dizaine de mètres ; deux autres à bout portant, dans la tête.

Trois mois plus tard, un jeune homme est également découvert, tué à peu près dans les mêmes conditions : deux balles à distance, trois dans la tête.

Quatre mois plus tard, même chose : il s'agit cette fois d'un rentier de cinquante-six ans.

Cinq mois encore, et l'assassin inconnu tire sur l'ouvrier Georges Abel, trente-deux ans, qui se promenait à bicyclette. Le malheureux meurt dans l'ambulance sans reprendre connaissance.

La police, évidemment, cherche à établir un lien entre ces quatre crimes et n'y parvient pas. Les victimes ne se connaissaient pas, n'appartenaient pas au même milieu social, demeuraient en des lieux assez éloignés. Les seuls points communs paraissent être l'heure à laquelle ils ont été abattus : le samedi, vers quinze heures, et le *modus operandi :* une ou plusieurs balles tirées de loin et les autres à bout portant, comme des coups de grâce.

La conclusion est qu'il s'agit probablement d'un fou criminel. Il tue sans connaître ses victimes, de temps en temps, le samedi à quinze heures, n'importe qui, au hasard, du moment que le lieu et les circonstances lui sont favorables.

Un dossier effarant pour le commissaire principal, Alfred Glucksman. Il lit ce matin-là les journaux de Hambourg. Et il a beau avoir une tête de bûcheron, des lunettes à monture d'acier et le calme de César, il n'apprécie pas de se faire quotidiennement traiter d'incapable et de fainéant. Il s'en faut de peu que les « journaleux » ne l'accusent de fermer les yeux pour quelque raison d'obscure politique : appartenant à l'opposition, il favoriserait une certaine déstabilisation en démontrant l'incapacité du pouvoir...

« N'importe quoi », pense le commissaire en repliant calmement les journaux pour les jeter dans la corbeille à papier. Puis il sort d'un tiroir l'énorme dossier sur lequel il se penche plusieurs heures par jour depuis des semaines. Il le connaît par cœur : quatre crimes commis en l'espace d'un an et demi par un fou qui agit les samedis vers quinze heures, selon le même processus. Un seul espoir, l'enquête que mène actuellement son adjoint Fritz.

Entrée de Fritz, courbé devant le commissaire principal, qui jette sur lui le regard olympien du *consul imperator.*

« Vous aviez raison, patron.

— Bien... »

Le commissaire principal a au moins une satisfaction : la presse l'accable, l'opinion publique le prend pour un guignol, mais son personnel est à plat ventre.

« Voilà, patron, je résume : Arnaud Nagel est le fils d'un marchand de meubles très estimé. A dix-neuf ans, les 11 et 12 mai 1959, il a comparu devant les assises, accusé d'assassinat. Il s'agissait de la mort d'un écolier de onze ans et le *modus operandi* est en effet assez proche des quatre derniers crimes : une balle tirée de loin et trois autres dans la tête. Le garçon pratique le tir au revolver, il s'entraîne régulièrement. Mais il s'est défendu en affirmant qu'il avait blessé le malheureux écolier par accident. C'est dans l'affolement, a-t-il expliqué, de peur d'être puni, qu'il a achevé la victime.

— Et alors ?

— Eh bien, patron, vous verrez dans mon rapport que cette défense était plausible. D'ailleurs, le tribunal, après avoir entendu les témoignages en faveur de l'accusé, dont on ne disait que du bien, a été extrêmement indulgent : condamnation pour "blessures par imprudence avec tentative de meurtre", à quatre ans d'internement dans un établissement pour mineurs délinquants. »

Le visage du *consul imperator* s'assombrit :

« Bon... s'il est en tôle, ce ne peut être lui. »

Le dénommé Fritz lève alors un doigt espiègle :

« Si, si, patron... »

Et il est heureux, le dénommé Fritz : il ne va pas se faire jeter du bureau à coups de pied dans les fesses, mais en sortir dignement et la tête haute :

« Si, patron. Parce qu'on l'a relâché un an et demi plus tard, c'est-à-dire il y a à peu près deux ans.

— Bon sang ! Niais pourquoi l'a-t-on relâché si vite ?

— J'ai les "attendus" de la décision d'élargissement. »

Fritz sort de sa poche un carnet sur lequel il lit tant bien que mal quelques lignes recopiées au crayon :

« Hum... "Vu le rapport du professeur expert psychiatre Basil Mickoian, vu les bonnes conditions du foyer familial qui garantissent que le retour d'Arnaud Nagel ne posera pas de problèmes, vu les regrets et la compréhension que le jeune homme a montrés en prison, considérant qu'il retrouvera aisément sa place dans la société, nous décidons..." Etc. »

Le patron se laisse aller sur le dossier du fauteuil, un vague sourire parcourt comme une vague son lourd visage. Chaque fois qu'il réfléchit ainsi, Alfred Glucksman éloigne délicatement les lunettes d'acier de ses yeux pour les essuyer d'un mouchoir immaculé. Puis il se penche de nouveau en avant, fixant Fritz droit dans les yeux. Il murmure avec une joie contenue :

« Je suis sûr que c'est lui... Vous m'entendez, Fritz ?

— Oui, oui, patron.

— Vous allez organiser une surveillance de tous les instants. Je ne veux pas qu'on le quitte une seconde.

— Et s'il s'en aperçoit, patron ?

— Cela ne fait rien. C'est un gamin et un fou. Il perdra les pédales, commettra une imprudence. Et puis vous allez organiser deux échelons de filature. Un homme de près, un homme de loin. Un au départ, l'autre à l'arrivée : quoi qu'il fasse et où qu'il aille. S'il se voit suivi par un homme, il ne verra plus que lui et s'efforcera de lui échapper sans se rendre compte qu'un autre un peu plus loin l'observe. C'est compris, Fritz ?

— Oui, patron ! »

Le système va fonctionner à merveille, car huit
jours plus tard, un samedi après-midi, Arnaud Nagel,
s'étant peut-être aperçu qu'il est suivi, échappe à la
surveillance de son ange gardien sans se rendre
compte qu'un autre, de plus loin, l'observe comme
prévu. Il descend du tramway et s'arrête devant la
vitrine d'un armurier pour se mêler au groupe de
jeunes gens qui regardent la vitrine, fascinés par les
armes. D'une voiture banalisée de la police, un appel
radio alerte aussitôt le commissaire principal :

« Patron, ici Fritz. Il est devant une armurerie. Je
crois qu'il discute avec un groupe de voyous. Probablement un petit trafic d'armes. Peut-être qu'il est
armé ? Qu'est-ce qu'on fait ? On lui saute sur le
paletot ? »

Le patron réfléchit : si Arnaud Nagel est le criminel, il a un revolver. S'il a compris qu'il était suivi, il
en a déduit qu'on le soupçonnait, d'où la nécessité
pour lui de se débarrasser de son arme. Mais comme
tout le monde sait qu'il en possède une, il ne peut pas
se contenter de la jeter : il faut qu'il la remplace.

« Allez-y, Fritz, je tente ma chance. S'il a une arme
sur lui, arrêtez-le... Je vous envoie du renfort. »

Quelques secondes plus tard, Fritz bloque d'une
main l'épaule du jeune homme et de l'autre fouille
la poche de son imperméable.

« Police ! Donnez-moi ça ! Et vous autres, restez
là ! »

Il s'agit bien d'un revolver : un Walter 7,65. Fritz
demande aux jeunes gens qui les entourent, en dési-
gnant le garçon :

« Qu'est-ce qu'il voulait ?
— Rien, m'sieur... rien. »

Mais, à chaque extrémité de la rue, des sirènes de
police se font entendre, et Fritz n'a, de ce fait, aucun
mal à obtenir la vérité : Arnaud Nagel demandait à
ces jeunes fanatiques des armes s'ils voulaient échanger un revolver contre le sien.

Dans une petite salle d'attente nickelée attenant au

bureau du commissaire principal, Arnaud Nagel, vingt-quatre ans, attend, assis entre deux policiers. Il est grand, plutôt mince, calme, un long visage un peu triste, un grand nez légèrement recourbé, la bouche pas très énergique mais bien dessinée, le regard intelligent et profond. Sur ce long visage, des cheveux châtains, correctement coiffés, une raie sur le côté, les oreilles bien dégagées sont plutôt belles. Bref, un garçon on ne peut plus sympathique, et même attirant. Le contraire du visage d'un tueur tel qu'on l'imagine.

Un instant, une porte s'ouvre et le procureur passe la tête, souriant au garçon :

« Bonjour, Arnaud... Ça va ?

— Oui, monsieur le procureur. »

La porte se referme, et de l'autre côté le procureur lève les bras au ciel.

« Mais vous êtes cinglé, commissaire ! Je sais qu'il vous faut un coupable, un coupable à tout prix, mais pas celui-là ! Si vous voulez mettre quelqu'un en cabane pendant quelque temps pour calmer l'opinion publique, trouvez un petit truand, un fou évadé, un débile mental, cela ne manque pas, il y en a plein les rues ! Mais pas ce garçon ! »

Le commissaire, impavide, sait qu'il faut laisser passer l'orage et ne répond rien. Il laisse poursuivre :

« Moi aussi, commissaire, j'ai fait mon enquête : ce garçon n'est pas l'assassin. Je ne me base pas sur les apparences physiques qui, soit dit en passant, prêchent en sa faveur. J'ai rarement vu un tel sérieux, un tel sens de la responsabilité chez un garçon de cet âge. J'irai même jusqu'à dire qu'il est d'une rare dignité.

— Une dignité qui ne l'empêche pas de se promener avec un revolver...

— Allons, commissaire, il n'est pas le seul. Ce n'est pas un mystère qu'il s'entraîne au tir une fois par semaine et, si j'avais un fils, j'aimerais qu'il devienne ce qu'il est. Ça, mon vieux, vous ne pouvez pas le comprendre, vous n'avez pas d'enfant. Mais laissons cela. Voyons plutôt les faits. Et les faits, les voici : c'est que le Walter 7,65 qu'on a trouvé sur lui n'a tué personne. »

Alfred Glucksman ne répond pas. Contrairement à ses déductions, l'expertise a démontré que le revolver dont voulait se débarrasser Arnaud Nagel n'a tué personne. Comme il l'affirme, le jeune homme voulait simplement l'échanger, selon toute apparence. Alors, que pourrait-il répondre ?

« Un autre fait, poursuit le procureur, est le rapport de l'expert qui a déterminé sa libération. Il est net et formel. Il admettait ce que la police avait déjà accepté : à savoir qu'il s'agissait d'un accident, transformé en crime à la suite d'un affolement dû à son âge. Pour cet expert que sa longue expérience rend digne de foi, il s'agit vraiment d'un accident dans la vie de ce garçon. Et il n'y a aucun risque de le voir se reproduire. Tout montre en effet que cet expert avait raison au sujet d'Arnaud. Sa conduite en prison a été parfaite. Il ne s'expliquait pas lui-même comment il avait pu commettre un tel crime. Son attitude, depuis, a été totalement exemplaire. Ses voisins le considèrent comme un garçon charmant, serviable, aimable. Ses employeurs le jugent consciencieux, laborieux, avec le sentiment du devoir. Il a reçu une éducation excellente. Son père a toute confiance en lui. Il lui a acheté un orgue dont il joue le soir. Lorsqu'il n'est pas à l'orgue, il participe à la chorale d'une église. Le dimanche, il pique-nique avec sa famille... Non, vraiment, si vous voulez un assassin, trouvez-m'en un autre, je vous prie !

— Et le samedi, à quinze heures, grogne le commissaire, qu'est-ce qu'il fait ?

— Le samedi matin, il joue au basket.

— D'accord. Mais à quinze heures ?

— Il va au stand de tir.

— Deux ou trois fois par mois... mais les autres samedis ?

— Les autres samedis ! Les autres samedis ! Je ne sais pas, moi ! Après des semaines si bien remplies, peut-être qu'il lit : sa chambre est bourrée de livres.

— Tous des romans policiers...

— Et alors ? Vous n'allez pas le suspecter parce qu'il lit des romans policiers ? Vous n'allez pas poursuivre de votre vindicte un homme toute sa vie parce qu'il a eu quelques secondes de folie à dix-neuf ans !

— Et si j'obtiens des aveux ?

— Allons, ne rêvez pas, commissaire. Ne rêvez pas. Jusqu'à présent, il ne semble même pas prendre vos accusations au sérieux. Vous n'avez affaire ni à un débile mental, ni à un petit voyou minable qui se mettra à table pour une cigarette offerte au bon moment. Il n'est pas fou, il n'est pas bête. Il est sûr de son droit et, à part vous, tout le monde est pour lui. Bien entendu, j'espère que pour obtenir des aveux vous n'avez pas envisagé d'autres moyens que ceux autorisés par la loi ? »

Glucksman se contente de hausser les épaules, ce que voyant le procureur conclut :

« Je souhaite vivement... très vivement, qu'il soit relâché au plus tôt... aujourd'hui si c'est possible. »

Et il s'en va dignement, aussi raide que réprobateur.

Le car de police est arrêté devant la maison du gros marchand de meubles Nagel. Le grand et sympathique fils de la maison en sort, les menottes aux mains. Debout sur le trottoir dans son blouson vert et son pantalon de flanelle grise, il attend les ordres du commissaire principal. Celui-ci descend à son tour, lentement, plus impérial que jamais, jette sur la maison un regard cerclé par l'acier de ses lunettes, et son gros visage de bûcheron fait un signe :

« Allez-y, montez jusqu'à votre chambre ! »

Les voilà tous les deux, seuls dans la chambre, le commissaire impérial et le jeune homme tranquille. Le lit a été fait le matin par la bonne. Il est recouvert d'une couverture en patchwork de laine. Au mur, des photos de George Raft, de Edouard G. Robinson, d'Humphrey Bogart, tous dans des rôles de gangsters. Un « cosy corner » croule littéralement sous une triple rangée de romans noirs américains, et Arnaud Nagel sourit :

« Oui, commissaire, c'est vrai, j'aime les romans policiers. »

Lourdement, le policier se laisse tomber sur le lit :

« Ouais, dit-il. Tout cela paraît normal. Mais peut-être parce qu'il fait jour et que le soleil entre à flots. Mais s'il faisait nuit ? Hein, la nuit ? Tenez... fermez donc les volets... voilà... et les rideaux aussi. »

Les deux hommes sont maintenant dans le noir complet et les bruits de la ville leur parviennent étouffés.

« Vous lisez, le soir dans votre lit ?

— Evidemment.

— Allumez la lampe, s'il vous plaît. »

Sur une petite table de nuit apparaît le cône lumineux d'un minuscule abat-jour.

L'atmosphère est bien différente.

« Alors, jeune homme, le jour on travaille, on joue de l'orgue, on pique-nique, on chante dans les chœurs de l'église, et la nuit, devant ces photos de gangsters fantomatiques, dans le silence, à la lueur d'une petite lampe, on dévore des histoires criminelles par dizaines ?

— Je ne suis pas le seul, murmure la voix soudain enrouée d'Arnaud Nagel.

— Evidemment ! Mais je n'ai jamais vu contraste aussi saisissant. D'autant que ce n'est pas tout : il y a le revolver. Vous faites joujou avec un revolver, la nuit ?

— J'aime les armes.

— Il y a des gens qui aiment les regarder, les toucher et d'autres qui aiment s'en servir. Moi, je crois que vous aimez vous en servir. Je crois que vous vous en servez le samedi vers quinze heures, parce que c'est le seul moment qui vous reste.

— C'est vous qui le dites, monsieur le Commissaire. Vous savez bien que l'expertise a montré que ce n'est pas mon revolver qui a tué tous ces gens.

— Celui qu'on vous a pris. Oui, mais l'autre ?

— Quel autre ?

— Celui qui est caché dans cette chambre.

— Qu'est-ce qui vous fait croire que j'en ai un autre ?

— Je n'ai jamais rencontré quelqu'un qui avoue aimer les armes et n'en possède qu'une seule... »

Fouillée de fond en comble, la chambre ne recèle aucun revolver. Mais dans le garage de la maison, sous une des dalles de ciment, dans un chiffon imprégné de paraffine, dormait le Beretta calibre 22. Celui qui a tué les deux dernières victimes.

Arnaud Nagel n'avouera que trois crimes, bien que la police le soupçonne d'avoir tué sept fois. « Ça me prenait brusquement, expliquera-t-il. Il m'arrivait, lorsque je touchais un revolver, d'avoir envie de tirer sur une cible vivante. Cela m'excitait fortement, quand j'avais un inconnu en point de mire, de savoir qu'il allait mourir. »

Et le même psychiatre, qui avait affirmé que le premier crime d'Arnaud, accident dû à un trouble de la puberté, ne se produirait plus, déclara devant les assises :

« Arnaud est un assassin responsable d'une maturité précoce. Il a commis ses crimes froidement en calculant ses gestes. C'est presque un enfant prodige du crime. Je crois qu'il aurait changé si, après sa première condamnation, on l'avait gardé plus longtemps en prison. »

C.Q.F.D., monsieur « l'Expert ».

Après quinze ans de travaux forcés, Arnaud Nagel fut transféré dans un asile psychiatrique.

DRÔLE DE DESTIN

Il arrive à Mrs. Tornday ce qu'il n'arrive qu'à peu de gens dans les statistiques. Quelle chance a-t-on de découvrir un enfant devant sa porte à sept heures du matin ? Met-on encore les enfants devant les portes en 1980 ?

La preuve, celui-ci braille. Il braille éperdument dans ce désert glacé d'une banlieue anglaise. Une banlieue industrielle, quelque part dans le Yorkshire, avec les usines au loin et les pavillons alignés.

Mrs. Tornday regarde sa poubelle. Elle voulait la déposer là, juste à cette place où ce bébé braille. Alors elle lâche sa poubelle et se met à crier bêtement :

« Au secours ! »

Ce qui a pour effet de faire surgir son mari, à moitié habillé et complètement affolé.

Un bébé, c'est toute une histoire ! Et ça n'a rien de gai, l'histoire d'un bébé qui commence sur le pas d'une porte.

Mrs. Tornday a ravalé son émotion et ramassé le bébé braillard dans son berceau portatif. Elle suppute l'âge : sept ou huit mois... peut-être. L'enfant est complètement gelé, transi. Avec ce brouillard, il a sûrement attrapé du mal. Mrs. Tornday veut appeler le médecin. Son mari affirme qu'il faut prévenir la police d'abord. Ils se disputent. Mrs. Tornday a gain de cause, sur un ton péremptoire :

« Je n'ai peut-être jamais élevé d'enfant, mais je vois bien que celui-là a une congestion ! Ta police ! Elle va le traîner dans des commissariats et des bureaux, et pendant ce temps-là il attrapera la mort ! La police, elle attendra ! »

La police attend, effectivement, mais pas longtemps. Le médecin de famille déclare l'enfant atteint d'une pneumonie, décide son transfert dans un hôpital et se met en rapport lui-même avec les autorités.

Mrs. Tornday n'aura été mère d'un enfant qu'une petite paire d'heures. Mais elle connaît son nom. Sous le matelas du berceau, quelqu'un a laissé un petit mot : « Il s'appelle Anthony. Sa mère est morte, prenez soin de lui. »

Anthony. Ce petit visage rouge, luisant de fièvre, ces pleurs essoufflés. Mrs. Tornday veut connaître la suite. D'abord, elle se rend à l'hôpital tous les jours, en visite, déclarant aux infirmières de garde :

« C'est moi qui l'ai trouvé, alors j'ai le droit, tout de même ! »

Quatre jours plus tard, l'enfant paraît hors de danger et l'infirmière révèle à Mrs. Tornday :

« Vous savez, ils l'ont identifié ! Le pauvre gosse a échappé à un horrible massacre, paraît-il. Je n'ai pas bien compris. Mais sa mère est morte assassinée ! »

Mrs. Tornday demande le nom de l'enfant, le nom complet.

Anthony Gibb, né le 6 juin 1980, sexe mâle. C'est tout ce qu'on sait.

« Où va-t-il aller, quand il sera guéri ?

— Dans un établissement spécialisé, à moins qu'il ait encore de la famille. Mais j'ai entendu dire que tout le monde avait été tué. Pauvre gosse. »

Pauvre gosse, oui. Mrs. Tornday est tortillée par une envie ! Oh ! C'est sûrement irréalisable, et elle est folle de penser à ça. A quarante-cinq ans, est-ce qu'on vous permet encore d'adopter un enfant ?

L'infirmière fait une moue décourageante :

« Vous savez, c'est compliqué ces histoires d'adoption. Et puis il faut bien réfléchir. Vous n'y aviez jamais pensé avant ?

— Non.

— C'est le choc, l'émotion. Mais il faut bien vous dire que c'est un hasard, il aurait pu être déposé devant une autre porte, et vous n'auriez jamais rien su de tout ça. »

Rien su. Oui, mais elle sait. Et veut savoir davantage. Se heurtant ainsi à la logique de son époux.

« Ecoute, Margret, j'ai cinquante ans ! Qu'est-ce que tu voudrais faire d'un gosse ? Tu te vois te mettre à pouponner ? Et puis, ce gamin, on ne sait pas d'où il sort !

— Eh bien, moi, je saurai !

— Et quand tu sauras ?

— Quand je saurai, on verra ! »

Mrs. Tornday a toujours, toujours été péremptoire. Et le policier qui la reçoit en fait l'expérience. Il a eu le tort de dire à sa visiteuse que « l'enquête ne la regardait pas »...

Mrs. Tornday est bien entendu d'un avis contraire... Et, à bout d'arguments devant la loi, elle trouve l'astuce suprême :

« Et celui qui l'a déposé devant ma porte ? Vous le connaissez peut-être ? Non ? Eh bien, moi, si !

— C'est possible, Mrs. Tornday, mais ça ne change rien au problème ! D'ailleurs, l'homme est en prison !

— L'homme ? Quel genre d'homme ? Hein ? Comment est-il ? Parce que ce n'est peut-être pas celui que vous croyez !

— Mrs. Tornday, cet homme est le père de l'enfant, c'est un assassin ! Et il a reconnu lui-même avoir déposé l'enfant devant une porte !

— Et si je vous disais que j'ai vu l'homme qui a déposé l'enfant, justement ?

— Vous n'avez pas déclaré ça à l'enquête !

— Je le déclare maintenant ! Et si ce n'est pas le même que le vôtre ? »

L'astuce est bien trop naïve pour convaincre le policier qui s'attendrit malgré tout.

« Allez voir le juge, je vais le prévenir. Il vous donnera peut-être l'autorisation de rendre visite au père. »

Mrs. Tornday n'a pas attendu le lendemain. Le jour même, elle faisait le siège du juge. Encore fallait-il que les visites soient possibles. Encore fallait-il que l'assassin accepte de recevoir cette dame inconnue.

« Dites-lui bien que c'est moi qui ai trouvé son bébé ! Dites-le-lui bien ! »

On le lui dit. Et après tout un mois d'obstination, contre l'avis de son mari, Mrs. Tornday se retrouve enfin dans un parloir, attendant de rencontrer enfin un assassin qui n'a plus rien à perdre, alors qu'elle a tout à gagner. L'homme arrive, s'assoit. Et, derrière la vitre qui les sépare, Mrs. Tornday ouvre des yeux ronds :

« C'est vous, le père du petit Gibb ? C'est vous ? »

Mrs. Tornday ne connaissait pas le nom de ce grand gaillard, et pourtant elle le croisait tous les jours, il n'y a pas si longtemps. Il faisait partie du paysage, elle lui aurait donné le Bon Dieu sans confession. Pour elle, il était Tonny, le pompiste de la station-service du quartier, celui qui remplissait le réservoir de sa voiture en souriant et lui gardait les bons qui donnent droit à une assiette ou un cache-pot. Un assassin !

Mrs. Tornday se dit que, décidément, « on croit connaître les gens... et on ne sait rien d'eux »... Alors elle va tout savoir. Elle a un but pour cela : l'enfant, et une raison de plus qu'elle indique naïvement :

« J'aime autant que ce soit lui, on se connaît de vue ! »

Ainsi Mrs. Tornday connaît depuis longtemps l'assassin qu'elle a voulu rencontrer à tout prix, Tonny Gibb, trente ans, beau garçon, aimable, toujours impeccable dans sa combinaison bleue, débitant des litres d'essence avec le sourire, gérant d'une station-service.

« Mais qu'est-ce que vous avez fait ? Le juge n'a rien voulu me dire, la police non plus. Vous avez tué du monde ? C'est pas possible ! »

Tonny Gibb a tué du monde, en effet. Il a honte de le dire devant cette femme, plus que devant le juge ou les policiers.

« J'ai tué ma femme et ma belle-mère.

— Vous êtes devenu fou ? Pourquoi avoir fait ça ?

— C'est compliqué, Mrs. Tornday. Je ne sais plus très bien comment j'en suis arrivé là. Ce qui est sûr, c'est que je ne vaux pas grand-chose. En tout cas, merci de me rendre visite. Je n'étais pas sûr que ce soit la bonne porte, l'autre nuit. Il me semblait bien que c'était chez vous. J'avais reconnu la voiture. Je me suis dit que vous prendriez soin de mon fils, il n'a plus personne, maintenant.

— On me l'a pris, votre fils ! Je ne sais même pas où il est ! Et je ne vous cache pas que c'est à cause de lui que je suis là... Bon, racontez-moi !

— Je suis un pauvre type, madame ! J'étais marié et il a fallu que j'aille faire la cour à la voisine. C'est plus fort que moi, quand je croise une jolie fille.

— Et alors ?

— Alors, ma femme nous a surpris, divorce, et j'ai épousé la voisine.

— Ce sont des choses qui arrivent.

— Ça ne m'a pas guéri, madame. J'étais pas remarié depuis un an que je suis tombé amoureux d'une autre !

— Vous avez donc redivorcé ?

— C'est ce que je m'apprêtais à faire, j'étais fou amoureux cette fois, vraiment, j'en suis sûr. Seulement ma femme m'a dit un jour qu'elle était enceinte.

— Elle était au courant que vous la trompiez ?

— Non, pas à ce moment-là. Alors j'ai rompu avec ma maîtresse et je suis resté avec ma femme. Je voulais tellement avoir un enfant ! Ça comptait plus que tout.

— Alors, tout allait bien ?

— Ben oui, le bébé est arrivé, j'en étais fou ! J'adore mon fils, vous savez, c'est toute ma vie. Seulement le diable me pousse toujours. Je suis retourné chez ma maîtresse. J'étais amoureux d'elle, j'y pensais jour et nuit. Ma femme l'a su, je ne sais pas com-

ment, en tout cas elle m'a plaqué ! Du jour au lendemain !

— Ça me paraît normal, Tonny, mettez-vous à sa
place !

— Elle n'avait pas le droit d'emmener mon fils !

— Bon sang, mais vous êtes un "cas" tout de
même ! Vous courez après tous les jupons ! J'épouse,
je divorce, je réépouse et je retrompe ! Et puis quoi
encore ? Votre femme avait raison de vous laisser
tomber ! On ne peut pas faire confiance à un type
comme vous ! Non ? Et c'est pour ça que vous l'avez
tuée ? Parce qu'elle vous a plaqué ?

— Parce qu'elle a emporté mon fils ! Elle s'est
réfugiée chez sa mère avec l'enfant, je n'avais plus le
droit de le voir, plus le droit de rien. Elles étaient
d'accord toutes les deux. Et l'avocat m'a dit que je
n'avais aucune chance. Elle aurait le divorce pour
elle, avec l'enfant, et, vu mon passé, c'est tout juste
si je pouvais espérer apercevoir mon fils une fois par
an. Alors j'ai eu un coup de sang. Je suis allé la voir,
je voulais qu'elle revienne à la maison ! Elle m'a jeté
dehors. J'ai vu rouge, j'ai frappé ! En fait, c'est un
accident. »

Mrs. Tornday contemple les muscles de son vis-
à-vis :

« Un accident ? Pour tuer quelqu'un il faut frapper
fort, tout de même. Et votre belle-mère, c'était un
accident aussi ?

— Elle criait, elle m'injuriait, elle me traitait de
coureur, de don Juan à la manque, je ne sais plus.

— Et vous l'avez frappée aussi.

— Oui.

— Vous êtes vraiment une brute, Tonny, personne
ne pourrait vous pardonner ça. Une brute et un
imbécile prétentieux. C'est mon avis, et vous pourrez
toujours essayer de me frapper, je n'ai pas peur de
vous ! Rendez-vous compte ! S'il y avait eu dix personnes dans cette maison, vous auriez tué les dix
alors ? Parce qu'elles vous auraient dit la vérité ?

— Je suis comme ça, c'est pas de ma faute.

— C'est entièrement de votre faute ! Je ne vous imaginais pas comme ça, pas du tout ! Vous aviez l'air si gentil.

— Ce n'est pas tout, vous savez, j'ai fichu le feu à la maison avec un jerrican d'essence, et je me suis sauvé. Je voulais quitter l'Angleterre, mais avec le bébé c'était impossible. Alors je l'ai mis devant votre porte, et les flics m'ont rattrapé à la gare.

— Et vous espériez quoi ?

— Je ne sais pas. Le psychologue de la prison a dit que je n'étais pas très intelligent. Depuis que je suis là, on me traite plus bas que terre. Vous savez, je crois qu'on respecte plus les gangsters que les gens comme moi.

— Dieu me pardonne, c'est mon avis ! Pauvre bébé... Pauvre petit Anthony, j'espère qu'il ne sera pas comme vous. Ecoutez-moi, Gibb. Je ne connais pas grand-chose à la justice et aux assassins, mais j'imagine que vous ne sortirez pas d'ici avant long-temps. D'après le juge, vous serez peut-être déchu de vos droits paternels. Avez-vous de la famille qui puisse réclamer l'enfant ?

— Personne. Je suis de l'Assistance publique.

— Et vous avez tout fait pour que votre fils s'y retrouve ! Personne non plus du côté de votre femme ?

— Non...

— Alors, donnez-moi l'enfant ! Je veux l'adopter. C'est l'unique chose intelligente que vous puissiez faire de toute votre vie !

— Je ne le verrai plus ! Il ne sera plus mon fils !

— De toute façon, vous ne le verrez plus, tandis qu'avec moi peut-être, dans quelques années...

— Je ne vous crois pas. Une fois que j'aurai signé, vous filerez avec !

— C'est probable ! Vous avez raison. Mais qu'est-ce que vous préférez ? Qu'il connaisse un jour la vérité, qu'on lui dise comme ça : "Mon petit Anthony, tu as eu un père jadis, un 'tombeur' sans scrupules, un assassin qui a tué ta mère et ta grand-mère. Le voilà, veux-tu lui serrer la main ?" C'est ça que vous voulez ? Il ne vous serrera jamais la main, et il aura envie de vous tuer, peut-être, à son tour. Ecoutez-moi bien, Gibb, vous pouvez vous racheter d'une seule manière, puisque vous aimez ce gosse : donnez-lui une chance d'être un autre, de s'appeler autrement, d'ignorer tout ça, et je vous promets que, s'il a la moindre tendance à courir après les femmes et à se conduire comme vous, je m'en occuperai ! Il deviendra un homme bien.

— Pas comme moi, c'est ce que vous voulez dire.

— C'est ça...

— Il faut que je réfléchisse. C'est mon fils, le seul être qui compte pour moi.

— S'il compte tellement, ne réfléchissez pas trop. D'ailleurs, pourquoi avoir choisi mon paillasson ? Hein ?

— Vous aviez l'air d'une maman, je m'en suis souvenu cette nuit-là. Je courais, après l'incendie, avec le panier. Je ne savais plus quoi faire, alors j'ai pensé à vous. Je ne sais pas pourquoi. De toutes les femmes qui passaient à la station, c'est vous qui...

— Qui quoi ?

— Je ne sais pas...

— Moi je sais, j'ai quarante-cinq ans, je ne suis pas une pin-up, vous avez eu confiance. Continuez... »

Et les choses se passèrent ainsi. Mrs. Tornday, qui ne s'appelle pas Mrs. Tornday car elle tient à l'anonymat, a obtenu la garde d'un petit Anthony de quelques mois, après moult paperasseries et obstination.

Drôle de destin, tout de même.

ÉCRIT DANS LA POUSSIÈRE

En entendant un pas nonchalant dans le couloir, Cyril Howe serre les fesses et rentre la tête dans les épaules. Puis, comme si de rien n'était, il ferme la porte de son bureau. Hélas ! c'est bien à lui que le sergent s'adresse :

« Dites, Howe, auriez-vous encore dix minutes ?

— Mais bien sûr, sergent », grogne Cyril dans un sourire hargneux.

Tout le monde sait qu'il n'y a pas tellement d'horaire chez les flics. Mais ce soir, Cyril Howe a promis à sa femme et à ses cinq enfants de partir dans leur nouvelle voiture pour un week-end en montagne ; il est pressé de rentrer chez lui.

Le sergent se fait doucereux et convaincant :

« Rassurez-vous, mon vieux, c'est pour une bricole. »

Cyril Howe pousse un nouveau soupir et demande : « De quoi s'agit-il ? »

Visage et silhouette très britanniques, il ressemble au prince Philip en moins raide peut-être, et en costume de flic. Il écoute avec une impatience mal dissimulée.

« J'ai bien pensé, explique le sergent, demander cela à Joe Smith, mais il est sur l'affaire du casse de l'avenue de Melbourne.

— Bon, ça va, sergent, gagnez du temps, dites-moi ce que je dois faire.

— Il faut arrêter William Little.

— Encore ! »

Il y a une sorte de désespérance dans l'exclamation du malheureux Cyril Howe. Depuis dix ans qu'il effectue son travail routinier dans ce commissariat de Oakland il a déjà eu l'occasion d'arrêter deux ou trois fois le dénommé William Little : un jour pour ivresse, une autre fois parce qu'il s'était battu, ce type est une rengaine de l'arrestation.

« Et qu'est-ce qu'il a fait ?

— C'est plus sérieux, cette fois : une certaine Mme Lyon porte plainte. Selon elle, après avoir importuné sa fille qui n'a que quatorze ans, il a fini par l'enlever.

— Lolita, je parie ?

— Euh... je ne sais pas... elle nous a dit que sa fille s'appelle Sue.

— Oui, c'est bien Lolita. Tout le monde l'appelle Lolita parce qu'elle porte le même prénom, Sue, que l'artiste qui interprète le rôle de Lolita dans le film. Pauvre gosse, j'aurais jamais cru que Little puisse s'en prendre à une enfant. »

Là-dessus le policier, toujours rageur, ouvre la porte de son bureau pour aller chercher dans le tiroir où il les avait jetés ses menottes et son revolver. « Quand même, enlever une fille de quatorze ans, quel salaud ce type ! » pense-t-il.

Le mois de février est le plus chaud de l'année, en Australie. Durant cette fin d'après-midi, le soleil écrase encore la ville tandis que Cyril Howe fait hurler sa sirène le long des rues poussiéreuses. Depuis dix ans, il les a parcourues des milliers de fois dans l'accomplissement d'un travail affreusement monotone, ponctué de quelques échanges de coups le samedi soir, de petits vols à la tire et de cambriolages minables. Brusquement, l'idée lui vient de donner un coup de volant pour passer devant chez lui. Sa femme est en short, elle pousse la tondeuse, en arpentant de ses jolies jambes la pelouse impeccable.

« Ne t'inquiète pas ! lui crie le policier en ralentissant à sa hauteur, je serai là dans une demi-heure !

— J'espère que tu n'oublies pas ta promesse », répond la jeune femme en secouant fortement la tête pour signifier son inquiétude à Cyril qui ne la voit déjà plus que dans son rétroviseur.

Il frappe maintenant à la porte d'un modeste

pavillon de la proche banlieue, quartier banal, maison banale d'où jaillit une femme banale, tenant encore à la main le tablier qu'elle vient de retirer hâtivement, réflexe banal.

« Police. William Little est là ?

— Non...

— Vous savez où il est ?

— Non... Il est parti en voiture il y a une demi-heure ! »

Comme le policier paraît contrarié, la femme ajoute d'un geste du menton vers la porte du garage :

« Regardez, il ne devait pas aller loin, il a laissé sa roue de secours.

— De quel côté est-il parti ?

— En direction du nord...

— Bien. Merci.

— Mais qu'est-ce qu'il a encore fait ? »

Le policier hésite à répondre : comment dire à cette femme que son mari a commis une chose aussi monstrueuse : enlever une fille de quatorze ans. Et pour quoi faire, sinon la violer ?

« Je n'ai pas le temps, madame, excusez-moi. »

Cyril Howe, mâchonnant sa mauvaise humeur, court à sa voiture : chez lui, les enfants attendent. Se mettre à la recherche du bonhomme, cela signifie un paquet d'heures supplémentaires. Maintenant qu'il se dirige vers le nord, il n'a pas besoin de sirène. Le long de cette route qui débouche sur le désert, plus un chat. Si William Little a quitté la voie principale pour s'engager sur l'une des pistes qui rejoignent les fermes isolées, autant chercher une aiguille dans une botte de foin. Si, par contre, il a continué droit devant lui, Cyril peut le suivre ainsi pendant des heures, voire des jours : ils ont toute l'Australie devant eux. Mais le policier freine brusquement : un paysan près de son tracteur en panne fait de l'auto-stop.

« Désolé, monsieur, je ne peux pas vous prendre, j'ai un boulot urgent. »

Le paysan un peu geignard se plie en deux pour baisser jusqu'à la portière deux petits yeux bleus et une moustache aux poils raides :

« Je ne vais pas loin.

— D'accord. Mais moi, je ne sais pas où je vais ! Je cherche quelqu'un. Vous n'avez pas vu passer une vieille Plymouth, par hasard ?

— Si.

— Il y a combien de temps ?

— A l'instant.

— Vous avez vu l'homme qui était dedans ?

— Oui, un grand costaud avec un garçon... ou une fille, je ne sais pas trop. »

Le policier sursaute :

« Quoi ? C'était un garçon ou c'était une fille ?

— Je n'en sais rien, moi... Il était habillé en garçon, mais il avait les cheveux blonds et bouclés et une jolie tête de fille. Je les ai arrêtés, mais je ne suis pas monté.

— Pourquoi ?

— Dame, ils allaient à côté, faire du camping dans le petit bois là-bas, au bord de la rivière ! »

Cyril Howe s'assure à tout hasard que son revolver glisse bien dans son holster, tape sur sa poche pour vérifier qu'il n'a pas oublié ses menottes et s'engage en voiture sur le sentier cahoteux que lui désigne le paysan. Il parcourt quelques centaines de mètres dans le petit bois et aperçoit enfin la vieille Plymouth de William Little dans une clairière. Le voyou, qui sortait un panier de la malle arrière, entendant sans doute grincer les amortisseurs et l'herbe du sentier fouetter le pare-chocs de la voiture de police, se redresse et se retourne. Il est grand, brutal, les cheveux longs bouclés, mal rasé, une cigarette pend à ses lèvres, et malgré tout assez beau. Ce qui ressemble à un garçon en jean et blouson de cuir, assis dans la voiture, regarde avec curiosité la voiture du policier qui s'arrête à une vingtaine de mètres, et aussitôt William Little crie à l'intention de son compagnon :

« Ne bouge pas ! Reste dans la voiture. »

Cyril Howe, lui, a bien reconnu Lolita. Le jean avachi, le blouson de cuir flasque ne parviennent pas à déformer la ravissante silhouette de la jeune fille. Bien qu'elle n'ait que quatorze ans, ses yeux un peu provocants, son attitude aguicheuse la rendent déjà très attirante. Little l'a-t-il déjà violée ?

« Bon, allons-y », pense encore le policier qui coupe le contact, ouvre sa portière et descend.

« Little, dit-il d'une voix forte en sortant ses menottes et en marchant vers l'homme, je viens vous arrêter. »

Les détails de cet instant, la police d'Oakland les reconstituera plus tard : William Little a sorti de sa poche un pistolet P.38 pour stopper le policier. Comme celui-ci continue à avancer vers lui, à deux reprises, Little fait feu, puis saisit la jeune fille par les poignets ; il la sort de la voiture et l'entraîne dans les bois.

La suite de l'histoire, digne d'un film policier de fiction, est pourtant celle d'une histoire authentique, restée célèbre en Australie.

La première balle a fait éclater le haut du bras droit de Cyril Howe. La seconde lui a déchiré le poumon. Howe sait ce qu'est un P.38 et ne se fait sans doute pas une opinion très optimiste de sa situation : il pense probablement n'avoir que quelques minutes à vivre.

Ses traces permettent d'imaginer qu'il s'est traîné sur le chemin caillouteux jusqu'à sa voiture dans l'intention de lancer un appel radio. Dans l'impossibilité de se tenir debout et d'ouvrir la portière, il a essayé de prendre son calepin et son crayon, mais n'en a pas eu la force.

Alors il a trempé son index dans son propre sang et dessiné le nom de son assassin sur le capot, dans la légère couche de poussière : LITTLE.

Cela fait, en bon policier héroïque, la tête appuyée contre la guimbarde qui l'avait promené tant d'années à travers les rues d'Oakland, il a perdu connaissance, victime du devoir. Le vieux sergent « jugulaire jugulaire », qui a chargé Cyril Howe, père de cinq enfants, de l'arrestation du voyou, sans nouvelle de l'affaire une heure plus tard, lance plusieurs appels radio infructueux. Très vite, il soupçonne William Little, connu pour sa brutalité, d'avoir usé de violence. A la première patrouille qui veut bien lui répondre, il ordonne par radio :

« Trouvez Cyril Howe ! Je crains qu'il n'ait besoin de renforts. »

La patrouille refait rapidement la série des démarches effectuées par leur collègue : l'épouse de celui-ci d'abord, furieuse ; elle attend avec ses cinq enfants et les valises préparées pour le week-end qu'ils devaient passer en montagne ; puis la femme de William Little qui déclare que son mari, parti en voiture, ne peut être loin puisqu'il a laissé sa roue de secours appuyée contre un mur, et finalement un paysan qui s'affaire avec un garagiste sur son tracteur en panne.

« Avez-vous vu passer une voiture de police ?

— Oui, j'en ai vu une, répond le paysan. Il cherchait une vieille Plymouth.

— Il y a combien de temps ?

— Un peu plus d'une heure, le temps que j'aille en auto-stop jusqu'au garage et que je revienne avec la dépanneuse.

— Il ne vous a pas dit où il allait ?

— Si ! Même que c'est moi qui lui ai dit où était la Plymouth.

— Ah ! bon. Et où est-elle ?

— Là-bas, dans le petit bois... Il y avait dedans un type grand, costaud, avec un garçon qui ressemblait à une fille. Ils voulaient faire du camping près de la rivière. »

Le temps de faire quelques centaines de mètres sur

le chemin caillouteux, d'avancer sous les frondaisons, de se pencher sur le corps allongé de Cyril Howe, et le policier prévient le commissariat par radio :

« Cyril Howe est mort. Il a été assassiné : une balle dans le bras droit, l'autre dans la poitrine. C'est Little qui l'a descendu. Il semble qu'il ait pris la fuite en abandonnant sa voiture et pris Lolita en otage. »

La radio propage aussitôt la nouvelle : « William Little, après avoir enlevé une enfant de quatorze ans, a tué un policier. Il est actuellement en fuite, gardant la jeune fille en otage. » Aussitôt, la paisible cité d'Oakland sort de la torpeur où l'a plongée comme habituellement la canicule de l'été austral.

La municipalité organise une gigantesque battue. Tous les policiers de la province sont appelés à y participer. Il leur est distribué des pistolets mitrailleurs et des gilets pare-balles. William Little, s'il est pris, ayant tué un flic, est assuré de la pendaison et n'a plus rien à perdre. De ce fait, il n'hésitera pas à tuer de nouveau s'il le juge nécessaire.

Cette crainte s'avère justifiée lorsque la ronde découvre le cadavre d'un homme à deux kilomètres à peine de l'endroit où fut découvert celui de Cyril Howe. Il s'agit d'un chasseur tué d'une balle dans la nuque alors qu'il se rafraîchissait les pieds dans la rivière. Tout indique que Little a commis ce second crime pour s'emparer du portefeuille et, surtout, de la clef de contact et de la voiture du malheureux. En effet, traînant toujours avec lui Lolita, il est signalé sur la route, avant de disparaître complètement.

Durant trois jours, 350 policiers et 200 civils armés vont battre la campagne. Little et Lolita semblent s'être volatilisés. Un jeune policier remarque alors ingénument :

« Moi, si l'on me poursuivait, j'irais me cacher là où personne ne s'attendrait à me trouver : chez moi. »

L'idée paraît bonne. Peut-être un peu trop simple, d'autant plus que, dans la maison de William Little, est sa femme : affreusement banale, devant sa maison banale, dans ce quartier banal, elle arrache son tablier en voyant paraître les policiers et s'exclame les poings sur les hanches :

« Vous ne croyez tout de même pas que j'aurais caché mon mari après ce qu'il vient de me faire ! »

Ce qui la choque le plus n'est pas qu'il ait tué un policier, mais qu'il éprouve un désir sexuel envers une fillette de quatorze ans. Chacun voit midi à sa porte...

C'est alors que le vieux sergent « jugulaire jugulaire », qui a envoyé Cyril Howe à la mort sans le savoir et qui se montre particulièrement obstiné dans la chasse à l'homme, remarque de l'autre côté de la rue une autre maison, tout aussi banale, dans laquelle il n'observe aucun signe de vie.

« Et en face, demande-t-il à la femme de l'assassin, il n'y a personne ?

— La maison est abandonnée depuis deux ans. »

Le sergent fait immédiatement partager ses soupçons au grand patron de la police d'Oakland, qui jette un regard discret sur la bâtisse et murmure :

« C'est possible... c'est bien possible. »

Quelques minutes plus tard, une camionnette bourrée de policiers s'arrête dans la rue. Une autre dégorge son chargement d'hommes en armes au bord du terrain vague voisin, sous les ordres du chef.

« Mettez-vous à l'abri, ne prenez aucun risque ! Si notre homme est là-dedans, il va tirer dans le tas dès qu'il aura compris. »

Puis, caché derrière une des voitures en stationnement, le chef de la police brandit un porte-voix et crie vers la maison silencieuse :

« Rendez-vous ! Rendez-vous, William Little ! La maison est encerclée. Je vous promets la vie sauve si vous relâchez la jeune fille. »

Mais il ne se passe rien. Absolument rien pendant de longues secondes. Alors, le chef de la police fait un signe et les policiers, glissant à quatre pattes le long des jardins, sautant de l'abri d'un arbre à celui d'une voiture, s'approchent de la maison.

Bien qu'étouffés par les murs, les fenêtres et les volets fermés, deux coups de feu se font alors entendre.

Lorsque les policiers, ayant fracturé la porte, s'engouffrent dans la maison, ils butent sur le corps de William Little.

Lolita, la fille déguisée en garçon, est étendue à son côté. Il est malheureusement facile d'imaginer ce qui s'est passé : voyant qu'il ne pouvait s'échapper, William Little a d'abord exécuté Lolita, avant de se tirer une balle dans la tête.

Mais le chef de la police et le vieux sergent sont subjugués par un détail : la main droite de la fille et la main gauche de l'assassin sont réunies. Et c'est la main de Lolita qui tient serrée la main de William Little. C'est pourquoi, lorsqu'il vient annoncer à Mme Lyon la mort de sa fille, Joe Smith n'y met peut-être pas toute la délicatesse nécessaire. Si cette femme leur avait dit tout de suite la vérité, à savoir qu'il s'agissait d'un détournement de mineure, certes, mais surtout d'une histoire d'amour, tout aurait pu se passer autrement.

COMME UN SOUPÇON

C'est arrivé lentement, comme une vague en fin de course. Il était assis dans son fauteuil, il regardait l'écran de télévision, en silence, sans le son, pour ne pas réveiller les enfants. Marika voyait le haut de son dos, ses épaules, sa nuque mal rasée. Et l'onde est arrivée jusqu'à elle, lentement, comme une vague finissante. Une onde d'angoisse, partie de cette nuque immobile.

Marika a plongé nerveusement les mains dans l'eau de vaisselle en se traitant d'idiote. Elle s'est dit : « Je suis fatiguée. » D'ailleurs, elle est fatiguée. Cette vie, ce mariage, rien n'est comme dans ses rêves. Une pièce pour vivre, et cuisiner, et laver, et repasser. Une chambre pour dormir avec les enfants. Les locataires sont rares dans le centre ville, à Hambourg. Un an de mariage, des jumeaux de dix mois, un salaire médiocre. On n'appelle pas ça la chance. Alors elle est fatiguée. Voilà pourquoi cette curieuse vague d'angoisse est arrivée jusqu'à elle...

Marika range la vaisselle et trie le linge à laver qui a envahi le cabinet de toilette. Les enfants peuplent sa vie, elle ne fonctionne plus qu'en raison des bouillies, des vêtements, des soins, des promenades, des pleurs ; et la journée passe, et elle recommence. Dans la glace du cabinet de toilette, son visage de vingt-deux ans paraît gris, ses cheveux ternes. Il y a un an, elle était lumineuse.

Un frisson dans le dos vient de la glacer, à la seconde où elle sent la présence de Ludwig derrière elle. La voix de son mari lui paraît bizarre. Il dit :

« Tu vas te coucher ? Je sors un moment. »

Soulagement. Dieu sait pourquoi, elle est contente qu'il sorte. C'est grave. Elle l'aimait, il n'y a pas si longtemps. Alors, que s'est-il passé ? Depuis quelques jours elle a... oui, elle a peur de lui. Peur est peut-être un bien grand mot. Malaise... Angoisse... Besoin de garder ses distances... Eviter de lui parler, de le toucher, comme s'il était contagieux ou dangereux.

Contagieux ? Ou dangereux ? Mais de quoi ? C'est ridicule. Elle a épousé ce garçon ! Sa mère a raison :

« Marika, tu es malade ! Tu manques de fer ou de calcium. »

Sa mère n'écoute pas :

« Qu'est-ce que c'est que cette histoire de "sensation" ? Ton mari n'est pas gai, tu ne vas pas en faire une histoire ! Sois gentille avec lui. Tu sais, après une naissance, les femmes en veulent souvent à leur mari ! Petite crise, c'est bien connu. Tiens, moi, quand tu es née, je ne pouvais plus supporter ton père, je l'aurais voulu aux cent mille diables, le pauvre homme ! »

Il est sorti, il a fermé la porte sans bruit, comme un voleur, et il reviendra dans une heure. Il ne fait rien de mal, il va boire une bière et jouer au flipper au café d'en face. Marika pourrait le voir de la fenêtre si elle voulait : elle regarde le lit. Il va falloir se coucher là et attendre. Elle fera semblant de dormir, elle guettera toute la nuit le souffle, les mouvements. Le volume de ce corps à côté d'elle. Elle luttera contre l'envie d'aller s'allonger par terre pour échapper à...

... Comment définir cette impression ? Des ondes... mauvaises. Si Ludwig savait, il dirait...

Marika pense brusquement qu'il ne dirait rien. Il frapperait ! C'est une évidence. Il ne l'a jamais fait, mais s'il savait ce qu'elle ressent, il frapperait ! Il frapperait, elle en est sûre, parce qu'il se sentirait découvert.

Seulement, elle ne sait pas ce qu'elle pourrait bien découvrir, chez cet homme de vingt-cinq ans, grand, blond, travailleur intérimaire en électricité, fils unique, père de jumelles adorables. Son mari.

Une scène de ménage, ce n'est pas grand-chose. D'ailleurs, elle n'est pas violente. C'est un dialogue feutré. Ludwig parle bas depuis quelque temps, et il marche comme un chat, se déplaçant autour des meubles dans la petite pièce, comme s'il accomplissait un parcours difficile.

« J'ai moins de travail, donc moins d'argent, je ne suis pas le seul. Tu me le reproches ?

— Je ne te reproche pas d'avoir moins d'argent, Ludwig, simplement, je ne comprends pas pourquoi tu as refusé cet intérim de quinze jours.

— Pas envie, c'est tout. Si ça ne te plaît pas, c'est la même chose.

— Je t'en prie, ne t'énerve pas.

— Je ne m'énerve pas. Je ne m'énerve jamais. Si tu as besoin d'argent, va emprunter à ta mère !

— Tu l'as déjà fait cette semaine. Ce n'est pas une solution.

— Evidemment, ce n'est pas une solution ! Elle ne m'a rien prêté ! Je ne lui demandais pas une fortune, pourtant ! cent marks !

— Elle ne les a pas, et ce n'était pas une raison pour la menacer comme tu l'as fait ! Ma mère a été très choquée.

— Qu'est-ce qu'elle t'a raconté ?

— Ça n'a pas d'importance. Je lui ai dit que tu avais réagi un peu violemment, parce que tu avais des soucis.

— Je veux savoir ce qu'elle t'a dit ! »

Il ne crie pas. Il est debout devant sa femme, les bras le long du corps, sans menace apparente, et pourtant il n'est que menace :

« Répète ce qu'elle t'a dit.

— Que tu avais menacé de la tuer ! C'est stupide, je le lui ai dit !

— Tu l'as crue ?

— Mais non... bien sûr que non !

— Si, tu l'as crue ! Et tu as raison. Je lui ai vraiment dit ça, et sur le moment je l'ai pensé. C'est tout ?

— Oui, c'est tout. Bien sûr... »

Marika se force à sourire.

« C'est déjà suffisant pour ma mère. Elle n'a pas vraiment le sens de l'humour. »

Il tourne autour d'elle et des enfants dans leur parc. Marika frissonne, elle a la chair de poule. Est-ce le moment ? Il faut qu'elle se décide, il le faut. Depuis quinze jours, elle n'en peut plus.

« Ludwig ? Les jumelles ont besoin d'être opérées des amygdales. Ça ne durera pas longtemps, mais je préférerais m'installer chez ma mère quelques jours, elle m'aidera. Ça ne t'ennuie pas ?

— Fais ce que tu veux. Mais laisse-moi des provisions !

— Tu vas travailler, aujourd'hui ? Je partirai tout à l'heure.

— J'en sais rien. Salut. »

Il s'en va, sans embrasser les enfants, sans dire où il va. Il n'a rien senti, rien deviné.

Marika a le cœur si serré que la nausée est proche. Elle a mis tant de jours à comprendre, à mettre ses sensations bout à bout, à réaliser, à réfléchir, à mettre sur pied un plan fragile pour s'en aller d'ici, pour faire ce qu'elle doit faire. Et tout à l'heure, lorsqu'il parlait de sa mère, elle a bien cru qu'il « savait » qu'elle « savait ». Mais non. Il la laisse partir. Et s'il guettait ? Dans l'escalier ou au coin de la rue ? Non. C'est ridicule.

Marika sort les valises des enfants, la poussette, tout ce qu'elle a préparé pour la fuite. Elle ne va pas chez sa mère. Sa mère n'est pas chez elle non plus. Tout est prévu. Elle restera chez une amie le temps qu'il faut, avec les enfants, tandis que Marika ira à l'hôtel.

Et si on ne la croyait pas ? Et si elle se trompait ? Tant pis. De toute façon, elle ne peut plus vivre avec cette idée en tête, avec cette presque certitude épouvantable. Elle sent, elle sait qu'il faut mettre les enfants à l'abri, sa mère et elle-même. Il l'a dit lui-même l'autre jour, en se voyant refuser les cent marks :

« Je vous tuerai ! J'en ai déjà deux sur la conscience, alors qu'est-ce que j'ai à perdre ? »

Et, cette fois, la mère de Marika l'a cru. Les yeux de Ludwig ne pouvaient pas tromper.

Il est en bas, au café, il joue au flipper comme d'habitude. Elle est sur le trottoir, avec ses valises, la poussette des jumelles. Elle n'a pris que son manteau, son sac et l'article de journal qu'elle a trouvé bien plié dans la poche de Ludwig. La seule preuve qu'elle ait. La seule tangible, et qui ne veut pas dire grand-chose, sûrement. Sauf pour elle.

Il vient la rejoindre sur le trottoir. Il attend le taxi avec elle. Il dit :

« Tu reviens quand ? »

La gorge serrée, elle s'entend répondre :

« Dès qu'elles seront guéries, deux ou trois jours.

— Tu emportes tout ça ?

— J'aurai besoin de les changer souvent, les amygdales, tu sais. »

Il traîne, il la retarde, il pose des questions qu'il aurait dû poser bien avant. L'hôpital, comment ça se passe. Est-ce qu'elles auront mal ? Pourquoi si vite ?

« Maman n'est disponible que ces jours-ci, elle a promis de remplacer une amie dans sa boutique. »

Elle ment, elle invente, elle installe les jumelles, elle sourit au chauffeur de taxi qui transporte la poussette ; un dernier effort, un baiser rapide, lèvres serrées sur le dégoût, et c'est fini. Le taxi démarre, elle le voit un moment encore sur le trottoir, les mains dans les poches.

Peut-être sa dernière journée d'homme libre... Marika a choisi. Elle ira jusqu'au bout.

Marika a rendez-vous dans un bureau de la police criminelle de Hambourg. Le fonctionnaire a l'air débordé.

« Vous venez pour l'affaire Sheffer, on m'a dit ?

— Oui monsieur.

— Renseignements ? Témoignage ou dénonciation ?

— Eh bien...

— Vous savez qu'il y a une prime ? Alors, je vous préviens, si vous n'avez rien de sérieux, inutile de me faire perdre mon temps.

— C'est vous qui m'avez dit de venir, au téléphone, vous avez dit que c'était grave.

— Votre nom ?

— Marika Banner.

— Ah ! oui, votre mari, c'est ça. Excusez-moi. Asseyez-vous. »

Le fonctionnaire observe la jeune femme avec attention, à présent. Il remarque qu'elle est pâle, fatiguée, affreusement triste et apeurée...

« Ne craignez rien, madame. Si vos doutes me paraissent inconciliables avec l'enquête, nous le saurons tout de suite, et vous oublierez ça... Je vous écoute. Dites-moi pourquoi vous croyez que votre mari est l'assassin des Sheffer.

— Je ne connais pas l'affaire, monsieur. J'ai seulement trouvé ce morceau de journal dans sa poche, il n'y a que le titre de l'article, c'est tout. Mais il y a plusieurs semaines que je sens quelque chose d'anormal chez lui. Il me fait peur, il a changé. J'avais confiance en lui avant, nous sommes mariés depuis un an seulement, je n'aurais jamais pensé...

— Avez-vous remarqué quelque chose de précis ?

— Il travaille de moins en moins, il a toujours besoin d'argent, il en emprunte, il a menacé ma mère de la tuer l'autre jour, parce qu'elle lui refusait cent marks. Il a dit qu'il n'avait plus rien à perdre, et qu'il en avait déjà deux sur la conscience. Et puis, je me suis souvenue du premier soir où j'ai eu l'impression qu'il était dangereux. C'était indéfinissable, je ne pouvais pas expliquer d'où ça venait, sur le moment. Il avait changé, c'était quelqu'un d'autre qui me faisait peur. Il suait l'angoisse. Ce soir-là, c'était il y a un mois environ, il est rentré tard, il s'est assis devant la télévision, on aurait dit un fantôme.

— La date ?

— Je ne peux pas dire, la veille ou l'avant-veille de Noël...

— Qu'est-ce qu'il regardait à la télévision ?

— Je ne sais pas... C'est important ?

— Pour la date. Les Sheffer ont été tués le 22 décembre entre dix heures et onze heures.

— Il est rentré après onze heures.

— Vous avez une photo ? Décrivez-le-moi.

— 1,79 mètre, blond, mince, assez sportif, cheveux en brosse.

— Quels vêtements portait-il, ce jour-là ?

— Un jean de velours beige, un pull-over bleu, un blouson fourré, un bonnet de laine bleue.

— Avait-il de l'argent dans ses poches ? Ou bien en a-t-il parlé ?

— J'ai vu qu'il avait des billets, j'ai cru qu'il s'agissait de sa paye.

— Combien, environ ?...

— Je ne sais pas, une dizaine peut-être... ou moins, entre cinquante et cent marks. Vous croyez que c'est lui ?

— La description convient. Un seul témoin a vu l'assassin s'enfuir. Mais ça colle avec ce qu'il a dit. L'heure concorde, le jour, c'est à prouver.

— Qui a-t-il tué, monsieur ?

— Si c'est lui, il est allé à Horst, en banlieue, dans la soirée du 22 décembre. Il a sonné chez un couple de gens âgés, les Sheffer. Lui quatre-vingt-un ans, elle soixante-quatorze. Ils allaient se coucher. La vieille est allée ouvrir en peignoir, il l'a poignardée instantanément avec un coupe-papier aiguisé. Elle a eu le temps de crier, le mari est descendu, il l'a poignardé avec la même arme. La domestique l'a vu s'enfuir trop tard pour nous, mais pas pour elle, il l'aurait sûrement tuée aussi. Le pire, c'est qu'il savait sûrement que ces gens âgés étaient riches, très riches, et il n'a pu voler que quatre-vingt-dix marks, dans un porte-monnaie sur une commode. Quatre-vingt-dix marks pour un crime pareil. Deux vieillards sans défense ! Où est votre mari, en ce moment ?

— A la maison.

— Son métier ?

— Electricien, il travaille dans une maison d'intérim.

— Il a parfaitement pu repérer les lieux, s'il a fait des travaux chez ces gens. La bonne ne l'a pas signalé, mais ça ne veut rien dire. Le nom de la boîte ? »

Un quart d'heure après, l'ultime renseignement était donné. Ludwig avait effectué une petite réparation six mois auparavant à Horst, un village tout proche de Hambourg, à dix minutes d'autobus, chez les Sheffer.

Il a avoué. Crime crapuleux, sans excuse, sans autre mobile que celui du vol. Incompréhensible, chez un garçon normal et sans reproche depuis vingt-cinq ans, marié, père de famille, et qui n'avait même pas l'excuse de la misère.

Marika a vécu onze mois auprès d'un époux. Un mois auprès d'un assassin qu'elle a « deviné » sans méthode, sans soupçon précis, à l'instinct, avant de trouver la petite preuve, l'article dans sa poche.

Elle a touché la prime de 5 000 marks, prévue par la police en cas d'arrestation du criminel. Et elle a dit :

« Que faire de cet argent ? Il est empoisonné. »

Alors elle l'a rendu.

DES AVEUX SPONTANÉS

La disparition d'une grande et solide jeune fille de seize ans, brune, très sportive et ravissante, répondant au nom de Pamela Bruardi, paraît au début parfaitement banale, mais il ne faut souhaiter à aucune police au monde, et à la justice d'aucun pays, de connaître une affaire semblable.

La famille de Pamela, ne la voyant pas au dîner, est partie à sa recherche. Ils sont six : le père, la mère, la sœur et les trois garçons qui ne jouent dans cette aventure qu'un rôle tout à fait mineur. Ne l'ayant point retrouvée et déjà fous d'inquiétude, les parents préviennent la police.

Dès qu'il est saisi de l'affaire, le commissaire Tarvini, un petit bonhomme myope et ventru, interroge la sœur de Pamela. Elle aussi, brune et jolie, doit peut-être la vie sauve à ce qu'elle est de deux ans plus jeune et plus fragile :

« Nous revenions de la piscine, explique-t-elle, nous avions peur d'être en retard pour le dîner. Pamela a voulu passer par le bois de San Mateo. Moi, j'ai préféré suivre le chemin du bord de mer.

— Pourquoi ?

— Parce qu'il est beaucoup plus fréquenté. Je n'aime pas traverser le bois de San Mateo. Ça grimpe tout le temps. Il faut sauter par-dessus les fossés. Il y fait très sombre et c'est désert.

— Comment était vêtue votre sœur ?

— Elle avait une jupe bleue et un pull-over rouge avec des rayures blanches ; peut-être aussi avait-elle son foulard. »

A part cette déclaration, impossible d'obtenir le moindre témoignage, le moindre indice, le moindre signalement : on n'a pas vu Pamela sur la route s'éloignant de la ville. Elle n'a pas pris l'autobus. On peut faire confiance à l'employé de la petite gare : il est seul le soir, et il aurait remarqué une si jolie fille. D'ailleurs, le soir de cette disparition, aucun train de voyageurs ne devait passer. Malgré l'air réprobateur des parents et des amis de la disparue, le commissaire Tarvini fait visiter toutes les chambres de tous les hôtels sans résultat. Rien non plus dans la villa occupée par l'organisation de scouts dont fait partie Pamela.

Au petit matin, nouvelle battue organisée cette fois par une trentaine de carabiniers qui arpentent le bois de San Mateo sans rien découvrir : ce qui fait dire au commissaire Tarvini :

« Ce n'est pas une disparition, c'est une évaporation ! »

Il va falloir près de trois semaines pour que l'équipe de girl-scouts, à laquelle appartenait Pamela, découvre son cadavre. Juste après la sortie du bois de San Mateo, quelques mètres après la limite où se sont arrêtées les battues. A côté du corps allongé, déjà en partie recouvert par les ronces, son couteau de scout est planté dans le sol. Son sac de raphia tombé à côté d'elle ne semble pas avoir été fouillé.

Le commissaire Tarvini et le capitaine des carabiniers ne peuvent relever aucun indice. Il est impossible, même, de déterminer de façon formelle la cause du décès. Il faut admettre que Pamela a été étranglée, peut-être avec son propre foulard. L'hypothèse qui vient à l'esprit est évidemment celle d'un crime sexuel, mais, après examen superficiel du cadavre et de ses vêtements, cela n'apparaît pas tellement évident et s'avère tout à fait improbable après l'autopsie.

Le capitaine des carabiniers mène des recherches intensives, sans aucun succès. Un seul témoin : une femme qui prétend avoir vu un certain soir (hélas ! elle ne se rappelle plus exactement lequel) un jeune homme et une jeune fille parcourant le petit bois de San Mateo, ce qui lui avait paru bizarre.

« Je me demande bien pourquoi tu trouves cela bizarre, lui aurait dit son mari. J'ai souvent vu des amoureux dans ce coin-là. »

C'est tout, et c'est fort peu après un mois d'enquête. Trois mille personnes participent à l'enterrement de Pamela. Toute sa classe, de l'école professionnelle de coiffure, les scouts, les membres des sociétés religieuses et sportives auxquelles elle avait appartenu... Seule, sa mère est absente : le chagrin l'a conduite à l'hôpital.

Pendant six mois encore, la police tâtonne, et chacun pense déjà que le dossier de Pamela va échouer parmi les affaires non élucidées. Soudain, dans la soirée du 14 février 1939, un jeune homme élégant, joli garçon, large front bombé, yeux noirs un peu enfoncés sous les orbites mais vifs et brillants d'intelligence, entre dans le commissariat.

Ce coup de théâtre que la police n'attendait plus, il eût mieux valu pour elle et pour la justice italienne qu'il n'arrivât jamais.

La voix du visiteur est claire et nette :

« Je voudrais parler au commissaire Tarvini.

— C'est à quel sujet ? demande le carabinier de service qui s'acharnait après sa cafetière en prévision d'une longue nuit.

— Je connais l'assassin de Pamela Bruardi. »

Stupeur du carabinier qui, d'abord, dévisage le jeune homme et réplique enfin d'un air goguenard :

« C'est intéressant... Vous êtes sûr de ne pas vous tromper ?

— Oui... Je suis sûr.

— Vous savez, on ne dérange pas le commissaire comme cela... Il me serait plus facile de vous faire recevoir si vous me donniez plus de détails. Par exemple, le nom du coupable. »

Le jeune homme hésite quelques instants, tandis que le carabinier lisse sa moustache et l'observe d'un œil torve. Enfin, il se décide :

« Le coupable, c'est moi. »

Cette fois, sur le visage du carabinier, le sourire goguenard s'efface :

« Vous voulez dire que c'est vous qui avez assassiné la jeune fille ?

— C'est moi. »

Déjà la main du carabinier a décroché le téléphone pour prévenir le commissaire, et, quelques secondes plus tard, ce dernier voit s'ouvrir la porte de son bureau sur un jeune homme qui s'avance et s'incline légèrement avec politesse, pour dire :

« Bonjour, monsieur le Commissaire. »

Le policier se lève instinctivement pour pencher la tête à droite et à gauche comme s'il s'attendait à voir quelqu'un d'autre dans le couloir. Mais il n'y a personne, sinon le carabinier qui a conduit ce jeune homme jusqu'à lui.

Au comble de l'étonnement, presque gêné, il demande alors :

« C'est vous qui ?...

— Oui, c'est moi qui ai tué Pamela Bruardi.

— Ah !... Ah !... »

Par cette exclamation, le commissaire tient sans doute à exprimer son incrédulité. Ce jeune homme élégant, présentant bien, intelligent et poli, n'a rien d'un assassin. Des aveux spontanés six mois après un crime, c'est-à-dire au moment où l'affaire risque d'être classée, c'est rare, extrêmement rare, et pour tout dire suspect. Enfin, il est bien connu que ce genre d'aveux est généralement le fait de déséquilibrés en mal de publicité.

« Bien ! Si vous avez tué Pamela, nous avons des tas de choses à nous dire, jeune homme. Alors, commencez par vous asseoir et par me donner votre nom et votre âge.

— Pietro Catello, vingt-quatre ans...

— Maintenant, dites-moi pourquoi vous l'avez tuée.

— Nous nous fréquentions depuis plusieurs semaines et elle ne venait plus à nos rendez-vous. Je l'ai guettée à la sortie du bois de San Mateo. Elle m'a dit que c'était fini entre nous. Alors je l'ai étranglée avec son foulard.

— Son foulard ? remarque le commissaire, nous ne l'avons pas retrouvé. Mais sa sœur nous l'a décrit. Comment était-il ?

— Je n'y ai pas fait très attention, monsieur le Commissaire. Simplement, je me souviens qu'il était rose avec des carrés blancs.

— Tiens !... D'après sa sœur, ce n'étaient pas des carrés, mais toutes sortes de formes géométriques : des carrés évidemment, mais aussi des losanges, des ronds, des triangles.

— C'est possible, monsieur le Commissaire.

— Si vous saviez où retrouver ce foulard, vos aveux seraient plus complets et, de ce fait, plus crédibles.

— Impossible, monsieur le Commissaire, je l'ai jeté dans la mer.

— Ah ! Et pourquoi ?

— Mon premier réflexe a été de vouloir dissimuler mon crime.

— Je comprends. C'est ce qui se passe en pareil cas... Mais pourquoi ces aveux ? Et pourquoi si tard ?

— C'est le remords, monsieur le Commissaire, je n'en dors plus. »

Sarcastique, le commissaire appelle alors un de ses collaborateurs :

« ... et vous apportez une machine, s'il vous plaît !... Nous avons à enregistrer des aveux. »

Manifestement, il est assez perplexe quant à la culpabilité réelle du jeune homme. Après avoir enregistré ses aveux, il est même tout à fait convaincu du mensonge. Certes, ceux-ci sont plausibles ; logiques, mais tout se passe comme si la lecture des comptes rendus dans la presse avait permis au garçon d'imaginer les grandes lignes d'un scénario répondant aux questions que se posent les enquêteurs. Et, cela, sans aucun détail nouveau susceptible d'arracher la conviction.

Les antécédents du jeune homme, représentant d'une firme qui vend des livres rares, les témoignages de ses proches plaident en sa faveur. Pas une personne interrogée qui ne soit abasourdie en apprenant ses prétendus aveux.

Il se trouve même quelques personnes pour en douter fortement : des camarades de la victime affirment qu'à leur connaissance Pamela n'avait pas d'amant et n'était pas fille à en avoir à son âge.

« Tout de même, si elle avait fréquenté ce jeune homme, je l'aurais su ! » s'exclame sa sœur.

Par ailleurs, son employeur s'étonne lui aussi :

« Mais il était en voyage à Rome, le jour du crime !

— En effet, explique Pietro Catello, j'étais à Rome toute la semaine, mais je suis rentré dans l'après-midi. »

Impossible de découvrir une seule personne l'ayant vu ce jour-là dans le train. Par contre, plusieurs témoins l'y auraient vu le lendemain. De sorte que, contrairement à ce qui se passe d'habitude, la police criminelle et notamment le commissaire Tarvini tentent pendant des jours et des jours de convaincre le jeune homme qu'il est innocent.

Celui-ci cependant ne désarme pas et se donne toutes les peines du monde pour expliquer certaines anomalies de ses aveux. Par exemple, il explique le secret entourant ses rencontres avec Pamela par le souci qu'avait celle-ci « de ne pas donner le mauvais exemple à ses petits frères ». Qu'on ait vu dans le train le lendemain une silhouette lui ressemblant n'a rien d'extraordinaire : il cite le nom d'une dizaine de jeunes gens de la même taille que lui, portant eux aussi le ciré noir qu'il avait revêtu ce jour-là.

Tant et si bien que, le 25 mars 1939, le patron de la division criminelle, ayant réuni le commissaire Tarvini et le capitaine des carabiniers dans son bureau de Livourne, déclare en pesant ses mots :

« Messieurs, vous n'avez pas pu prouver que les aveux de Pietro Catello sont faux. Nous devons donc les tenir pour vrais, et la justice doit suivre son cours. »

Ce point de vue définitivement adopté, le jeune homme est mis en prison préventive. Le capitaine des carabiniers se hâte de présenter une version plausible des faits, et le Parquet établit un acte d'accusation.

Seul le commissaire Tarvini reste perplexe. Une enquête poussée auprès de la famille de Pietro Catello et l'examen d'un psychiatre révèlent que celui-ci n'est pas aussi équilibré qu'il le paraît. Il ressort de l'examen qu'il serait en effet probablement capable de commettre un crime, mais surtout qu'il possède un grand art de la dissimulation. Sa jeune vie est semée d'événements troubles, ayant toujours pour origine un fait sexuel, et dont il s'est toujours sorti à son honneur. Pourquoi, diable, un tel génie de la dissimulation s'avouerait-il, spontanément, coupable d'un crime au moment où celui-ci va être classé ?

Le 6 janvier 1949, quelques jours avant le procès aux assises de Toscane, ce que craignait le commissaire Tarvini arrive : Pietro Catello revient sur ses aveux.

Le président, l'avocat général et les jurés vont juger un homme que rien n'accuse, sinon ses propres aveux qu'il réfute aujourd'hui. L'atmosphère de l'audience reflète le sentiment de tous : fureur et agacement.

« Mais enfin, pourquoi ces aveux ? s'exclame le président. Pour une fois, on ne peut incriminer la police de vous y avoir contraint ! Elle ne vous connaissait même pas ! Et pourquoi revenir sur une version des faits que vous vous êtes ingénié à défendre pendant des mois contre vents et marées ? Vous vous moquez de qui ?

— J'avais peur, explique depuis son box Pietro Catello.

— Peur de quoi ? »

La version que propose cette fois le jeune homme est, à première vue, stupide. Mais, à la fin de l'histoire, elle se révélera comme le reste, absolument géniale.

« Je n'ai pas tué Pamela, explique Pietro Catello. Mais je connais l'assassin. J'ai pris le crime sur moi parce que je le crains terriblement. Il m'a épié lorsque j'étais avec Pamela, et puis il l'a tuée lorsque je me suis séparé d'elle. Je suis revenu sur mes pas lorsque je l'ai entendue crier. Mais il était trop tard.

« — Nous sommes deux à l'avoir tuée, m'a dit l'assassin, toi et moi. Tu ne pourras jamais prouver

le contraire, alors tu te tais, c'est ton intérêt.
D'ailleurs, si tu parles, je te tuerai. »

Voilà l'explication saugrenue que donne Pietro
Catello, et aux assises personne n'y croit. Une inven-
tion aussi évidente plaiderait plutôt en faveur de sa
culpabilité. Mais, par ailleurs, cette culpabilité il la
nie, et pendant des mois la police elle-même s'est
acharnée à accumuler des indices tendant à le dis-
culper.

Si les assises s'étaient tenues trois jours plus tard,
tout aurait pu changer, car le 3 février le commissaire Tarvini découvre le pot aux roses et l'explication de ce mystère. En faisant ce à quoi personne
n'avait songé : premièrement, comparer les
empreintes de Pietro Catello avec celles relevées sur
le corps d'une petite fille de sept ans, étranglée dix-
huit mois plus tôt dans un parc à Milan : or, elles
sont identiques. Deuxièmement, comparer des cheveux retrouvés sur le cadavre d'une fillette de huit
ans, découvert dans la banlieue de Rome, à ceux de
Pietro Catello : or, ce sont les mêmes.

Ainsi donc, le jeune amateur de livres d'art, bien
sous tous les rapports, assassinait au cours de ses
voyages des petites filles...

Il savait qu'un jour ou l'autre, et quoi qu'il fasse, il
finirait par être découvert. Intelligent mais fou, la
coïncidence de dates entre son dernier crime et
l'assassinat de Pamela, non élucidé au bout de six
mois, lui suggérait cette idée : se dénoncer pour un
crime qu'il n'avait pas commis. Ensuite, en revenant
sur ses aveux, il présenterait une version funambu-
lesque qui ne pourrait conduire la justice qu'à un jugement mi-chèvre mi-chou. Quelques années de prison
au pire, qui auraient l'avantage de l'innocenter définitivement de ses véritables crimes. Peut-être même
qu'en prison il guérirait de son effroyable sadisme.
Son plan était soigneusement pesé, établi. Il se faisait
ainsi son propre juge et son propre médecin.

Mais, lorsque le commissaire Tarvini dépose son

rapport, l'affaire Pamela est jugée depuis dix jours. Pietro Catello, coupable du meurtre de la jeune fille, est donc innocent de celui de la fillette découverte dans la banlieue de Rome. Il bénéficie de toutes les circonstances atténuantes que les jurés ont pu trouver, il n'a récolté que cinq ans de prison. Son plan s'est donc réalisé.

Le commissaire ayant découvert le pot aux roses, la justice italienne est bien obligée de se remettre en question devant un tel scandale, mais sans précipitation, et croyant avoir cinq années devant elle. C'est compter sans la guerre.

La grande tourmente ne permettra ni de pousser l'enquête ni de conclure. En 1946, lorsque la justice se décidera à réouvrir le dossier, Pietro Catello ayant purgé sa peine depuis longtemps n'est plus en prison.

Peut-être y a-t-il en Italie un vieux père tranquille qui s'appelait autrefois Pietro Catello : un assassin parmi la foule, guéri ?

PSYCHOMEURTRE

C'est une journée particulière, qui fait mine de ressembler aux autres. Ce matin, Louise contemple son visage dans la glace. Elle a eu quarante-deux ans la veille. Rien d'extraordinaire, quarante-deux ans. Ce n'est pas la fin du monde. Ces rides-là sont des rides d'expression, ce léger flou des traits, cette petite lourdeur du cou... et après ? Louise pourrait ne pas y penser. Or elle y pense sans arrêt depuis un mois.

Avant c'était une autre Louise. Une Louise vivante, efficace, sportive. Avant, elle ne regardait pas son image avec terreur, guettant la destruction lente, invisible des jours qui passent. Il y a un mois, Louise aurait sauté sous la douche, ébouriffant ses cheveux courts et frisés, brossant énergiquement un corps sans reproche, croyait-elle. Il y a un mois, Louise aurait crié à son mari, comme tous les jours :

« Je fais un footing et je t'apporte ton petit déjeuner ! »

Le mari aurait répondu :

« Cours un peu pour moi, pendant que tu y es ! »

Humour noir de sa part, Yves, l'époux, quarante-cinq ans, fait partie des handicapés de la route. Vitesse, accident, paralysie quasi totale, irréversible. Un homme fichu. Un mari fichu, mais un homme quand même. Courageux, s'accrochant à l'humour, à la lecture, aux jeux d'échecs, à l'ordinateur, se servant de ses yeux et de ses mains. Les seules choses vivantes dans ce corps maigre vissé sur un fauteuil. Et Louise ? Courageuse aussi, Louise, elle a dominé le problème de son couple détruit. Elle est professeur de psychologie, elle passe des heures à expliquer aux étudiants les « pourquoi du comment supposé des comportements humains ». Alors, elle assume. Officiellement, elle assume !

Il y a un mois encore, elle assumait. Ce matin, elle ne retrouve pas son masque. La voix de son mari lui parvient dans un brouillard. Il demande quoi ? Ah ! oui, il demande :

« Alors, qu'est-ce que ça fait d'avoir un diamant autour du cou ? »

Louise fixe la pierre. Elle brille stupidement, avec son air d'éternité intouchable. Yves l'a achetée avec l'argent de l'assurance. Avec l'argent de l'accident. Le prix payé par l'autre, celui qui allait trop vite et l'a écrasé, démantelé, dans les tôles de sa voiture.

Louise entend le léger glissement des roues. Le fauteuil roulant est derrière elle.

« Qu'est-ce qu'il y a, Louise ? Tu as une drôle de mine, ce matin. Mauvais jour ? »

— Non. Un jour comme les autres. »

Et c'est lui qui parle de mauvais jour.

Ce matin-là, vraiment, Louise se méprise totalement, et si le remords tuait elle devrait s'écrouler à la seconde. Mais le remords n'est pas toujours le fait des assassins, et en tout cas il ne les tue pas.

Louise est à son cours. Seule dans l'amphithéâtre, elle attend l'arrivée des élèves. De grands élèves, des garçons et des filles de dix-sept à vingt ans, presque des femmes, pas tout à fait des hommes, avec ces réactions encore enfantines de chahutage et des problèmes d'adultes. Un drôle de mélange, séduisant, passionnant. Il y a quelque temps, elle se prenait tout juste pour leur aînée, celle qui « en savait un peu plus que les élèves copains ». Aujourd'hui, elle se sent vieille, usée, fichue.

Ils entrent en se bousculant ou en chuchotant des secrets, avec leurs visages sans rides, nets, leurs jeans et leurs yeux clairs. Elle cherche un visage, le trouve, le scrute, l'épie, comme elle le fait depuis un mois. Et elle ne discerne rien. Visage lisse d'un garçon de vingt ans, à l'aise dans sa peau, à l'aise dans son corps, traînant ses bouquins, son écharpe trop longue, 1,80 mètre de muscles jeunes et un regard tranquille.

Ce regard cherche. Il cherche parmi les bancs de l'amphi, et Louise sait ce qu'il cherche. Il cherche un autre regard, une silhouette bien particulière. En fermant les yeux, Louise peut imaginer avec une précision douloureuse ce qu'il attend : elle, une Charlotte de dix-sept ans, grande, sportive, longs bras, longues jambes, longs cheveux bruns, sourire éclatant. Elle la voit entrer les yeux fermés. Avec sa robe de laine trop courte et cette élégance insupportable d'un corps de grande poupée sans défauts, solide, belle...

Elle n'est pas là, Charlotte, ce matin. Sa haute silhouette ne franchit pas la porte de l'amphi. Et la place reste libre à côté du garçon.

Louise parle... parle... Elle fait son cours, elle s'agite sur l'estrade, comme d'habitude croit-elle. Or, ils le sentent tous, elle n'est pas comme d'habitude.

Ils sont une trentaine à l'observer : une petite bonne femme solide de quarante-deux ans, en pantalon et pull-over gris, plutôt « sympa », comme ils disent. Le genre de prof avec qui on aime bien discuter, faire des sorties en groupe. Ce matin, elle n'a pas sa tête habituelle. Trop de rouge sur les lèvres, trop de nervosité dans la voix. Son cours sur la « psychologie différentielle » ne passe pas. Et sa voix est un peu trop aiguë.

Il est presque onze heures du matin. Le pâle soleil de printemps éclaire les bancs de l'amphithéâtre ; Louise s'applique dans une explication des « performances individuelles comparées », base de son cours, lorsque la porte de l'amphi s'ouvre avec autorité. Le recteur fait une entrée rapide, sous les regards surpris des élèves. Il s'approche de Louise, monte sur la petite estrade et s'adresse aux étudiants comme à elle :

« Vous me pardonnerez de déranger votre cours, mais j'ai une question importante : Charlotte B. est-elle parmi vous ? »

Un murmure négatif lui répond. Et il enchaîne aussitôt :

« Je m'en doutais, malheureusement. Mesdemoiselles, messieurs, j'ai autorisé un inspecteur de police à vous poser toutes les questions qu'il souhaite à propos de Charlotte. Il se trouve qu'elle a disparu depuis vingt-quatre heures. Ses parents ont averti la police, car elle n'a que dix-sept ans. Rien ne vous oblige à répondre aux questions qui vous seront posées, mais je tiens à vous rappeler que cette jeune fille est mineure. Si quelqu'un parmi vous la connaît plus particulièrement et a des informations à donner aux parents et à la police, je le prie de se faire connaître. »

Les regards se tournent immédiatement vers le grand garçon à l'écharpe, qui se lève d'ailleurs d'un bond.

« Moi, monsieur, je la connais ! Je ne l'ai pas vue

depuis avant-hier en fin d'après-midi. D'ailleurs, je suis allé chez elle, hier encore.

— Ah ! C'est vous ? Justement l'inspecteur souhaiterait vous parler. Quelqu'un d'autre a-t-il vu cette jeune fille depuis vingt-quatre heures ? »

Un murmure négatif répond à la question.

Le recteur se tourne alors vers Louise et lui parle plus bas.

« Je crains que nous ayons une sale histoire sur les bras. Vous connaissez bien cette fille ?

— Pas plus que les autres. Elle est arrivée en cours d'année.

— Ce garçon, Bertrand, est son petit ami, c'est ça ?

— C'est possible. Ils étaient souvent ensemble, en tout cas, vous savez, je ne surveille pas particulièrement leur vie privée, elle change souvent en cours d'année.

— Voulez-vous interrompre le cours et m'accompagner dans mon bureau, s'il vous plaît. Vous pouvez nous être utile. Les parents sont affreusement inquiets. D'après eux, leur fille n'est pas du genre fugueur, et ils ont d'abord cru qu'elle avait passé la nuit avec ce garçon, Bertrand. Mais il dit l'avoir quittée en fin d'après-midi et que tout allait bien. Par contre, la jeune fille est sortie après dîner, en disant qu'elle avait rendez-vous pour une petite heure, et elle n'est pas rentrée depuis. Vous pourriez peut-être aider la police, si vous avez remarqué quelque chose.

— Pourquoi moi ? Il y a d'autres professeurs. Elle ne suivait pas que mon cours !

— Vous êtes psychologue, ma chère Louise. Et chacun sait que vous étudiez soigneusement le comportement de vos élèves. Vous venez ? »

Louise vient. Elle franchit la porte de l'amphi en même temps que Bertrand, le jeune homme à l'écharpe, et il s'efface pour la laisser passer, avec un pauvre petit sourire crispé. Dans le couloir, un policier en civil attend.

D'ici la fin du jour, tout sera dit, vérifié, avoué, irrémédiable.

Bertrand est inquiet. Il parle au policier sans détours, devant le recteur et Louise, il précise l'heure de sa dernière rencontre avec Charlotte, ce qu'ils ont fait, ce qu'ils ont dit :

« Quand on s'est quittés devant chez elle, il était question d'aller à la piscine le lendemain, donc hier. Elle n'est pas venue. Alors je suis allé voir chez elle. Ses parents m'ont dit qu'elle n'était pas rentrée de la nuit. Ils la croyaient avec moi. Ils n'étaient pas très contents, mais pas très inquiets non plus. Moi je l'étais. Charlotte n'a jamais voulu découcher. Ses parents savaient que nous sortions ensemble, et le reste, j'imagine ! Mais elle tient à ne pas les choquer. Je comprends très bien. D'ailleurs je vis avec ma mère, et nous n'avons pas la possibilité de nous isoler autrement que dans la journée. »

Le policier note que Bertrand connaît Charlotte depuis un mois, il note qu'ils sont amoureux et il demande :

« Une femme blonde, quarante ou cinquante ans, ça vous dit quelque chose dans l'entourage de Charlotte ?

— Non. Je ne vois pas. Pourquoi ?

— Un témoignage. Une voisine l'a vue sortir, avant-hier, vers vingt et une heures, heure confirmée par les parents. Elle l'a vue monter dans une voiture, marque indéterminée. Au volant une femme blonde. Très blonde, d'un certain âge, enfin quelqu'un de plus âgé qu'elle, en tout cas. La famille ignore totalement qui cela peut être.

— Moi aussi. Ils ne me l'ont pas dit !

— Le témoignage n'a été fourni que ce matin, spontanément. Cette femme a vu la voiture de police devant chez les parents de la jeune fille. Et elle s'est présentée. Elle connaît Charlotte de vue. Son témoignage est d'ailleurs précieux, car elle a relevé le

numéro de la voiture. C'est un hasard. Le numéro
correspond à son numéro de téléphone, à un chiffre
près... J'attends l'identification du propriétaire du
véhicule dans quelques minutes, ça ne sera pas
long. »

Le policier se tourne vers Louise.

« Vous êtes professeur ? Elle était à votre dernier
cours ? C'était quand ? »

Louise s'assoit. Visage transformé, grise, presque
laide. Sa voix est dure :

« Quel est le numéro de la voiture ? »

Le policier étudie un instant la question, puis se
décide.

« Pourquoi ? Vous avez une idée précise ? »

Brutalement Louise cède. A quoi bon finasser.

« C'est ma voiture !

— La conductrice était blonde.

— Je portais une perruque.

— Pourquoi ne pas l'avoir dit tout de suite ?

— Je l'ai tuée. »

Le bureau du recteur, froid et fonctionnel, résonne
longtemps de cette petite phrase sèche.

Puis Bertrand s'approche, pâle, décomposé, les
mains tendues vers Louise. Il bégaie :

« Qu'est-ce... Qu'est-ce qu'elle a dit ? Mais qu'est-
ce qu'elle a dit ? Vous... vous avez entendu ?... »

Le policier l'arrête.

« Calmez-vous. Restez tranquille ! Allons, calmez-
vous... »

Puis sur un autre ton, cassant, professionnel, à
Louise :

« Vous venez de dire : "Je l'ai tuée." Allons-y.
Quand, comment, où et pourquoi ? J'écoute.

— Je lui ai donné rendez-vous pour lui parler
avant-hier soir, lundi. Je suis venue la chercher en
voiture. J'ai acheté une perruque, pour qu'on ne me
reconnaisse pas, et j'ai mis des lunettes. Elle savait
de quoi je voulais lui parler. Elle est venue à l'heure.

— De quoi vouliez-vous lui parler ?

— De Bertrand. Elle savait plus ou moins que nous étions amants. »

Bertrand est fasciné.

« Amants ? On ne l'était plus ! C'était, enfin... une histoire sans importance !

— Tu mens ! Ça n'était pas rien, jusqu'à ce que tu tombes amoureux de cette gamine, c'était important ! »

Le recteur n'en revient pas.

« Louise ! Vous aviez une liaison avec l'un de vos élèves ?

— Scandaleux, hein ? J'ai vingt-deux ans de plus que lui ! Et après ? Depuis deux ans je vis comme une veuve, auprès d'un mari paralysé, qu'il faut laver, habiller, nourrir et mettre au lit comme un bébé. Je n'ai pas droit à autre chose ? Ma vie devait s'arrêter ? Il n'a pas dit non. Il me trouvait formidable... L'expérience, j'imagine. Et puis cette petite est arrivée il y a un mois, et pfuitt ! Je n'existe plus. Bonjour, bonsoir, je regagne mon camp, celui du prof qui a déniaisé un gamin ? Pas du tout. J'aime Bertrand, j'en ai le droit. »

Le policier interrompt Louise. Il a rarement vu une femme se justifier d'un crime avec autant d'âpreté. Il en devient mauvais.

« Laissons le mobile ! Vous avez trois secondes pour me dire ce que vous en avez fait, et où elle est !

— Dans le bois. Je l'ai tuée avec un couteau de cuisine. Un couteau de ma cuisine, que j'ai ramené dans ma cuisine. Elle ne s'est pas méfiée. Tout est allé vite. Je l'ai laissée sur place, et je suis rentrée chez moi. Mon mari m'attendait, c'était mon anniversaire.

— Vous reconnaissez la préméditation ?

— Oui.

— Vous l'avez emmenée dans ce bois pour la tuer, non pour discuter ?

— Oui.

— Une gamine de dix-sept ans !

— Je l'ai haïe autant qu'il est possible de haïr.

C'était un soulagement. Je suppose que j'étais à bout. Je ne pouvais plus supporter les contraintes. Mon mari, dans son fauteuil, à vie, à vie, vous comprenez ? Et la mienne de vie ? Je suis jeune ! Seulement voilà, on n'abandonne pas un infirme, on ne divorce pas d'un infirme, surtout s'il est courageux, merveilleux, plein de qualités, et qu'il vous aime, et vous admire, et vous fait confiance ! Ça étouffe, vous comprenez ? Je ne suis pas faite pour le devoir, je m'en suis rendu compte très vite. Le jeu était insupportable. Bertrand était une autre vie. Un jour mon mari aurait accepté, nous en aurions parlé, je pouvais exister encore. »

Le recteur est stupéfait, anéanti de dégoût.

« Quand je pense qu'il y a un quart d'heure encore vous faisiez un cours de psychologie, tranquillement, devant un banc vide, avec ce garçon en face de vous ! Quelle sorte de monstre êtes-vous donc ?

— Une femme. Je suis une femme, c'est tout. Jalouse à en crever, cernée, coincée, pas d'autre issue. Il serait revenu, j'aurais su le reprendre. J'en suis certaine. Cette histoire de numéro de voiture est insensée, et il a fallu ça ! »

Le remords n'a pas tué Louise. Elle a dit au juge quelque chose du genre :

« En tuant cette fille, je compensais le malheur, un mari infirme, les années qui me séparaient de Bertrand. Elle m'avait remise en place, elle avait tout effacé, rien qu'en arrivant, avec ses dix-sept ans. Il fallait que j'accepte tout d'un seul coup : remisée, la vieille, occupe-toi de ton malade, fais tes cours, ne te mêles plus d'exister au milieu de nous. Elle ne me parlait pas, ne s'inquiétait pas de ma présence, elle écoutait mes cours, comme si je n'étais qu'une machine, et non une femme de chair à qui elle volait un amant. Elle me tuait lentement. J'étais en état de légitime défense. »

Les jurés ont fait : « Oh ! » Louise n'avait pas leur indulgence au départ, et elle ne la cherchait pas.

Manifestement. Pas de remords. Elle refusait le remords.

Elle est en prison à vie. A quarante-trois ans maintenant, elle a tout le temps de se regarder vieillir dans l'étroite petite glace de sa cellule, encastrée dans le mur, impossible à éviter. Qu'elle la brise, et elle trouvera toujours un miroir dans les yeux des autres femmes.

INSUFFISANT EN ALLEMAND

Leurs regards se croisent, durs, fixes, et la mort d'un homme est décidée dans une classe du lycée Goethe, à Göttingen.

En Allemagne, les professeurs participent aux épreuves du baccalauréat, et l'examen oral de langue allemande, auquel Arnault Kurer vient de soumettre son élève Michel Rodler, s'est déroulé dans la plus franche hostilité, suivie d'un silence électrique :

« C'est bon. Vous pouvez vous rasseoir », dit enfin le professeur.

Mais l'élève reste debout.

« Comment allez-vous me noter, monsieur ?

— Je ne suis pas obligé de vous répondre. Mais comment vous cacher que votre note ne sera pas fameuse ?

— Si elle est trop mauvaise, je risque d'être refusé.

— C'est bien pour cela que le baccalauréat existe. Il ne s'agit pas de délivrer automatiquement un diplôme auquel chacun aurait droit comme à une carte d'identité. Pour avoir son bac, il faut des connaissances suffisantes. Si vous ne les avez pas, il est juste que vous soyez recalé. Et maintenant, je vous demande de vous asseoir. J'ai vos camarades à interroger. Vous n'êtes pas seul ici. »

Michel Rodler, grand blond, à la pomme d'Adam proéminente, serait plutôt sympathique sans un excès de désinvolture qui rejoint l'insolence. Et plutôt joli garçon sans une minceur excessive qui rejoint presque la maigreur. A dix-sept ans, mais après tout c'est bien normal, il donne l'impression de ne pas être tout à fait fini. Rien de définitif en lui, sinon la décision qu'il vient de prendre et qu'il se répète mentalement : « Si le prof me fait rater mon bac, je le tuerai ! Si le prof me fait rater mon bac, je le tuerai ! Si le prof me fait rater mon bac, je le tuerai ! »

Le soir venu, Arnault Kurer examine l'une après l'autre les fiches des élèves soumises à son appréciation : tout en bas, une case blanche où le professeur doit donner son avis. Sur la fiche de Michel Rodler, il écrit : « Insuffisant en allemand. »

Le professeur, petit homme carré très sportif, souvent vêtu d'un survêtement, n'éprouve pas de haine envers Michel Rodler, mais croit de son devoir d'être particulièrement dur avec lui. Il est sévère avec tous ses élèves, mais le cas Rodler lui semble particulier : fils d'un hôtelier de Göttingen, parents aisés, même fortunés, Michel doit se voir imposer par ses professeurs la discipline dont sa famille ne lui fait pas obligation. En réalité, il est possible que sous cette dureté le professeur, qui n'a pas de fils mais deux filles, éprouve une affection secrète pour ce garçon intelligent et rétif.

Il est possible aussi qu'Arnault Kurer soit le seul être au monde à deviner, dans ce jeune homme qui force la sympathie de tous ceux qui l'approchent, un défaut secret, une fêlure qui le rend inquiétant, tout comme un outil parfaitement sain d'apparence recèlerait une paille pouvant entraîner une brusque cassure et créer des drames.

Quelques jours plus tard, lorsque au milieu de ses camarades Michel Rodler vient consulter la liste des candidats reçus au baccalauréat et n'y voit pas son nom, il éructe :

« Le salaud !... Je le tuerai ! »

Un de ses camarades, qui l'entend ainsi grommeler, tourne vers lui ses grosses lunettes et demande :

« C'est après Kurer que tu en as ? »

Michel Rodler réalise qu'il vient de commettre une petite faute : il y avait trop de haine et de détermination dans cette exclamation. D'ailleurs, l'autre ajoute derrière ses grosses lunettes :

« Il ne faut pas en faire une montagne, Michel ! Ce n'est qu'une année de perdue. »

Mais la détermination secrète de Michel Rodler n'en est pas amoindrie.

Il a déjà envisagé son acte. Il sait que le professeur possède un chalet au bord d'un lac dans la région de Aschersleben ; c'est là qu'il le tuera, et ce sera un crime parfait.

Pour agir, il doit attendre les grandes vacances, et d'ici là il dissimulera soigneusement sa haine, pour être ce garçon sympathique et désinvolte que tout le monde aime bien. Pourquoi ne serait-il pas un peu héroïque, même ?

Lors d'un échange d'élèves au Canada, il n'hésite pas à se jeter, contre l'avis de tous, dans une rivière tumultueuse pour nager vers un canoë où deux jeunes filles désemparées appellent au secours.

Au retour de ce voyage, et prétextant un week-end chez un camarade, il saute enfin sur sa moto pour se rendre au chalet du professeur Kurer.

Ce chalet est une ravissante maison, bâtie sur la berge même d'un lac, au milieu de la forêt. Deux autres maisons du même type s'élèvent sur l'autre rive à 150 mètres à peine. La route passe à l'extrémité du jardin du professeur. Les deux autres maisons ne peuvent être rejointes que par un chemin inégal et caillouteux.

Michel passe très vite et observe que la Mercedes du professeur est bien là. Il décide de cacher sa moto dans la forêt, derrière des buissons, mais à proximité de la route. Il sort le vieux pistolet, souvenir de la

guerre de 39, que son père croit perdu depuis longtemps, le glisse dans sa ceinture, sous son blouson,
et marche vers le chalet en se dissimulant aux voitures qui passent.

Son plan est fait : entrer dans le jardin du professeur, l'appeler et lui déclarer qu'il voudrait avoir une
explication. Dans la maison où ils se trouveront seuls
(Michel sait que sa femme et ses deux filles sont res-
tées à Göttingen), il videra son chargeur dans le
ventre de sa victime. On ne peut pas faire plus
simple.

Malheureusement, en poussant la petite barrière,
il aperçoit, allongées sur le sol devant la Mercedes,
deux chaussures et deux jambes nues ; un rouquin
en short, au torse taché de graisse, se dégage en se
tortillant :

« Vous voulez voir le professeur Kurer ? demande
le rouquin. Il n'est pas là. »

Comme Michel, étonné, montre la voiture, le
mécanicien explique :

« Elle est en panne, si vous vous dépêchez vous le
trouverez sur la route, il va prendre le bus. »

Les conditions pour un crime parfait ne sont pas
réunies et Michel se garde bien de suivre le conseil.

Une année entière va s'écouler sans que Michel
Rodler oublie un seul jour son projet d'assassiner le
professeur. Mais il ne tente rien, car aucune occasion
ne se présente où toutes les conditions d'un crime
parfait soient réunies. Pourquoi se presser : la vengeance est un plat qui se mange froid ; et plus il
attendra, plus il sera difficile à la police de remon-
ter jusqu'à lui. Ainsi, donc, un assassin déterminé va
vivre à Göttingen pendant un an, croisant chaque
jour des centaines de personnes. Pendant un an, le
professeur Arnault Kurer va vivre, sans savoir qu'une
menace de mort pèse sur lui à chaque instant et que
l'assassin en puissance épie ses moindres gestes.

C'est avant de partir en vacances avec ses parents,
sur l'Adriatique, que Michel Rodler décide de passer

à l'action. Cette fois encore, il sait que le professeur est pour le week-end dans son chalet au bord du lac, car il part généralement le vendredi soir pour préparer la maison où sa femme et ses deux filles le rejoignent le samedi en fin de matinée.

Le samedi matin, donc, vers cinq heures, ayant vérifié que la Volkswagen de Mme Kurer est bien rangée devant leur maison de Göttingen, Michel estime avoir toute la matinée devant lui et saute sur sa moto. Son plan est toujours aussi simple ; rigoureusement le même que l'année précédente, mais, au lieu de demander une explication au professeur, il dira vouloir le remercier, puisque au printemps, enfin, il a obtenu son baccalauréat...

Hélas ! Cette fois encore, le chalet du bord du lac réserve une surprise : à peine a-t-il poussé la petite barrière qu'une voix étonnée s'élève :

« Ohé, les gars ! Regardez, on a une visite !

— Ma parole, mais c'est Michel !

— Qu'est-ce que tu fais là ? »

Les uns après les autres, tenant à la main canne à pêche ou épuisette, trois élèves du lycée Goethe, invités la veille au soir par le professeur pour une partie de pêche, surgissent gaiement devant Michel :

« Tu viens avec nous ? »

N'ayant pas été officiellement convié, Michel se trouve très embarrassé, surtout lorsque le professeur apparaît en survêtement, un chapeau de toile blanche sur la tête, une canne à la main, et s'étonne gentiment lui aussi :

« Tiens, Michel ! Vous venez vous joindre à nous ? Mais comment avez-vous su ? Enfin, cela ne fait rien, venez, la barque est grande ! Seulement nous allons manquer de cannes... »

Michel passe la matinée à accrocher des vers au bout des hameçons et rentre chez lui dans l'après-midi, déconfit mais toujours aussi déterminé.

A présent, il a quitté Göttingen pour Hambourg, où il est inscrit à la faculté de droit. Il décide de profiter des vacances de Noël pour tenter une nouvelle fois d'exécuter son projet. Mais il modifie son plan. La nuit venue, il cherche dans l'annuaire téléphonique le nom de l'un des voisins du professeur et y découvre Willy Buscholz, qu'il suppose habiter l'une des deux maisons qui font vis-à-vis au chalet de l'autre côté du lac.

Sa moto garée à quelques pas le long du trottoir, le vieux pistolet de son père sous son blouson, passé dans la ceinture, il appelle donc Arnault Kurer, depuis une cabine téléphonique publique de Göttingen.

« Allô, professeur Kurer ?

— Oui. »

Michel mâche un chewing-gum et, le visage tendu en avant, en grimaçant, il s'efforce de donner à sa voix un ton guttural tout à fait méconnaissable :

« Je suis un ami de votre voisin Willy Buscholz. Nous venons de quitter Aschersleben. En passant, nous avons vu de la lumière chez vous. Comme vous n'étiez pas là de la journée, cela nous a paru bizarre, et Willy m'a demandé de vérifier si vous étiez à Göttingen et dans ce cas de vous prévenir.

— De la lumière ? »

Il y a un moment de silence dans l'appareil. Sans doute le professeur réfléchit-il : « Les filles auraient oublié d'éteindre lorsqu'elles sont parties la dernière fois ? Dans ce cas, la lumière devrait être allumée depuis quinze jours... »

« Avez-vous remarqué si la maison était allumée les nuits précédentes ?

— Non. Non, professeur, justement, cette nuit seulement.

— Vous croyez que j'ai été cambriolé ?

— C'est bien ce que nous craignons, professeur. Il faudrait que vous veniez vérifier tout de suite. »

Le ton du professeur devient rageur :

« Ah ! vraiment, j'avais bien besoin de cela ! Ecoutez, monsieur, je vous remercie, mais je ne peux pas quitter ma femme : on vient la chercher demain matin pour l'emmener à la clinique. Je vais prévenir la police, c'est tout ce que je peux faire pour le moment. Je ferai un saut à Aschersleben dans la journée !

— Vous allez prévenir la police ?

— Dame ! C'est pour cela qu'elle existe, non ? »

Michel Rodler bafouille quelques paroles et raccroche : une fois de plus, c'est raté.

Au printemps, chacun s'accorde à reconnaître que Michel Rodler est un jeune homme courageux : le jour il suit ses cours à la faculté, et le soir venu il travaille à la réception d'un hôtel de Hambourg pour son argent de poche. Lorsque ce jeune homme sympathique, intelligent et aimable, tend la clef de leur chambre ou transmet un message, les clients de l'hôtel seraient bien surpris s'ils savaient qu'à ce moment, peut-être, il rumine un plan diabolique, devenu une véritable obsession, une folie secrète et soigneusement dissimulée.

Lors d'un séjour à Göttingen, Michel fait en sorte de rencontrer la fille aînée d'Arnault Kurer. Est-ce parce qu'elle est fine, douce, tendre et blonde ? Ou parce qu'elle peut l'aider dans son projet ? Il lui fait une cour assidue, grâce à quoi le voici invité au mois de juillet à passer le week-end dans le chalet au bord du lac.

Bien entendu, il a modifié son plan. Celui-là, plus risqué dans son exécution, devrait, s'il réussit, lui assurer l'impunité : comment la police pourrait-elle le soupçonner, lui, sans mobile et devenu un ami de la famille ?

Après une longue journée, après la traditionnelle partie de pêche, la partie de ping-pong et de Monopoly, vient, au moment du coucher, l'instant qu'attendait Michel. Le professeur finit et commence ses journées par un tour du lac : le matin en courant, et le soir en fumant un cigare, c'est la tradition.

« Je peux vous accompagner, professeur ?

— Mais bien sûr, Michel.

— Bon, je reviens tout de suite... Je vais chercher mon portefeuille, au retour je passerai au bureau de tabac. »

Le professeur s'étonne de le voir sortir de sa chambre avec son blouson.

« C'est contre l'humidité, professeur. »

En réalité, sous le blouson est dissimulé, une fois de plus, le vieux pistolet, et dans sa tête le plan suivant : lorsqu'ils seront à l'extrémité la plus éloignée du lac, dans la nuit noire, il poussera des hurlements, tirera trois balles dans la poitrine du professeur et une autre sous sa propre épaule, près de l'aisselle, en un point qu'il a soigneusement repéré. A ce moment, les habitants des trois maisons qui bordent le lac claqueront leurs volets, mais il aura eu le temps de glisser le pistolet et son portefeuille dans un sac de plastique lesté d'une pierre. Le tout est déjà préparé et déposé dans l'herbe de la berge depuis l'après-midi. Il lancera le sac au milieu du lac et racontera une attaque de rôdeurs.

Ils cheminent lentement. Le professeur, très calme, monologue. Le jeune homme, le cœur serré, tend l'oreille. Pendant les courts silences d'Arnault Kurer, il lui semble entendre un léger bruit. Qu'est-ce que c'est ? Si seulement l'autre voulait bien s'arrêter de parler ! Plus ils s'approchent de l'extrémité du lac, plus le bruit se précise. Dans l'obscurité épaisse, humide, quelqu'un, de temps en temps, donne un petit coup de rame... Il aperçoit enfin deux silhouettes, enlacées, dérivant sur une barque noire. Hélas ! quatre fois hélas !... cette quatrième tentative ayant échoué, le si sympathique Michel Rodler va devoir attendre une année de plus pour accomplir son projet, et cette fois sera la bonne.

L'étudiant a maintenant vingt-deux ans, il a échoué quatre fois dans ses tentatives d'assassinat et décide, dans la nuit du 5 au 6 mai 1969, de jouer le tout pour le tout dans la cinquième.

Vers vingt-trois heures, il souhaite bonne nuit à ses parents et se retire dans sa chambre pour la quitter trois minutes plus tard en passant par la fenêtre. C'est à pied, chaussé de baskets et rasant les murs, qu'il se rend au chemin de Rolm pour s'arrêter au numéro 80 devant l'appartement du professeur. Il sait que celui-ci est retenu au lycée. Il attend donc une heure, allongé dans l'herbe du petit square qui fait face au domicile de sa victime.

Vers minuit, les phares d'une voiture éclairent brusquement la rue. Michel Rodler sort son pistolet et se recroqueville, prêt à bondir.

Il ne s'agit pas d'une fausse alerte : c'est bien la Mercedes qui roule lentement et s'arrête devant le 80, après un virage, le capot face à la porte du garage. Michel sait que le professeur va devoir descendre pour actionner, avec sa clef, l'ouverture électrique. Il n'aura que quelques secondes pour agir.

La portière gauche de la Mercedes s'ouvre et l'assassin, d'un bond, traverse la rue. Pour que la vengeance soit parfaite, il faut que le professeur le reconnaisse. Lorsqu'il est près de lui, il appelle à voix basse :

« Professeur ! C'est moi, Michel Rodler, insuffisant en allemand... »

Au moment où Arnault Kurer se retourne stupéfait, l'assassin tire cinq fois et part en courant.

Dans les jours qui suivent, Michel Rodler savoure sa vengeance... Le professeur est mort à l'hôpital sans avoir repris connaissance. Sans mobile apparent ni le moindre indice, la police nage complètement. A-t-il commis le crime parfait ?

Après avoir interrogé des dizaines de témoins éventuels, la police est un jour alertée par un détail que fournit la femme du professeur :

« Un soir, dit-elle, alors que je devais entrer en clinique le lendemain matin, un homme se prétendant notre voisin a signalé à mon mari par téléphone que notre chalet venait d'être cambriolé. Ne pouvant me quitter, il a prévenu la police qui n'a rien découvert d'anormal dans le chalet. Quant à notre voisin, il affirme n'avoir jamais téléphoné. A l'époque, l'idée nous était passée par la tête que quelqu'un avait voulu entraîner mon mari hors de chez lui...

— Vous aviez pensé à un guet-apens ?

— Non, bien sûr... mais maintenant que j'y repense, c'est possible. »

Ainsi, donc, il se pourrait qu'il y ait eu dans Göttingen un homme ayant essayé, il y a un an déjà, d'attenter à la vie du professeur. L'assassinat de celui-ci pourrait donc être l'aboutissement d'une longue et froide vengeance. Qui peut nourrir envers un professeur un tel sentiment sinon un élève ?

Michel Rodler commence à s'inquiéter lorsqu'il voit les promotions du lycée Goethe convoquées par la police, année après année. Finalement vient son tour. Il croit être définitivement tiré d'affaire lorsqu'il ressort libre du commissariat après un interrogatoire qui n'a duré que quelques minutes. Mais il croise le destin dans le hall : un petit jeune homme de son âge, avec de grosses lunettes, qui lui crie au passage :

« Salut, Michel ! Comment vas-tu ? »

Quelques instants plus tard, le petit jeune homme aux grosses lunettes fait un effort de mémoire :

« Oui, monsieur le Commissaire, je me souviens... C'était il y a cinq ans, nous regardions la liste des reçus au baccalauréat. Un de mes camarades, n'y voyant pas son nom, a murmuré : "Le salaud, je le tuerai."

— Comment s'appelait-il ? »

Derrière ses grosses lunettes, le jeune homme hésite à peine et se décide :

« Il s'appelait Michel Rodler. Je viens justement de le croiser dans le hall ! »

BALTHAZAR SAVAIT

Une villa superbe, près du Cap, en Afrique du Sud. Une villa d'homme riche, d'homme blanc, avec colonnades, piscine, jardin intérieur, appartements d'hôtes, salle de billard, salle de gymnastique, salle de cinéma, Everett Crosby en a dessiné les plans lui-même, avant son mariage avec Susan Ashley. Everett, cinquante-six ans ; Susan, vingt-neuf ans. Il est ce que l'on appelle un homme d'affaires. Elle est ce que l'on appelle une jolie fille. Leur mariage a deux ans. Voilà pour la carte postale, vue de l'extérieur jour.

Intérieur nuit :

Une heure du matin. La gouvernante allemande, véritable maîtresse des lieux, est réveillée en sursaut par les cris d'Everett Crosby. De drôles de cris étouffés derrière la porte. Il tambourine :

« Réveillez-vous, Greta, bon sang ! Mon Dieu, quelle horreur, mais quelle horreur ! Aidez-moi ! »

Greta surgit, en chemise de nuit, ses cheveux gris ébouriffés. Le maître est en habit de soirée, rouge et essoufflé :

« J'ai surpris un homme dans le couloir, il a filé par là, un diable de Noir. Greta ! il a filé, il a tué Madame ! Appelez la police, occupez-vous d'elle ! Je vais le rattraper ! Je vais l'étrangler de mes mains ! Je vais l'aplatir, je le ferai brûler vif ! »

Il court vers les jardins, Greta vers la chambre. Elle entend le moteur de la voiture, puis la voix d'Everett à nouveau :

« Mon fusil, Greta ! Donnez-moi mon fusil ! »

Dans le bureau du maître, un fusil de chasse accroché au mur avec une cartouchière. Greta décroche le tout, court à une porte-fenêtre et tend l'arme. Quelques secondes plus tard, la voiture démarre, et elle pénètre dans la chambre à coucher dont la porte est restée ouverte.

Elle comprend pourquoi la chemise d'Everett Crosby était rouge de sang. Susan est allongée sur le sol de marbre clair, en peignoir. Près d'elle une statuette de bronze. L'assassin a frappé à la tête. Le reste de la chambre est en ordre, le lit défait normalement, comme si la jeune femme venait de se lever. Une lumière douce éclaire la coiffeuse de bois précieux et les parfums alignés. Les fenêtres sont closes, les rideaux tirés.

Greta, à genoux devant le corps de sa maîtresse, ferme les yeux devant le visage ensanglanté, les cheveux étalés et poisseux. Elle fixe un moment une main entrouverte, paume en l'air, la main gauche, où brille un diamant énorme, symbole de la richesse du mari. Une pensée traverse son esprit :

« Le voleur n'a pas eu le temps, M. Everett a dû le surprendre en rentrant de son dîner d'affaires, et moi qui n'ai rien entendu ! Et le chien qui n'a pas aboyé. Par où est-il passé, ce salopard ? »

Greta se relève pour décrocher le téléphone et appeler la police. Ce faisant, elle tourne le dos à l'affreux spectacle. Elle ne veut plus regarder, c'est au-dessus de ses forces.

La main a bougé. Imperceptiblement, mais elle a bougé.

Greta s'explique avec la police, rapidement. Le nom d'Everett Crosby est connu. Dans quelques minutes ils seront là. Greta sort de la chambre en courant, traverse le couloir et les salons, allume les lampes d'extérieur et appelle :

« Balthazar ! »

Balthazar est un énorme doberman noir et feu. Il surgit immédiatement, bouscule la gouvernante et pénètre dans la maison comme une flèche. Greta le poursuit en se traitant d'idiote ! Il ne faut pas que l'animal découvre le corps de sa maîtresse. Avec tout ce sang, les réactions de ce genre de chien sont imprévisibles. Vraiment imprévisibles.

« Balthazar ! »

Balthazar, le chien, a filé droit dans la chambre. Et, lorsqu'elle y entre à son tour, un grondement l'arrête. Plus question d'approcher. Babines retroussées sur d'énormes dents blanches, Balthazar défend sa maîtresse, l'œil fixe, couleur d'or, les courtes oreilles dressées, prêt à bondir. Cinquante kilos de muscles puissants et une mâchoire capable d'égorger un homme.

Greta arrête les policiers sur le perron de la villa.

« N'entrez pas dans la chambre à cause du chien. Il faut attendre le retour de M. Everett, il n'y a que lui ou son gardien pour le faire obéir. Vous ne pouvez pas approcher, il est dangereux.

— Il faut l'abattre !

— Je vous en prie, non ! C'était le chien de Madame ! Ne faites pas cela. M. Everett va revenir et j'ai envoyé chercher le gardien. M. Everett fait le tour de la propriété, il a pris son fusil, il dit avoir surpris un homme dans la maison, un Noir.

— Et le chien n'a rien dit ? Il était en liberté ?

— Nous le lâchons toutes les nuits, mais je n'ai rien entendu. Pourtant il n'était pas loin, il a filé à l'intérieur dès que je l'ai appelé. »

La voiture d'Everett Crosby se gare près de celles des policiers. Il en sort, le fusil à la main, visage défait.

« Je n'ai rien vu. Il a filé, Dieu sait comment !

— Comment était-il ?

— Grand, mince, blue-jean, chemise claire, un métis, je crois. Je l'ai aperçu filant par la porte de la chambre, le temps d'un éclair. J'ai voulu voir ma femme d'abord, et j'ai perdu du temps !

— On envoie une patrouille. Pour l'instant il faut nous débarrasser du chien, monsieur Everett, il est près du corps, votre gouvernante prétend qu'on ne peut pas l'approcher. »

Everett Crosby se met en colère.

« Vous n'êtes qu'une stupide imbécile, Greta ! Ce chien est à moitié fou ! Il va la dévorer ! »

Everett Crosby et un policier pénètrent sur la pointe des pieds dans la chambre, Everett les mains nues, le policier l'arme au poing. Il chuchote :

« S'il attaque, je serai obligé de l'abattre, monsieur Crosby. »

Mais les deux hommes s'arrêtent, sidérés devant le spectacle. Le chien est couché près de sa maîtresse, dont il lèche la main avec douceur, et cette main... bouge. Faiblement, elle se redresse un peu, les doigts accrochent le museau, glissent et retombent, Balthazar gémit et hurle à la mort.

Le policier chuchote :

« Nom de Dieu, elle est vivante ! Appelez ce chien, débarrassez-nous de lui, je vais chercher le médecin ! »

Everett Crosby est transformé en statue. Le policier le secoue :

« Allez-y, bon sang ! Ou alors je le descends, votre fauve ! »

Le fauve a entendu, le fauve se redresse, son œil d'or fixe le maître. Un grondement sourd, deux rangées de dents, il avance.

Everett Crosby le stoppe d'une voix étranglée.

« Balthazar ! »

Puis, sans bouger, il dit au policier :

« Abattez-le ! »

— Je croyais qu'il vous obéissait. Il grogne après vous !

— Abattez-le, je vous dis ! »

Le policier hésite. Son esprit travaille à toute vitesse. Ce genre de chien qui n'obéit qu'à ses maîtres ne devrait pas les attaquer, normalement !

Dans son dos, Greta, la gouvernante, le tire par un coude.

« Ne tirez pas. J'ai envoyé chercher le gamin qui s'occupe de lui, il arrive, il va l'emmener. Ne tirez pas ! Mon Dieu, si elle est vivante, elle ne nous le pardonnera pas.

— Mais il grogne après votre maître !

— Je sais, c'est anormal, mais le gamin va l'emmener.

— Et s'il n'y arrive pas ?

— Alors, c'est que le chien est fou. Vous l'abattrez, mais pas avant.

— Votre maîtresse a peut-être une chance de vivre, et vous nous cassez les pieds avec ce chien ! M. Crosby lui-même...

— Ne l'écoutez pas ! Vas-y, Ronald, vas-y, va chercher Balthazar ! »

Ronald est un adolescent noir d'une quinzaine d'années, en short et torse nu. Les domestiques sont allés le réveiller dans la cabane qu'il occupe près du chenil de Balthazar. Il se faufile entre le policier et Everett Crosby, s'approche du corps de sa maîtresse, les yeux écarquillés d'horreur. Le chien lève la tête vers lui en gémissant. Ronald le prend par le collier.

« Viens, Balthazar, viens. La maîtresse est malade. Viens, le chien. »

L'adolescent noir et le chien noir avancent vers la porte, et M. Everett Crosby recule, recule à nouveau. L'animal gronde dans sa direction, et le jeune garçon doit le calmer.

« Sage... Balthazar... Sage... »

Le maître est blanc de colère :

« Je le ferai abattre ! Ce chien est devenu fou ! »

Everett Crosby s'écarte au maximum. Greta, la gouvernante, le policier et Ronald, le gardien du chenil, le regardent bizarrement. Mais le temps presse, le médecin est déjà à genoux, auscultant le corps avec précaution, donnant des ordres aux brancardiers, fouillant sa sacoche, préparant une perfusion.

Mme Susan Crosby a une vilaine fracture du crâne, coma profond, peut-être irréversible. Les chances de la sauver sont quasi nulles, à moins d'un miracle, comme d'habitude.

L'ambulance est partie, deux policiers fouinent dans la chambre, avec précaution, examinent le lit, le sol, les tapis, les rideaux, la statuette de bronze. Ils prennent des photos, relèvent des empreintes, tandis que leurs collègues interrogent les domestiques, et surtout Greta la gouvernante.

Greta est formelle :

« Si le chien n'a rien dit avant, c'est qu'il connaît l'agresseur.

— C'est-à-dire ? Vous prétendez que M. Crosby a menti ? Il ne s'agirait pas d'un voleur ?

— Sûrement pas. Sur le moment j'y ai cru comme lui, enfin j'ai cru ce qu'il m'a dit !

— Vous l'accusez ?

— Je ne me permettrais pas. Mais l'attitude du chien est anormale, voyez-vous ; qu'il grogne après moi, c'est normal, il n'obéit qu'à trois personnes dans cette maison : le gamin qui le nourrit et s'occupe de lui dans la journée, Mme Crosby et M. Crosby.

— On ne peut tout de même pas se fier à un chien ? Surtout ceux-là, ils sont à moitié fous.

— Balthazar est dangereux, mais pas fou...

— Conclusion ?

— Si vous ne trouvez pas d'assassin en blue-jean et à la peau noire, je ne sais pas. »

Or, la patrouille ramène une heure plus tard un homme en blue-jean et chemise claire, un métis du nom de Samuel Ebe, vingt-cinq ans, mince, interpellé alors qu'il roulait à motocyclette sur la route, l'unique route de terre qui mène à la propriété des Crosby. Un magnifique suspect.

Samuel Ebe est en effet un magnifique suspect. D'abord, il n'est pas blanc. Dans ce pays, la chose est rédhibitoire, malheureusement. Ensuite, il correspond à la description faite par M. Crosby. Même si ses empreintes ne figurent pas sur la statuette de bronze, arme du crime. De plus, il ne peut pas justifier d'un alibi. Que faisait-il sur la route du domaine ? En pleine nuit ?

Everett Crosby le désigne immédiatement :

« C'est lui ! »

Plus de problème, donc. La gouvernante qui veille au chevet de sa maîtresse, dans une clinique du Cap, doit admettre que ses soupçons étaient ridicules !

Everett Crosby était amoureux de sa femme, pourquoi aurait-il voulu la tuer ? Et pourquoi avec une statuette de bronze, alors qu'il dispose de fusils ?

Pourtant, au cours d'une expérience avec Balthazar, les policiers ont une surprise. Ils ont fait renifler la statuette au chien, Ronald s'en est chargé. Balthazar a fait le tour de la chambre, tenu en laisse, en laissant traîner son museau partout. A présent, on lui présente l'assassin, Samuel Ebe.

Balthazar lève le nez vers ce grand garçon athlétique et remue la queue en signe d'amitié...

Qu'est-ce que cela veut dire ?

« Tu connais ce chien ?

— Non, monsieur !

— Tu mens ! »

Ronald, le jeune gardien, regarde ailleurs, vraiment ailleurs. Le policier s'attaque à lui :

« Et toi ? Tu connais ce type ? Vous êtes complices, hein ? C'est ça ? Tu l'as habitué au chien ! C'est pour ça qu'il n'a pas aboyé ! Vous aviez monté le coup ensemble ! Pour voler !

— Je vous jure que non monsieur ! Je le jure ! Demandez à Madame, on a rien fait !

— Ta maîtresse est en train de mourir. C'est lui qui l'a frappée ! Et tu es complice ! »

Le jeune garçon roule des yeux affolés vers Samuel Ebe :

« Dis-leur, Samuel ! Je t'en prie ! Dis-leur, ils vont me pendre !

— Ça servirait à rien. Ils nous croiront pas. Et puis ce sera pire... »

Le policier s'énerve. Alors, comprenant qu'il sera

roué de coups de toute façon, le jeune homme dit sa vérité.

« Je connais le chien, c'est vrai. C'est Mme Crosby qui a voulu.

— Pourquoi ? Allez, vas-y, pourquoi ? Qu'est-ce que tu cherches à inventer ?

— Mme Crosby et moi on se connaît bien, c'est pour ça. Mais je l'ai pas tuée.

— Tu prétends avoir eu des relations avec une Blanche ? Des relations intimes ? »

Voilà le drame dans ce pays conventionnel. Où que soit la vérité, l'homme métis est coupable. Alors il n'en dit pas plus, se contentant d'innocenter le gamin terrorisé. Et la traduction de l'expérience est un modèle d'interprétation.

Pour salir sa victime, Samuel Ebe prétend être l'amant d'une Blanche. Lui, un métis ! En réalité, avec la complicité du jeune Noir, Ronald, il a tenté soit de violer Mme Crosby, soit de voler ses bijoux en l'absence de son mari, soit les deux. Ils seront donc jugés et condamnés à mort sans le moindre doute.

Les jours passent. Susan Crosby est toujours dans le coma. Son mari a dû faire abattre le chien Baltha-zar. C'est étrange. Pourquoi diable ce chien voulait-il le dévorer ? Privé de son petit maître Ronald, enfermé dans le chenil, c'était une bête fauve que plus personne ne pouvait approcher.

Trente-cinq jours plus tard, Susan Crosby ouvrait les yeux, sa main cherchait quelque chose, ou quelqu'un, une main amie ou un museau soyeux.

Le trente-huitième jour, elle pouvait articuler quelques mots, et comprenait ce qu'on lui disait, mais refusait la visite de son mari.

Le quarantième jour, Greta, la gouvernante fidèle, la soutenait pendant sa déclaration à la police.

Everett Crosby, son mari, avait voulu la tuer. C'était lui l'assassin, il avait surpris le jeune métis sur la terrasse de sa chambre, alors que lui-même rentrait d'un dîner d'affaires.

Susan avait aidé Samuel Ebe à fuir. La discussion violente s'était déroulée dans la chambre. Ensuite elle ne se souvenait que d'une chose, le museau du chien sur sa main. Le chien était derrière la fenêtre close. Il avait vu le maître tuer, il savait.

Plus tard, à la question du juge : « Samuel Ebe, le métis, était-il votre amant ? » la jeune femme a répondu : « Non. » Pour le sauver de ce dernier crime, dont personne n'était dupe. Ça ne marcha pas.

L'époux n'a récolté que cinq ans de prison, dont deux avec sursis. C'était en 1970, dans un autre monde, qui est encore et toujours un autre monde, jusqu'à preuve du contraire.

L'ASSASSIN
DES PETITES FILLES

Une minuscule fenêtre grillagée par où tombe la lumière blafarde du jour levant : Gustave Kobler, vieil ouvrier métallurgiste, est dans une cellule de la prison de Karlsruhe, en Allemagne. Il pleure. Le front appuyé contre un mur couvert de graffiti. Il vient de passer la soirée et la nuit les plus épouvantables de sa vie. Convoqué à la police, il pensait n'en avoir que pour un moment. Au lieu de cela, il a d'abord passé des heures à attendre, assis dans un couloir. Ensuite, interrogé sans relâche par les policiers, il n'avait qu'une idée en pensant à sa femme : rentrer à la maison. Il en est loin.

Au comble de la stupeur et de l'angoisse, il cogne sa tête chauve contre le mur en hurlant :

« Mais je ne suis pas un assassin ! Je ne suis pas un assassin ! »

Dans l'obscurité, ses trois codétenus se retournent sur leurs planches :

« T'as pas fini de chialer ?

— Fous-nous la paix, vieille ordure ! »

Longtemps après, Gustave Kobler est emmené pour un premier interrogatoire qui devrait être de la routine, mais le juge d'instruction se sent tout de même un peu gêné devant le regard étonné du suspect qui vient de s'asseoir en face de lui. Alors il s'excuse, se détourne, se penche légèrement, sort le chewing-gum de sa bouche et le jette dans la corbeille à papiers, avant de prononcer la phrase classique :

« Bon, alors... vous savez pourquoi vous êtes ici ? »

Mais dans ce bureau sévère et triste du palais de justice de Karlsruhe, le suspect secoue négativement son crâne chauve. Ses paupières s'abaissent un instant sur des yeux bleuâtres et délavés, pour exprimer une lassitude terrible.

« Bon, eh bien, je vais vous le dire », grogne le juge d'instruction, tournant d'une main avec ennui les feuillets de son dossier, tandis que l'autre main caresse inlassablement un crâne lisse comme une boule de billard.

Il y a quelque chose d'étrange à la rencontre, l'un face à l'autre, de ces deux crânes nus. Mais celui du vieillard force le respect, celui du juge d'instruction a quelque chose d'obscène. Etonnant contraste.

« Vous êtes suspecté d'avoir commis quatre assassinats d'enfants... Le 4 avril : Gabrielle, neuf ans. Le 28 mai : Gilda, huit ans. Le troisième, le 17 juillet, ce fut Angèle. Enfin, hier matin, la police de Karlsruhe a découvert Heidi, six ans, dans le bois qui jouxte votre domicile. Rien que des filles. Qu'en dites-vous ? »

Gustave Kobler, soixante-deux ans, ouvrier métallurgiste, est incapable de répondre : il serre ses

vieilles mâchoires et, d'un gros index au coin de
chaque œil, essaie de contenir des larmes.

« Je... Je vous en prie, monsieur le Juge... Il faut...
que je voie ma femme. »

Le juge ne se laisse pas impressionner. Depuis qu'il
remplit cette fonction, il a tout vu et tout entendu :

« Répondez-moi, s'il vous plaît. Vous connaissiez
ces enfants ? Toutes les quatre ? »

Gustave Kobler le supplie de ses mains jointes :

« Tout à l'heure, monsieur le Juge. Tout à l'heure.
Laissez-moi faire un saut jusqu'à la maison, je voudrais voir ma femme. Je reviendrai. Je vous promets
que je reviendrai. »

Le juge d'instruction balance son crâne obscène
avec agacement :

« Je me demande si vous avez conscience de la gravité de la situation ? Enfin, ces enfants, vous avez
avoué les connaître, oui ou non ?

— Oui, monsieur le Juge.

— On vous a vu avec Heidi dans les bois avant le
crime, le contestez-vous ?

— Non, je m'y promène souvent.

— Qu'avez-vous fait avec elle ?

— Je l'ai vue ramasser des myrtilles. Parce que
j'aime les enfants, j'ai toujours des bonbons sur moi.
Je lui en ai donné. »

Le juge, sur un papier, pose deux bonbons poisseux sortis d'un tiroir.

« En effet, nous avons retrouvé ces deux bonbons
dans sa poche. Est-ce que ce sont les vôtres ?

— Oui.

— Vous êtes rentré vers quelle heure ?

— Après dix-huit heures. C'était mon jour de
congé. »

Cette fois, de son tiroir à malices, le juge sort un
cahier d'écolier :

« Vous connaissez cela ?

— Oui, monsieur le Juge, c'est le cahier de dessin

de Gilda, elle a fait des croquis pour me les offrir à mon anniversaire. »

Le juge dévisage le suspect en remarquant lourdement, professionnellement :

« Il y a des taches... et c'est du sang !

— Oui, monsieur le Juge. Elle s'en était excusée en me donnant le cahier. Je crois qu'elle s'était coupée au doigt.

— Tiens donc. Passons à autre chose : vous n'avez pas fourni d'alibi pour le 28 mai à dix-neuf heures, au moment où Gilda était assassinée dans une baraque près du parc.

— C'est vrai, monsieur le Juge, mais c'est déjà bien loin, vous savez, je ne me souviens plus où j'étais à ce moment-là.

— C'est dommage... vraiment dommage. »

La colère qui montait sourdement chez Gustave Kobler lui donne l'audace de se lever d'un bond pour se jeter sur le bureau du juge :

« Monsieur le Juge, je suis innocent. Je suis innocent ! »

Mais déjà un policier en uniforme a plaqué brutalement les deux mains sur ses épaules et l'oblige à se rasseoir.

« Nous verrons, grogne le magistrat comme s'il ne s'était rien passé. Revenons aux faits. Le 17 juillet, on a retrouvé Angèle dans une ruine non loin de votre domicile. »

Sa main tâtonne dans son tiroir à malices pour en sortir une poupée de chiffon.

« Avouez, Gustave Kobler, c'est vous qui la lui avez offerte ?

— Mais oui, bien sûr.

— Vous la lui avez d'abord montrée pour l'entraîner dans cette ruine, et là vous l'avez tuée ! »

Gustave Kobler regarde le juge comme s'il avait affaire à un fou :

« La tuer, moi ? Tuer un enfant ? »

Il se met à trembler des pieds à la tête, il promène

un regard apeuré autour de lui. Sans doute a-t-il compris qu'il est tombé dans un piège dont il ne sortira pas.

Ce juge impavide, ce policier qui le regarde avec répugnance, toute cette ville qu'il devine derrière les murs du palais de justice, excitée par ces meurtres d'enfants, tous veulent absolument un coupable.

Il se redresse, recule sur sa chaise, s'appuie contre le dossier, animal acculé qui cherche à éviter les coups :

« Non, ce n'est pas moi !... Ce n'est pas moi !

— Pourtant, tout vous accuse, Gustave Kobler, et si vous ne fournissez pas de preuves de votre innocence d'ici quelques jours, vous ne serez plus suspect mais accusé ! »

Cette fois, le vieux, définitivement vaincu, ne peut retenir un sanglot. Il bégaie :

« Ma femme... je veux parler à ma femme. »

Mais le juge ne l'écoute plus. Il est reconduit dans sa cellule.

Cette nouvelle nuit, dans la prison de Karlsruhe, est pour Gustave une nuit d'enfer. Il sanglote, la tête enfouie dans ses bras, et le voilà soudain saisi par les chevilles et par les poignets. Ses trois codétenus le maintiennent solidement écartelé sur son grabat, visages penchés sur lui, grimaçants, vociférants :

« Espèce de vieux salaud ! Tueur de petites filles ! Au lieu de pleurnicher, tu ferais mieux de nous raconter comment ça s'est passé ! Allez, bon sang ! Raconte ! Allez, parle ! »

Ils le pincent, le giflent, lui tordent les bras :

« Allez ! Dis-nous ce que tu leur as fait, vieille ordure. »

Cela pendant des heures, jusqu'à ce que, lassées de torturer un vieillard qui ne leur répond pas, les trois fripouilles s'endorment.

Désormais, Gustave Kobler craint la vengeance de ses codétenus et n'ose se plaindre au gardien ; ils

146 Les assassins sont parmi nous

vont le torturer ainsi deux nuits encore. Le jour c'est l'interrogatoire, la nuit c'est la torture.

Un matin, tout de même, Karl Heinz Drews, un vieux flic moustachu chargé de l'enquête, confronté avec lui dans le bureau du juge, remarque qu'il a du mal à s'asseoir. Quelques instants plus tard, montrant une ecchymose sur sa joue, il demande :

« Qu'est-ce que vous avez là ? »

Le vieux avouant enfin la vérité, le juge lui fait attribuer une cellule où il sera désormais seul.

Quatrième jour : à tout bout de champ, Gustave Kobler demande :

« Où est ma femme ? Je veux voir ma femme ! »

Il finit par s'étonner qu'à cette question, ni le juge, ni les policiers, ni les gardiens ne répondent jamais. Enfin, le neuvième jour, un geôlier ouvre la porte :

« Une visite : c'est ta femme. »

Il est déjà dans le parloir, le front appuyé contre le grillage, lorsqu'il voit entrer la lourde silhouette en manteau noir marchant à petits pas comme pour économiser ses forces. Il remarque le souffle court, la voix étouffée, lorsqu'elle murmure, si près qu'il sent la chaleur de son haleine :

« Gustave, mon pauvre Gustave. »

Comme il est incapable de parler, c'est elle qui monologue :

« Je n'ai pas pu venir plus tôt parce que j'ai eu un malaise. Ne t'affole pas, un petit accident cardiaque de rien du tout. C'est fini. Un petit tour à l'hôpital et tu vois, je suis d'aplomb. Dès ma sortie, je ne suis pas restée les deux pieds dans le même sabot, tu penses bien. Hier, j'ai engagé un avocat. Et j'ai télégraphié à notre fils en Australie.

— Qu'est-ce que tu lui as dit ?

— Je ne lui ai pas donné de détails. Je lui ai simplement demandé de faire le voyage de toute urgence.

— Oui, tu as bien fait. Il vaut mieux qu'André soit là. Il pourra nous aider. Enfin, peut-être.

— Mais sûrement, Gustave. Sûrement... Beaucoup de gens sont comme moi, tu sais. Ils croient dur comme fer à ton innocence. D'ailleurs, l'avocat m'a dit que dans quelques jours tu seras relâché. Il faut que tu tiennes le coup, Gustave.

— Mais toi ?

— Ne t'inquiète pas pour moi. Tout va bien. »

Bien sûr, elle ne dit pas la vérité. Elle ne dit pas qu'en rentrant chez elle elle s'effondrera en larmes. Elle ne parle pas des lettres anonymes qui s'accumulent dans la boîte aux lettres. Certaines regrettant que la peine de mort n'existe plus. D'autres affirmant que son mari, « l'infanticide », ne sera pas nourri grassement en prison aux frais de la princesse : « On le sortira du cabanon et il sera lynché. » D'autres, encore, injuriant la pauvre femme, la soupçonnant d'on ne sait quelle complaisance, sinon même de quelle complicité. La bouchère, la boulangère la mettent à la porte sous prétexte qu'elle chasse la clientèle. Depuis que l'on soupçonne son mari, sauf pour aller à l'hôpital, elle n'a pas osé quitter la maison.

Mais, lorsqu'il voit son épouse se retourner à la porte du parloir pour lui faire un petit signe, le malheureux Gustave Kobler devine confusément tout cela. Mais il reste seul, et elle s'en va seule. Que faire, sinon supporter, chacun de son côté.

Mme Kobler hésite d'abord à ouvrir sa porte : un guidon de bicyclette surmonté d'un mufle de lion, tel apparaît l'inspecteur Drews, à travers le judas optique et déformant. Mais, une fois la porte ouverte, il ne reste qu'un brave flic moustachu au nez et à l'estomac un peu gonflés par la bière.

« Hier, madame Kobler, j'ai vu votre mari. Il s'inquiétait beaucoup à votre sujet et je lui ai promis de venir vous voir, d'autant que vous ne tenez pas à vous déplacer et que j'ai des questions à vous poser.

— Des questions ?... Mais je ne sais rien, absolu-

ment rien... sinon que mon mari aimait les enfants
et qu'il ne les a pas tuées.

— Madame Kobler... je ne suis pas là pour jeter, à
tout prix et définitivement, votre mari derrière les
barreaux. Je ne fais que chercher la vérité, et pas forcément contre lui mais aussi pour lui. Mais comprenez que ma tâche n'est pas facile : toute la ville tient
votre mari pour coupable. Tout ce que j'entreprends
qui pourrait l'innocenter est par avance discuté et
réfuté. C'est pourquoi il faut m'aider, madame
Kobler.

— Et notre fils ? Il arrive demain de Sydney. Est-
ce qu'il pourra vous aider ?

— Peut-être, madame. Peut-être. Qu'il vienne me
voir dès son arrivée. »

Le lendemain, dès son arrivée à Karlsruhe, André
Kobler se rend à la prison en compagnie de sa mère.
Grand, blond, le cheveu rare, la mâchoire énergique,
il a vingt-six ans et il est marié là-bas, en Australie.
Terriblement ému de voir son père derrière un
grillage et dans un véritable désespoir, il ne sait que
dire.

« André, murmure le vieux les yeux humides, je
t'en prie, fais-moi sortir d'ici !

— Compte sur moi, papa... »

Vingt minutes plus tard, après avoir pris connaissance du dossier avec l'avocat, il s'écrie :

« Mais cela ne tient pas debout ! Il y a des pré-
somptions, peut-être, mais où sont les preuves ? Ce
n'est pas à mon père de prouver son innocence, que
je sache, mais à la justice de prouver sa culpabilité !

— Moi aussi, je le crois innocent, murmure l'avocat en contemplant le bout de son cigare. Mais il faudrait des alibis.

— Des alibis ? Eh bien, nous les aurons ! »

Deux semaines après l'arrestation de Gustave
Kobler, l'inspecteur Drews chargé de l'enquête est
reçu par le juge d'instruction. Avec lui, André, le fils
du suspect, et l'avocat. Dans les derniers jours,

l'enquête a été rondement menée, ce qui permet à l'inspecteur de déclarer en pesant ses mots :

« Je ne considère plus Gustave Kobler comme l'assassin. Au moment où Gilda a été tuée, Kobler se trouvait au port du canal pour aider un ami. Lorsque Angèle est morte, Kobler a été vu par deux témoins, ramassant des champignons dans le bois à deux kilomètres de là. Certes, Kobler n'a pas d'alibi pour l'assassinat de Heidi, mais, s'il avoue l'avoir vue cueillir des myrtilles quelques instants avant le drame, il affirme l'avoir quittée pour retourner chez lui aussitôt. On ne peut tout de même pas accuser un homme simplement parce qu'il n'a pas d'alibi... »

Le juge d'instruction caresse comme d'habitude son crâne rasé comme une boule de billard :

« Cela signifierait un autre coupable ? Un assassin ? Parmi nous ? Quelque part dans cette ville ? »

L'avocat aux grosses lunettes d'écaille se fait pressant :

« Oui. En attendant, vous devez relâcher mon client, monsieur le Juge. Rien ne justifie plus sa détention. »

Le lendemain, sa femme et son fils viennent chercher le vieux Kobler à la porte de la prison pour le ramener à la maison. Le fils organise le soir une petite fête et repart trois jours plus tard pour l'Australie. Il croit que tout est en ordre. Il a fait son devoir.

Hélas ! si l'ordre règne sur le plan judiciaire, il n'en est pas de même dans les esprits. Trois mois plus tard, André reçoit de sa mère une lettre très claire mais écrite d'une main tremblante :

Mon cher fils... Hier, nous avons enterré ton père. Il n'y avait que moi auprès de sa tombe. Pour toi, il vaut mieux que tu restes toujours à Sydney. Ici, personne ne croit en l'innocence de ton père. Les gens de la ville lui en ont fait trop voir. On l'avait changé d'usine, mais dans la nouvelle personne ne voulait avoir affaire à lui. Il est vrai qu'on n'a toujours pas trouvé l'infan-

ticide et que les recherches continuent. Finalement, ton père a été congédié il y a trois semaines. Ce qui le navrait le plus, c'étaient les injures des enfants, alors qu'il les avait toujours aimés, comme tu le sais. C'est la faute à leurs parents. Nos voisins n'avaient pas encore échangé une seule parole avec nous depuis qu'il était sorti de prison. Tu comprends, c'est qu'il a été relâché faute de preuves et non pour avoir prouvé son innocence. Lorsqu'on a retrouvé au bois ton père qui s'était pendu, il tenait dans sa main une feuille où il avait écrit : « Je suis innocent. » Ne t'inquiète pas pour moi, je prendrai le dessus. Pense à ton avenir, il n'y a plus que cela qui compte. Ta mère.

Six mois plus tard, la presse locale annonce à ses lecteurs, assez discrètement d'ailleurs : « L'infanticide est enfin pris. Il a fait des aveux complets. Beaucoup d'entre vous le connaissaient. Il s'agit du jardinier aliéné Richard Kulier, âgé de trente-quatre ans. »

Une bonne nouvelle.

IL ÉTAIT GENTIL, PAPA

Une petite fille qui court dans la rue d'une grande ville, qui court, la peur au ventre, la peur dans les yeux, qui court de toute la force de ses petites jambes de dix ans. Une petite fille qui entraîne son frère, presque un bébé encore, qui tombe, et s'écorche, et pleure, et s'accroche à elle, qui a peur de la peur de l'autre, sans comprendre.

Et les gens passent. Quelques-uns regardent courir ces enfants avec étonnement. Une femme les arrête un instant, mais la petite fille se dégage violemment et reprend sa course, le visage en larmes, mais le petit trébuche, il ne peut pas suivre sa sœur, il n'a que quatre ans, il a perdu un chausson, son genou est écorché.

Elle le prend dans ses bras, arc-boutée car il est bien lourd pour elle, et elle avance encore, en titubant, avant de s'écrouler contre un mur d'immeuble.

Une silhouette se penche :

« Qu'est-ce qu'il y a, mon petit ? Tu t'es perdue ? Où sont tes parents ? »

Les passants s'arrêtent, se renseignent, discutent devant ces deux gosses terrorisés, secoués de sanglots et qui ne peuvent pas répondre. Accrochés l'un à l'autre, l'aînée berçant le petit. Tous ces regards, toutes ces mains qui se tendent, ces voix qui s'entremêlent ne font qu'accentuer la peur.

Enfin quelqu'un, une femme, fait ce qu'il faut.

« Allez-vous-en, écartez-vous, voyons ! Vous les effrayez. Allez ! Mais allez-vous-en ! »

C'est difficile de renvoyer les curieux du malheur des autres. Mais cette femme-là est autoritaire, elle en impose, alors ils reculent comme des moutons, à bonne distance.

Mme Crombee tient le pub voisin, elle a vu l'attroupement, c'est elle qui prend les choses en main. Grande et forte, elle soulève le plus petit comme une plume, le cale sur son épaule et prend la fillette par la main.

« Venez, les gamins, n'ayez pas peur, on va arranger ça. Dis-moi ton nom, toi, hein ? C'est quoi, ton nom ?

— Carolyn.

— Bon, alors qu'est-ce qui t'arrive, Carolyn ? »

La petite fille en tablier à carreaux, décoiffée, le visage barbouillé de larmes, lève un regard sombre vers Mme Crombee, ses lèvres tremblent encore, mais elle répond tout d'une traite, comme une délivrance :

« Papa a tué maman et grand-mère aussi. Il a un fusil. »

Mme Crombee installe les enfants sur une banquette. Elle a besoin de réaliser l'horreur de la réponse.

« Qu'est-ce que tu me racontes là ? Ton père a fait quoi ?

— Il a tué maman avec un fusil, et il a tué grand-mère après. Il a crié tout le temps, Franck et moi on avait peur qu'il nous tue aussi.

— Où est-ce que tu habites ? »

Carolyn fait un geste en direction du carrefour.

« Là-bas, au numéro 7.

— Ton père est à la maison ?

— Oui, madame.

— Et tu dis qu'il a un fusil ? Ça s'est passé quand ?

— Maintenant.

— Il est méchant, ton père ?

— Non, madame. Il est gentil. D'habitude il est jamais fâché, jamais... Il est gentil, papa... »

Elle pleure à nouveau. Plus calmement, cette fois, et Franck le petit frère se remet à pleurer lui aussi. Mme Crombee les serre contre elle, imaginant sans peine le choc qu'ils viennent de subir. Deux pauvres gosses entre père et mère, le fusil, le bruit, les cris, le sang...

A la serveuse, restée plantée devant elle, stupéfaite, elle ordonne :

« Eh ben, qu'est-ce que tu attends ? Appelle la police et fais-leur un chocolat bien chaud ! »

Un chocolat, oui, parce qu'il est neuf heures du matin, et que la vie continue pour ces enfants que le crime vient de jeter brutalement dans un monde sans repère, déboussolé, vide de sens, dont ils sont, à dix ans et quatre ans, les grands témoins.

La police a cerné la maison. Les voisins aux fenêtres, les gens sur les trottoirs se rapportent l'événement : il y a, au troisième étage de cet immeuble d'un quartier de Londres, un assassin armé d'un fusil, qui vient d'abattre froidement sa femme et sa belle-mère. On le dit barricadé avec ses enfants, on le dit fou, sanguinaire, on dit n'importe quoi car on ne sait pas. A cette heure matinale, les voisins n'ont même pas prêté attention aux coups de feu. Ils n'ont pas vu les enfants s'enfuir, car ils étaient sous la douche ou plongés dans leur breakfast, à écouter les autres nouvelles à la radio, celles du monde, celles de l'Angleterre en pleine guerre des Malouines.

Les policiers cherchent à se renseigner sur l'homme, qui refuse d'ouvrir sa porte : Sam B., entrepreneur de peinture, trente-sept ans, encore marié il y a moins d'une heure avec Sarah, son épouse de vingt-huit ans, sans profession, et vivant avec sa belle-mère, Betty, cinquante ans, veuve, sans profession également.

Les voisins savent peu de chose sur cette famille sans histoires : Sam B. a toujours payé son loyer régulièrement, les commerçants le voyaient peu. Sarah, l'épouse, faisait les courses, toujours en compagnie de sa mère. Deux femmes bavardes, toujours bien coiffées et maquillées. « Le genre qui ne travaille pas », précise une commerçante.

Tout cela n'apporte rien sur le moment.

Carolyn et Franck, les deux enfants, ont bu leur chocolat chaud en silence, avec Mme Crombee. La peur physique est passée, mais l'angoisse les paralyse. Un policier interroge Carolyn, le plus doucement possible.

« Sais-tu pourquoi ton père a fait ça ?

— C'est maman qui l'a mis en colère. Elle arrête pas de le mettre en colère. Elle crie tout le temps.

— Carolyn, fais bien attention à ce que je te demande. Est-ce que ton père est violent ?

— Non, monsieur, il est gentil. Je vous jure. Il est gentil.

— Ecoute, il ne veut pas ouvrir la porte. Il ne veut pas qu'on entre, et il faut qu'on entre, tu comprends ? Il faut qu'on aille voir ce qu'il est arrivé à ta maman et à ta grand-mère, et puis qu'on les emmène à l'hôpital si elles sont blessées.

— Maman est morte, monsieur, j'ai bien vu, elle me répondait pas.

— Il faut que nous entrions, Carolyn, et si possible sans faire de mal à ton père ou qu'il nous tire dessus, tu comprends ?

— Je comprends, monsieur.

— Est-ce que tu crois qu'il t'écouterait si tu lui demandais de sortir ?

— Je veux pas retourner là-bas, monsieur, j'ai peur et mon petit frère aussi.

— Tu ne vas pas y retourner. Il y a le téléphone chez toi, tu vas lui parler au téléphone, tu veux bien ?

— Oui, monsieur. »

Le policier entraîne la petite fille dans un car de police, Franck toujours accroché à ses jupes, il ne veut pas la quitter. Installée sur une banquette, devant le radio-téléphone, Carolyn attend sagement au milieu des uniformes que la communication soit établie. Puis elle demande :

« Qu'est-ce que je lui dis à papa ?

— Qu'il laisse son fusil et qu'il descende dans la rue.

— Vous allez le mettre en prison ?

— Ça dépend. Pour l'instant il faut qu'il descende. Sans le fusil. Tu es prête ?

— Oui, monsieur... »

Un grésillement, une sonnerie qui résonne comme un écho dans le car de police, une sonnerie longue, longue. Carolyn regarde le micro placé devant elle, fixement. On lui a expliqué qu'il fallait parler dans cette boule. Elle est impressionnée.

La voix de son père la fait sursauter, amplifiée par l'appareil. Il dit d'une voix bizarre, plate : « Qui est là ? »

« Papa ? C'est toi, papa ? »

La voix s'anime un peu :

« C'est toi, Carolyn ? Où es-tu ?

— Je sais pas. C'est dans une voiture, avec le téléphone. Il y a un monsieur, il est policier, et il a dit que je devais te parler... »

Le père ne répond pas. Le micro ne renvoie que le grésillement habituel et le souffle intermittent de l'homme.

« Tu m'entends, papa ? Papa ! Papa !

— N'aie pas peur, Carolyn.

— T'as peur, toi, papa ?

— Non...

— Il faut que tu viennes. Il faut aussi que tu laisses ton fusil.

— Je ne peux pas. Dis-leur, Carolyn. Papa ne peut pas venir maintenant. Il doit réfléchir, tu comprends ?

— Papa, Franck et moi on a pleuré, on est tout seuls. Il y a une dame qui nous a donné du chocolat, mais j'ai mal au cœur. Viens nous chercher, je t'en prie, papa !

— Ecoute, ma fille... »

Le père ne continue pas sa phrase. Il a la gorge serrée. Un drôle de silence radio s'installe. Le policier croit le moment venu d'enchaîner.

« Capitaine Lester à l'appareil, monsieur, mes hommes cernent l'immeuble, il faut descendre sans arme.

— Je sais. Je dois me rendre. Ou alors...

« Est-ce que les enfants écoutent ?

— Oui, monsieur.

— Eloignez-les.

— Ils ont besoin de vous, monsieur.

— Ne me racontez pas d'histoire, je suis un assassin maintenant, je les ai tuées, toutes les deux, et ils ont vu, ils ont compris. Je ne peux plus rien pour eux. Je dois décider de mon sort.

— Il faut d'abord nous expliquer, ne vous condamnez pas vous-même !

— Expliquer à qui ? A vous ? C'est inexplicable. J'ai tué ma femme et sa fichue mère. Je n'en pouvais plus. Voilà tout. Laissez-moi tranquille.

— Si vous pensez au suicide, c'est une lâcheté de plus, en ce cas.

— Fichez-moi la paix cinq minutes ! »

Il a raccroché, le micro grésille sous le nez de la petite Carolyn, le policier l'entraîne, Franck se remet à pleurer après son père. Mme Crombee, la propriétaire du pub, récupère à nouveau les deux enfants, tandis que les policiers se réunissent pour décider d'un plan d'action.

Carolyn dit à Mme Crombee :

« Papa a du chagrin. Quand il a du chagrin, il reste toujours tout seul dans sa chambre à réfléchir. On doit pas le déranger. »

Voici donc un assassin qui a du chagrin. Cela n'a d'ailleurs rien d'étonnant, au fond. Chagrin est un mot d'enfant. La justice, elle, traduit : remords. Chacun ses mots.

Persuadée que l'homme n'est pas un forcené décidé à tirer sur tout ce qui bouge, la police frappe à la porte de l'appartement avec insistance.

« Ouvrez maintenant, soyez raisonnable. On vous a donné cinq minutes. »

Silence derrière la porte. Mais un silence qui n'est pas total.

Sam B. ne répond pas aux injonctions des policiers, mais on l'entend marcher, bouger des objets. L'ordre est donné, cette fois :

« Enfoncez la porte ! Il ne tirera pas. »

Les portes s'enfoncent d'un coup d'épaule dans les films policiers. Dans la réalité, il faut plus d'un coup d'épaule. Au troisième choc, Sam B. ouvre brutalement, l'arme à la main. Derrière lui, l'appartement est en désordre, meubles bousculés, bibelots en miettes, et deux corps sont allongés sur un canapé. La mère, blonde, la gorge rouge, la belle-mère, touchée en pleine poitrine.

Sam dit :

« Foutez-moi la paix, n'approchez pas. »

Il ne semble pas réaliser la situation. Le couloir est bourré de policiers, que pourrait-il faire avec son fusil ? C'est un fusil de chasse redoutable, mais il le tient canon en bas, et ne menace personne.

« Donnez votre arme... »

Il n'entend pas. Il répète comme une litanie :

« Foutez-moi la paix, n'approchez pas. »

Un homme avance, prudemment, de côté, un autre bouge en même temps, tandis qu'un troisième parle. C'est la technique pour désarmer un individu par surprise.

Le coup de feu surprend tout le monde. Sam B. a tiré dans le plancher, sans relever le canon.

« Foutez-moi la paix. »

Les hommes stoppent leur manœuvre. Dans le couloir, un policier donne discrètement un ordre en chuchotant : « Envoyez un homme par les escaliers de secours, qu'il essaie par la fenêtre... »

Sam B. recule un peu, considérant les uniformes qui lui bloquent le passage, d'un regard éteint. Il ne s'adresse à personne en particulier lorsqu'il commence à parler.

« Elles m'ont mis à bout de nerfs, vous devez comprendre ça... Deux chipies insupportables, braillardes, réclamant toujours quelque chose, se plaignant toujours de quelque chose. Sam est un imbécile, Sam n'aura jamais l'argent pour faire ça... Sam est un minable, Sam est un crétin. Des années que ça dure... Alors, voilà, ça m'a rendu fou. »

Il ne dira rien de plus. Il le dit d'ailleurs comme s'il ne croyait pas lui-même à une excuse quelconque. Et avant que les policiers ne bougent, il lève son arme et tire. Sur lui, dans la tête. D'un geste presque naturel, sans théâtralité, comme s'il ne croyait même pas au suicide.

Sam B. est mort sans être mort.

La chirurgie le sauvera. Si l'on peut appeler « sauver » maintenir en vie un individu qui n'a plus ni conscience, ni parole, ni regard, et dont le visage n'est plus qu'une moitié de visage. Un grabataire à trente-sept ans, un mort-vivant, à qui la justice ne peut plus rien demander.

Le peu que l'on sait vient des enfants. De Carolyn surtout, et de ce qu'elle a raconté à Mme Crombee, la patronne du pub, tandis que son père achevait l'histoire à sa manière.

« Maman n'est pas chic, elle est toujours sur son dos... et grand-mère aussi. Papa, lui, il travaille tout le temps, il nous emmène à l'école, il m'aide à faire mes devoirs, parce que maman elle n'aime pas ça. Maman elle aime bien se promener, elle veut toujours de belles robes. Papa dit toujours que s'il était millionnaire ça suffirait pas. Maintenant on n'a plus de maman. Je sais comment c'est, quand on est mort. On revient plus jamais. Grand-père il est mort, et il est plus jamais revenu. Moi je voulais que maman reste, surtout pour Franck, mon petit frère, lui il aime bien maman, il l'aime plus que moi. »

Carolyn a demandé quand son père allait revenir. La dame qui les emmenait dans un orphelinat a répondu délicatement que « papa était très malade » ; l'enfant n'était pas dupe.

« Vous dites ça parce qu'il est mort. Je sais bien qu'il est mort, et qu'on est tout seuls, Franck et moi. On est comme les enfants qui ont fait la guerre. Y en a plein, on les voit à la télévision. Je le sais parce que papa me l'a expliqué. »

Et puis Carolyn a dit aussi :

« Maman, elle voulait des sous pour divorcer, et puis elle voulait partir avec grand-mère chez un monsieur. Papa, lui, il voulait pas. C'est pour ça qu'il s'est mis en colère. Autrement, il était jamais en colère, il était gentil, papa. »

LA MORT AU TÉLÉPHONE

Constance et Clara, la bouche entrouverte et le cœur battant, se cramponnent au bras de leur fauteuil. C'est la révélation, la vision suprême, l'instant qu'elles attendaient toutes deux depuis le jour de leur naissance, il y a treize ans : il est là enfin devant elles... beau comme un dieu, gai comme un pinson, charmeur, tendre, bref l'homme idéal... l'ennui, c'est qu'il a trente-cinq ans.

« Tu le vois ? » demande Constance à Clara avant de se muer de nouveau en statue de sel.

Autant les yeux de Constance sont noirs, autant ceux de Clara sont clairs (du gris au vert). Autant Clara est rousse, autant Constance est brune. Toutes deux font partie de la colonie italienne du Bronx, faubourg populeux de New York, comme d'ailleurs le don Juan qui virevolte au milieu de la salle distribuant à celle-ci un sourire, à cette autre un compliment, à la troisième une coupe de champagne.

« Il ne nous voit même pas », remarque Clara.

Qui pourrait prédire à cet instant que le meurtre est inscrit déjà dans le destin de ces trois êtres : Constance, Clara, treize ans, et Vincent, trente-cinq ans, qui ne les a même pas vues. Pourtant, parmi les trois, il y a un assassin.

Au mois de mars 1957, Constance Bozzi, petite Italienne de New York à l'éducation religieuse particulièrement archaïque, fait donc la connaissance du beau Vincent Perino, trente-cinq ans. Elle en tombe amoureuse et finit par se faire remarquer de lui. Le don Juan du Bronx rit de bon cœur devant ce qu'il considère comme une fantaisie de gamine trop imaginative.

Il fait erreur : la gamine se transforme rapidement en une piquante adolescente, puis devient une superbe jeune fille brune au charme plus que troublant, sans que ses sentiments se soient modifiés.

Résultat : Vincent, à son tour et petit à petit, tombe amoureux de la jeune fille. Jusque-là, rien que de très banal, et pourtant les éléments d'un crime hors du commun se mettent en place.

« Tu crois qu'une femme peut épouser un homme de vingt ans plus âgé qu'elle ? demande Constance à son amie intime, la rousse Clara.

— Surtout pas, répond cette dernière. Pense que tu auras trente-cinq ans quand il en aura cinquante-cinq ! »

Lorsque vient la fin de l'année 1964, au milieu des confettis de la Saint-Sylvestre et sous le regard clair de Clara la rousse, Vincent s'éloigne quelques instants avec Constance. Il lui voue désormais une passion sans réserve. Mais le ravissement de Constance s'envole d'un coup, lorsque, à travers les propos enflammés du don Juan, elle comprend que ce n'est pas exactement sa main qu'il sollicite, du moins pas dans l'immédiat, et dans un style d'une rigueur remarquable :

« Dans votre intérêt, explique-t-il en substance, nous ne devons pas perdre de vue que je suis de vingt ans votre aîné. La sagesse nous conseille donc de ne pas engager définitivement l'avenir. La raison nous dicte d'expérimenter par la pratique une intimité que rien ne nous empêchera plus tard de rendre conjugale. Attendons pour nous marier d'avoir acquis la certitude que vous trouvez auprès de moi tout le bonheur que vous êtes en droit d'exiger. »

La scène suivante se passe dans une pizzeria : dans le tohu-bohu, un bel homme moustachu, bronzé, éminemment sympathique, qui fumait cigarette sur cigarette avec un peu d'énervement, se lève lorsque surgit une jeune fille de vingt ans, superbe créature dont les yeux noirs lancent quelques éclairs :

« Bonjour, ma chérie, dit Vincent.

— Bonjour, Vincent », répond Constance, d'un ton glacial.

L'homme, un peu mal à l'aise et qui s'attend à une scène, essaie de retarder le moment fatidique :

« C'est fait ? Tu as emménagé ?

— Oui.

— Pourquoi ne m'as-tu pas appelé ? Je t'aurais aidée.

— C'était inutile, j'ai demandé à Clara.

— Clara, tiens ! Et pourquoi Clara ?

— C'est une très bonne amie.

— Tu crois ?

— J'en suis sûre. D'ailleurs, elle va venir habiter avec moi pendant quelque temps. »

Cette fois, le beau Vincent reste songeur. Il y a dans tout cela quelque chose de louche.

« Qu'est-ce qui ne va pas ? demande-t-il enfin.

— Vincent, tu me trompes ! »

Vincent n'avoue rien, mais entame sa défense avec volubilité, un petit discours digne de celui du serpent lorsqu'il parvint à corrompre Eve dans les jardins de l'Eden. Mais Constance n'est pas Eve : elle a moins de candeur et plus de principes. Malgré le choc qu'elle vient d'éprouver, elle continuera à considérer Vincent comme l'homme de sa vie, à condition qu'il le soit au sens littéral du mot, c'est-à-dire qu'il commence par la conduire devant le maire et le curé. C'est à prendre ou à laisser.

Dans les semaines qui suivent, Vincent essaie de lutter honnêtement contre l'envie qui le tenaille d'accepter la condition posée par Constance. Le meilleur moyen de lutter n'est-il pas de fréquenter d'autres femmes ? Mais il prend bien soin de n'en rien laisser deviner à la jeune femme.

Hélas ! Constance Bozzi devenant sans cesse plus jolie et plus désirable, Vincent se sent bientôt à bout de résistance.

« Tu crois qu'un homme peut épouser une femme de vingt ans plus jeune que lui ? demande-t-il à un ami.

— Pourquoi pas ? »

L'impression que Constance arrive au terme de la patience qui lui permet de supporter ses tergiversations le décide enfin, et, au début du printemps, Vincent Perino se fiance à une Constance Bozzi rayonnante de bonheur.

Ce ne sont toutefois que des fiançailles officieuses, les accordailles publiques ne devant précéder que de quelques semaines un mariage prévu pour l'été. De sorte que Vincent pense encore avoir quelque temps devant lui avant de renoncer totalement à sa liberté. Pour ceux qui comprennent entre les lignes, c'est là que le drame commence. La liberté de l'un devant normalement s'arrêter là où commence celle de l'autre. Constance a toujours les mêmes principes sur le même sujet :

« Vincent, tu me trompes !

— Quoi !... Comment ?

— Oui. "On" me l'a dit... "On" t'a vu avec une femme.

— Quelle femme ?

— Une rousse.

— C'est tout ?

— Comment, c'est tout !... »

Tandis que Constance vide son sac, le coupable se rassure. Si quelques ragots sont venus jusqu'à elle, ses reproches, pour brûlants qu'ils soient, demeurent plutôt vagues. Elle ne sait en définitive rien de précis. Tranquillisé sur ce point, il ne perd pas une seconde pour contre-attaquer. Tour à tour tendre, câlin ou affectant l'indignation devant « l'injustice dont il est victime », il jure être innocent et il n'en tire bien sûr aucune fierté, attendu qu'il ne ressent plus le moindre intérêt pour toute autre femme que Constance.

« Tu vois, dit-il enfin, je n'avais pas tort de craindre que notre différence d'âge nous porte préjudice. J'ai maintenant quarante ans, l'âge où l'on recherche avant tout la tendresse et la douceur, l'âge où l'on n'aspire plus qu'à une union paisible. Toi, avec la fougue de la jeunesse, il te suffit de quelques ragots pour déclencher une scène aussi douloureuse que stupide ! »

Et v'lan ! Constance, suffoquée, en prend plein les dents. Elle réalise qu'elle n'a rien de sérieux pour étoffer ses revendications, qu'elle ne peut faire état d'aucun grief bien déterminé. Non seulement elle ignore tout de la personnalité de sa rivale, mais elle n'a aucune certitude quant à son existence réelle. De plus, elle ne demande qu'à être convaincue, et il s'en faut de peu qu'elle capitule sur-le-champ. Seul l'amour-propre l'en empêche. De quoi aurait-elle l'air si elle changeait d'attitude sans transition ? D'une fillette capricieuse ! Ce qui ne ferait que souligner dangereusement cette différence d'âge dont elle se moque, mais que son fiancé a sans cesse présente à l'esprit. Tout ceci pourrait finalement le détourner du mariage. Prudence, donc.

Bien que persuadée de s'être montrée totalement injuste, Constance juge adroit de laisser repartir Vincent dans l'incertitude de ce qu'elle pense réellement.

De retour chez elle, elle y trouve Clara, la belle rousse aux yeux clairs, au milieu de leur petit appartement encore encombré de boîtes de carton qui ont servi au déménagement.

« Alors ? demande Clara, tu l'as vu ?

— Oui.

— Et qu'est-ce qu'il t'a dit ?

— Que ce n'était pas vrai. Je crois qu'il dit la vérité. Mais j'ai fait semblant de ne pas être convaincue. Je l'ai laissé partir. Demain, je mettrai les choses au point. En attendant, si cela l'empêche un peu de dormir, il n'en mourra pas ; et s'il m'a un peu trompée, cela lui donnera à réfléchir. »

Là-dessus, Constance et Clara vont se coucher chacune dans leur chambre. Ce que Constance n'avait pas prévu, c'est qu'elle passe une nuit blanche à penser à Vincent. Elle l'imagine seul dans son appartement où elle doit le rejoindre après leur mariage. Un Vincent peut-être saisi par le désespoir. Ou un Vincent écœuré, fatigué d'elle et décidé à l'oublier. Elle tourne et se retourne dans son lit, allume la lampe de chevet, regarde le réveil. Les heures tournent avec une lenteur effrayante. Pauvre Vincent ! Elle n'aurait pas dû le laisser partir comme cela. Après tout, il attend depuis si longtemps. Les regrets de Constance deviennent soudain remords et la font sauter du lit à trois heures trente du matin, dans le living-room, et décrocher le téléphone.

A peine a-t-elle composé le numéro de Vincent que celui-ci décroche. Cette promptitude semble prouver que lui non plus n'a pas trouvé le sommeil. Elle commence alors à formuler quelques excuses mélangées de câlineries lorsque s'ouvre la porte de Clara :

« Qu'est-ce qui se passe ? demande son amie.

— Rien. Retourne te coucher, je téléphone à Vincent.

— Mais tu as vu l'heure ?

— Oui... je sais... mais j'arrivais plus à dormir. »

Là-bas, à l'autre bout du fil, Vincent demande à Constance :

« A qui parles-tu ?

— A Clara. »

La voix de Vincent se fait soudain plus sourde, plus froide :

« Il y a longtemps qu'elle écoute ?

— Non, non... elle vient de sortir de sa chambre.

— Rappelle-moi quand tu seras seule. »

Et Constance, décontenancée, l'entend raccrocher. Une angoisse de plus en plus vive et irraisonnée la saisit. Comme si un danger rôdait autour d'elle. Un pressentiment ? Une peur ? Un instinct ? D'où lui vient la quasi-certitude qu'il va se passer quelque chose d'effrayant ?

Clara retourne dans sa chambre, Constance dans la sienne. A nouveau le temps s'écoule avec lenteur. Une demi-heure plus tard, Constance se lève une seconde fois pour l'appeler. Elle n'y tient plus. Brusquement, tandis qu'elle compose le numéro, une idée lui vient, une idée folle : lui offrir ce qu'elle lui refuse depuis sept ans :

« Allô, Vincent ?

— Oui.

— Veux-tu que je vienne ?

— Maintenant ?

— Oui, maintenant. Tu le veux ?... »

Evidemment, il le veut ! Il ne pense qu'à elle, et qu'à ça. Il en devient fou.

« Bon, j'arrive, mon amour. »

Un bruit de porte :

« Encore ! » s'exclame Clara qui jaillit de sa chambre.

Au bout du fil, Vincent a entendu :

« Tu n'es pas seule ?

— Non... C'est Clara. »

De nouveau, la voix de Vincent devient plus sourde et plus froide. Il grogne :

« C'est insupportable, ne m'appelle pas si tu n'es pas seule. »

Et il raccroche une fois encore. Mais Constance court jusqu'à sa chambre et lance à Clara médusée :

« Tu peux me prêter ta voiture ? Je vais chez Vincent. »

En moins de temps qu'il n'en faut pour le dire, elle jette sur le lit son pyjama, enfile un collant car il fait froid à New York en décembre, une jupe, un corsage, un pull et, après un coup de peigne, jette son manteau sur ses épaules en appelant :

« Clara ! Clara ! »

Où diable est passée Clara ? Elle ne répond pas.

Constance fait le tour de l'appartement pour constater que son amie n'est plus là. Peut-être dans le parking ? Elle doit sortir la voiture ! Brave Clara...

Constance sort, ferme la porte et appelle l'ascenseur. Si elle était dans son état normal, peut-être sentirait-elle que tout ne tourne pas rond, que certaines réactions de Vincent et l'attitude de Clara ne sont pas naturelles. Mais Constance n'est pas dans son état normal. Quand une Italienne de vingt ans décide, dans les années 60, de jeter sa virginité aux orties, au milieu de la nuit, elle ne peut être dans un état normal.

A chaque étage, l'ascenseur fait entendre une petite sonnerie, et Constance, en l'écoutant, se mord les lèvres de contrariété. C'est bête, elle a oublié de demander à Vincent le code de la porte d'entrée de son immeuble. Il faut qu'elle le rappelle au téléphone. Constance appuie sur le bouton rouge. L'ascenseur s'arrête. Elle appuie maintenant sur le bouton du neuvième étage et, de petite sonnerie en petite sonnerie, la voilà sur le palier, refaisant le couloir en sens inverse et cherchant sa clef pour ouvrir la porte. A la sortie du parking, Clara doit s'impatienter. Constance court au téléphone, compose le numéro de Vincent. Une sonnerie, deux sonneries, trois... quatre... cinq... Ce n'est pas possible, il est forcément là ! Elle a dû mal composer le numéro.

Se forçant au calme, Constance raccroche et recommence :

Deux sonneries. Enfin, au bout du fil, Vincent décroche. Mais ce n'est pas lui... Elle s'est encore trompée, c'est une voix de femme qui répond :

« Allô ?... Allô ?... »

Evidemment, Constance hésite à faire le rapprochement. Cette voix de femme qu'elle connaît si bien, ce n'est qu'une ressemblance, ce ne peut être qu'une ressemblance !

« Allô... reprend la voix de femme, c'est toi, Constance ?... »

La voix de la femme est haletante et glaciale.

« Allons, parle, je suis sûre que c'est toi...

— Oui... c'est moi, murmure Constance complètement désemparée.

— Tu ne me reconnais pas ?

— Non... si... Enfin, c'est pas possible, on dirait... c'est toi, Clara ?

— C'est bien moi. Tu veux Vincent ? Eh bien, je vais te le passer. Ce sera la dernière fois que tu l'entendras, parce que je viens de le tuer. »

Glacée d'horreur, Constance entend jaillir de l'appareil des gémissements lamentables, coupés d'affreux borborygmes. Ils sortent de la bouche de Vincent. Clara, ivre de fureur jalouse, vient de poser le combiné sur les lèvres de son amant secret, de son amant mourant, avec un sang-froid théâtral. Elle ne pleure même pas devant l'amant mort.

HÉLÈNE EST RESTÉE SEULE

Tout le monde se mêle de l'affaire. Les syndicats, les représentants du patronat, les femmes des ouvriers, le prêtre de la paroisse, le maire et bien sûr la police.

Sur cet immense chantier de construction où devront s'élever bientôt une cité, un stade, des magasins, des parkings, tout ce qui fait le bonheur des citadins modernes, dit-on, sur cet immense chantier hérissé de béton, un troisième homme vient de mourir. Trois accidents en un mois, c'est trop pour tout le monde, donc tout le monde s'en mêle, et plus personne ne comprend. Les normes de sécurité ont été respectées : oui ? non ? Les conditions de travail sont critiquables : oui ? non ? Les hommes ont commis des imprudences : oui ? non ? Réunions, discussions, défilés, pancartes, affiches, graffiti, discours, tout cela ne rendra pas la vie à :

— Stephen, vingt-huit ans, marié, un enfant, écrasé par une dalle de ciment préfabriqué ;

— Irwin, trente et un ans, célibataire, tombé d'un échafaudage ;

— Crosby, trente-cinq ans, marié, deux enfants, tombé d'un échafaudage.

La police n'aime pas les séries. Elle n'aime pas que des ouvriers aussi qualifiés que ces trois-là soient victimes d'accidents aussi stupides, et qui plus est sans témoin pour confirmer les circonstances de l'accident. Au-delà du tumulte, de l'enquête des assureurs, des vociférations des leaders syndicalistes, la police se demande tout simplement si, quelque part dans la foule envahissant le chantier, il n'y aurait pas un assassin unique pour ces trois victimes. Parmi tous ces visages qui s'inclinent à présent, tête nue, pour la minute de silence réclamée par un orateur, il en est un, semblable aux autres, indiscernable mouton parmi les moutons. Comment le débusquer ?

L'Angleterre des bas quartiers, celle de la bière, des bagarres, de la misère morale et du chômage, pas celle des gentlemen et des clubs de bridge. C'est là, à la lisière d'une ville, au long des terrains vagues et des chantiers, que la police enquête. Une cité provisoire, mélange de baraquements et de caravanes, où se mêlent les ouvriers du bâtiment et ceux de la route en construction.

An 1977 de la crise. L'enquêteur se mêle aux buveurs de bière. Il parle comme eux, est habillé comme eux, se dit chômeur et écoute. Il est là parce que la direction du chantier, les experts ont estimé la thèse des accidents quasi impossible. Il est anormal que la première victime ait manipulé seule l'énorme dalle de ciment armé. Ce genre d'opération nécessite au moins trois personnes. La chose s'est produite à l'heure de la pause. La victime portait sa gamelle, et même une cigarette allumée à la bouche. Son corps n'a été découvert que deux heures plus tard, les hommes ont crié à l'accident sans savoir, mais la police sait.

Quant aux deux autres, ils ne portaient pas leur ceinture de sécurité, ils sont tombés eux aussi juste à l'heure de la pause. Pourquoi auraient-il défait leur ceinture avant de descendre de leur échafaudage ?

L'un a eu la nuque brisée, mais le légiste n'est pas sûr que ce coup mortel soit dû à la chute. La théorie de l'assassinat serait la suivante : quelqu'un attire la victime à l'intérieur des bâtiments en construction et non sur l'échafaudage, le tue à l'aide de n'importe quel objet lourd, une barre de fer, une poutre, un outil quelconque, et ensuite le balance du haut de l'échafaudage où il travaillait quelques minutes avant.

Même hypothèse pour la deuxième victime. D'où il ressort que l'assassin est un familier du chantier, ouvrier lui-même, et qui n'a eu aucun mal à préméditer ses crimes.

Tous ces hommes, en déplacement pour la plupart, vivent dans la cité provisoire, où certains ont même amené leur femme et leurs enfants. Ils fréquentent deux bars, unique distraction de l'endroit, jusqu'à vingt-trois heures. Distraction discutable, car on y boit trop, on y joue aux cartes, aux pronostics de football, et il est rare que la fermeture se fasse sans une bagarre.

L'enquêteur, un nommé Steven, grand type maigre, au crâne surmonté d'une casquette informe, traîne alternativement dans les deux bars en question depuis deux semaines. Son but : identifier et observer une vingtaine d'ouvriers, dont la liste a été établie par la direction, en fonction d'un seul critère : eux seuls avaient accès normalement à cette partie du chantier. Peu à peu, la liste a rétréci en fonction des observations de l'enquêteur et de l'étude de chaque dossier. En fait, il reste un suspect.

Un suspect sans mobile apparent, ouvrier comme les autres, marié comme la plupart des autres, mais dont le comportement diffère de celui des autres. Il s'est absenté à plusieurs reprises, en fournissant chaque fois un certificat médical. Maux de tête, fatigue, dépression. Malgré les médicaments, il boit beaucoup depuis quelques mois. Il parle peu, bien que se mêlant toujours à ses compagnons de travail. Le chef du personnel avait envisagé d'accepter un congé de longue maladie, recommandé par le médecin du chantier, mais l'homme a refusé. Il allait mieux, il préférait travailler, d'ailleurs il travaillait. Il en avait besoin. Quelques camarades connaissaient la raison de sa dépression subite. Du moins, ils croyaient la connaître.

Steven, l'enquêteur, a entendu des conversations dans les bars.

« Alors Monty, comment va ta femme ?

— Ça va... »

Monty, vingt-six ans, regard triste, bouche amère, répond toujours :

« Ça va... »

Derrière son dos, les autres le plaignent un peu.

« Sa femme a fait une mauvaise chute, elle a perdu leur gosse, il paraît qu'elle est paralysée, et elle pourra plus en avoir d'autre, évidemment. Pauvre type, ça le travaille. »

L'enquêteur a également entendu que la jeune femme de Monty était bien jolie avant cette histoire, qu'elle s'appelait Hélène et qu'elle était à l'hôpital.

Mais quel rapport y aurait-il avec les trois faux accidents du chantier ? Apparemment aucun, sauf que Monty est le seul sur la liste à avoir des problèmes personnels, et qui dit problèmes dit parfois réactions étranges.

Steven, l'enquêteur, remet son rapport, et le chef de la police grogne :

« Ça vous mène où ? Vous me ramenez une enquête psychologique sur un type dont tout le monde se fout, et pendant ce temps on me rebat les oreilles de tout côté : négligence, sabotage, exploitation des ouvriers, accidents scandaleux, personne ne parle de meurtres, évidemment, sauf nous. Mais

votre meurtrier me laisse perplexe. Quel mobile ?
Pourquoi ces trois hommes et pas d'autres ?

— Une vengeance, peut-être.

— Vengeance de quoi ? Si vous m'apportez la
preuve que ce type est fou, alors bon, on peut l'envi-
sager comme suspect, l'interroger, mais là : petite
déprime, femme malade, un point c'est tout ! Et de
plus, il est consciencieux et il n'a plus d'absence
depuis...

— ... depuis février 1977, le premier accident a eu
lieu le 16, il a repris son travail le 10.

— C'est maigre. Vous n'avez vraiment rien d'autre ?
Pas d'histoires entre Irlandais ? Pas de sabotage ?

— Rien.

— Bon, essayez ce type. Mais il est hors de question d'avoir un autre "accident" sur les bras, faites
vite. Les grèves, les manifestations, ça commence à
bien faire ! Il faut que tout ce joli monde prenne un
assassin en pleine figure. Un assassin tout bête, un
vrai. Il faut stopper ces histoires de manque de sécurité sur le chantier. La presse locale s'en donne à
cœur joie, et on ne dit rien pour coincer le gars,
pour qu'il se croie tranquille, alors méfiez-vous qu'il
ne recommence pas tout tranquillement. Je le
convoque ? Avec les autres pour camoufler le coup ?

— Je voudrais voir sa femme, d'abord. Sans qu'il
le sache. Il dit qu'il va la voir souvent, mais en réalité, il n'a pas mis les pieds à l'hôpital depuis plus
d'un mois. Il se soûle, ne touche pas aux filles, enfin
j'ai l'impression que s'il y a une piste elle part peut-
être de sa femme. Donnez-moi vingt-quatre heures
avant les convocations officielles. Je saurai très vite
si je me trompe. D'ailleurs, j'ai tout bêtement une
chance sur deux de me tromper. Je raisonne sur ce
Monty parce que je n'ai rien d'autre. »

Monty se lève à six heures, à sept heures il est sur
le chantier. Depuis quelques jours, un homme le surveille sans qu'il le sache. Cet homme est soi-disant
assistant du cabinet d'architecte. Depuis que la

police est sûre qu'il s'agit d'un triple crime, il fait mine de vérifier des plans un peu partout, surveillant tout et tout le monde. A présent, il n'a plus que Monty à surveiller, jusqu'à ce que l'enquête aboutisse en ce qui le concerne, le blanchisse ou l'inculpe. Monty, un ouvrier comme les autres, juste un peu plus triste.

Hélène B. est hospitalisée depuis six mois. Fracture du bassin, paralysie des jambes, elle a failli mourir. Il reste d'elle un visage trop pâle et trop maigre pour être encore joli. D'immenses yeux noirs cernés de noir, un buste d'enfant et des jambes mortes.

Il faut de sérieuses raisons pour obtenir des détails du médecin-chef, mais l'enquêteur Steven a de sérieuses raisons, plus sa carte d'officier de police.

« Je ne vous demande que les circonstances de son accident et le diagnostic.

— D'après elle, elle a fait une chute du haut d'un escalier dans un grand magasin. Elle était enceinte de presque six mois, l'enfant est mort, il a fallu pratiquer une césarienne, et pour l'instant elle est paralysée.

— Vous dites "d'après elle", pourquoi ?

— La chute d'un escalier, c'est classique, quand on veut se débarrasser d'un enfant. De plus, à l'examen, j'ai relevé des traces de tentatives d'avortement. Elle ne voulait pas de l'enfant, à tel point qu'elle préférait risquer de mourir. C'est mon opinion.

— Pourquoi n'a-t-elle pas demandé plutôt un avortement ? C'est légal !

— Légal, mais les listes d'attente sont longues. Et puis je crois qu'elle a voulu cacher sa grossesse un certain temps, le mari m'a paru bizarre lui aussi. L'enfant ne le concernait pas. Il n'en a pas parlé. Ces deux-là ont vécu un drame, j'ignore lequel. L'enfant était probablement d'un autre, c'est l'explication la plus évidente. »

L'enquêteur se dirige vers le lit d'Hélène. Un paravent l'isole à peine des autres lits. Il parle bas, avec gêne. Il n'a plus confiance en sa théorie. De quoi se mêle-t-il ? De la vie privée d'un couple ? Vie qui n'est ni heureuse ni riche, et qui risque de n'être plus privée à cause de lui. Il se présente, il explique que la police interroge tous ceux qui approchent le chantier de près ou de loin.

« Votre mari ne vous a pas parlé de quelque chose ? D'un incident sur le chantier ? Il n'a jamais eu peur des accidents ?

— Vous lui avez parlé ?

— Nous parlons à tout le monde, mais l'enquête est difficile. A vrai dire, nous sommes certains qu'il s'agit d'assassinats délibérés.

— Vous le lui avez dit ?

— Non. Nous préférons être discrets, pour l'instant. Avec tout le monde. La situation est suffisamment compliquée.

— Vous soupçonnez mon mari ?

— Pas particulièrement.

— Dites-moi la vérité, s'il vous plaît.

— Mais je vous dis la vérité, je vous assure. Il n'est pas plus suspect que tous ses camarades, et encore, rien ne dit que l'assassin soit parmi eux.

— Mais vous venez me voir parce que vous le trouvez bizarre ?

— Un peu. Il se fait du souci à cause de vous, sûrement ?

— Du souci ? Il ne vient plus, je crois qu'il me déteste. Je crois que tout est fichu pour nous, fichu ! Et j'ai peur.

— De quoi avez-vous peur, madame ?

— De lui, j'ai peur que ce soit lui. Et j'ai peur de lui faire du mal, encore plus de mal, en pensant à ça. »

Il attend, le policier, assis sur une chaise de fer, près de ce lit d'infirme, dans l'odeur fade de cet hôpital vétuste, désespérant de tristesse, comme cette

femme qui se retient de pleurer, qui raconte sans le
regarder :

« Si j'avais pu ne pas lui dire ce qui était arrivé.
Mais je n'ai pas eu la force. Et puis je ne supportais
plus qu'il me touche, alors il ne comprenait pas. On
s'aimait tant, on était mariés depuis deux ans. Il a
trouvé ce travail, on a quitté Londres, on est venus
dans ces baraques. Un soir, je m'ennuyais tellement,
il n'était pas là, j'ai voulu le rejoindre, je suis allée
dans le bar où il retrouvait ses copains pour jouer
aux cartes, il n'y était pas. J'ai voulu partir, mais
quelqu'un m'a offert à boire, il y avait une femme que
je connaissais, je n'ai pas osé refuser. Elle est partie
presque aussitôt, je ne sais plus avec qui. A partir de
là, je me souviens mal. Je connaissais à peine les
camarades de mon mari, les visages ne m'étaient pas
familiers, en fait ils m'ont droguée. Ils ont dû mettre
quelque chose dans mon verre, la tête me tournait,
pourtant je n'avais presque pas bu. Après je sais qu'il
faisait froid, j'étais dehors, il y avait des ombres
autour de moi, je ne sais pas combien, deux, trois,
peut-être plus. C'était un cauchemar. Je me suis
réveillée tard dans la nuit, derrière une palissade de
chantier, malade. Je ne sais pas qui étaient ces
hommes, j'ai réalisé qu'ils m'avaient violée, mais
j'étais inconsciente. C'est pire que tout, vous savez.
D'imaginer qu'on ne s'est pas défendue, qu'on ne
pouvait rien faire, c'est pire. Alors j'ai essayé de mentir à Monty, j'ai dit que j'avais rencontré une amie,
et que j'étais un peu malade parce que je n'avais pas
l'habitude de boire, mais il ne m'a pas crue vraiment.
Et puis c'était trop dur. Quand j'ai compris que j'étais
enceinte, j'ai fini par lui dire. C'était une telle honte,
vous ne pouvez pas comprendre. Il est devenu fou de
malheur. Des fois il disait : "Tu vas accoucher et on
verra bien à qui il ressemble." Il me torturait des
nuits entières, à force de questions, pour que je me
souvienne.

« J'ai essayé d'avorter toute seule, ça n'a pas marché, j'avais honte, tellement honte de tout ça, de moi-même, que je n'osais même pas aller à l'hôpital. Quand j'y suis allée, on m'a dit que c'était trop tard, qu'on ne pouvait pas me prendre. Alors c'est vrai, le jour où j'ai senti bouger l'enfant pour la première fois, je me suis dit : "Tant pis si je meurs..." Et il est arrivé ça. Mais Monty n'avait plus le courage de vivre avec moi, il a dit que rien ne lui sortirait cette horreur de la tête, qu'il la porterait toute sa vie s'il ne se vengeait pas...

— Et il ignore qui vous a agressée ?

— Il l'ignore comme moi je l'ignore, monsieur.

— Si c'est lui, il a donc tué au hasard ? Il peut recommencer, il n'y a pas de raison.

— Il n'y a pas de raison dans tout ça, monsieur, rien que le malheur. Je crois qu'il ne sait plus ce qu'il fait. Ces hommes nous ont tués, alors il les tue sans savoir. Je n'aurais rien dit si vous n'étiez pas venu. Je donnerais ma vie pour me tromper. »

Monty a avoué. Il a tué trois hommes, à chaque fois il leur a crié :

« C'est pour ma femme... Hélène... Ma femme ! »

Mais les victimes n'ont pas eu le temps de réagir, de nier ou d'avouer.

Et elles ne le feront jamais si elles sont encore vivantes. D'ailleurs, plus personne ne se mêle de l'affaire, Monty est interné, les discours et les rumeurs se sont tus, les meetings se sont dispersés, le chantier a repris, immeubles, parkings, routes, magasins. Le béton a recouvert le drame.

Hélène est restée seule.

LE FURONCLE D'ODETTE

Difficile d'imaginer trois personnages aussi dissemblables. Ils sont assis dans la salle d'attente du docteur Shatterton. Lui est souriant, petit et rondouillard, avec un nez si minuscule qu'il a du mal à soutenir ses lunettes. Elle, grande, maigre, le front soucieux, tripote d'une main fébrile sur sa poitrine plate un collier de perles, probablement fausses. Leur fille, Odette, par contre, évaporée, primesautière, sans doute même un peu bébête mais « branchée », est jolie comme un cœur. Dommage. Par moments, entre les mèches des cheveux blonds qui jaillissent d'un petit béret rouge, apparaît sur le cou charmant un énorme furoncle.

Ils sont pour l'instant les seuls clients dans la salle d'attente du docteur Shatterton. Ils ne le connaissent d'ailleurs pas, ce docteur. Une voisine le leur a signalé comme étant le plus proche. Jugeant qu'il n'était pas nécessaire de consulter une sommité pour un furoncle, le petit M. Cuplet et sa grande femme ont pris rendez-vous par téléphone.

L'opération d'un gros furoncle n'exige pas la présence d'une telle délégation, mais, le cabinet du docteur Shatterton se trouvant sur le chemin de M. Cuplet, celui-ci a jugé bon d'accompagner sa femme et sa fille, histoire de voir la tête du praticien inconnu et nouveau venu dans le quartier.

« C'est long, remarque la jeune fille.

— Tu as mal ?

— Cela me lance. »

Odette et ses parents sursautent : du cabinet du docteur s'élève un grincement étrange, comme si l'on y déplaçait des meubles.

« Ma parole, il emménage ! grogne Mme Cuplet.

— A cette heure ? » proteste M. Cuplet, jetant un coup d'œil sur sa montre, et estimant l'éventualité d'un déménagement chez un docteur proprement incompatible avec ses fonctions.

Pendant ce temps, à l'asile psychiatrique de Rockland, une femme entre deux âges promène de bureau en bureau un visage grisâtre, ridé et inquiet.

« Je vous assure, dit-elle à un rond-de-cuir, je ne suis pas tranquille. Pourquoi avez-vous laissé partir mon frère ?

— On ne l'a pas laissé partir, madame, il est en placement volontaire, donc libre. S'il n'a pas voulu revenir, nous, on n'y peut rien.

— Mais c'est absurde !

— Peut-être, madame. Si vous n'êtes pas satisfaite, adressez-vous au docteur Berger. »

La porte vient de s'ouvrir dans la salle d'attente du docteur Shatterton, et celui-ci paraît. Aimable, volubile, il salue la famille Cuplet et s'efface pour que Mme Cuplet, M. Cuplet et mademoiselle, en file indienne, entrent dans son cabinet.

D'un geste large, il désigne trois chaises bancales :

« Asseyez-vous, je vous prie. Veuillez excuser la modestie du mobilier, il n'est que temporaire. »

En s'asseyant derrière un meuble qui ressemble plus à une table de cuisine qu'à un bureau, il sourit et prononce la phrase rituelle avec une évidente satisfaction :

« Qu'est-ce qui ne va pas ? »

Le petit œil noir dans le gros visage rose et chauve interroge successivement les trois personnages assis devant lui, les fesses un peu serrées, sur les trois chaises bancales et s'arrête sur Odette. De toute évidence, cet homme et cette femme ont amené cette jeune fille, il s'agit donc de leur enfant et ils consultent pour elle.

« Je suppose qu'il s'agit de vous, mademoiselle ? »

La ravissante Odette secoue affirmativement la tête, la penche sur le côté, soulève les torsades de cheveux blonds qui dissimulent sa nuque et pointe son index sur le furoncle :

« C'est tout ? demande le docteur Shatterton d'un air déçu. Vous êtes sûre qu'il n'y a pas autre chose ? »

Tandis qu'une moue affirmative lui répond, à l'asile psychiatrique de Rockland la dame entre deux âges s'adresse au docteur Berger, de plus en plus inquiète :

« Mais enfin, docteur, il est dangereux de le laisser pratiquer ! Au moment où je vous parle, il est en train d'ouvrir un nouveau cabinet. Je suis terriblement angoissée.

— Allons, allons, madame. Sa maladie n'empêche pas votre frère d'être un bon médecin.

— Et s'il se met dans la tête d'opérer, docteur ? Vous savez bien que c'est son obsession. Il rêve d'être chirurgien : avant d'être soigné chez vous, il maniait le bistouri pour un oui, pour un non. Et je t'ouvre ici et je te coupe là ! »

Sous la blouse blanche, le ventre du bon docteur Berger tressaute allégrement :

« Allons, allons, madame, répète-t-il en riant, vous exagérez la maladie de votre frère et ses dangers. Au demeurant, nous ne pouvons rien faire, nous n'avons jamais reçu la moindre plainte. »

Effectivement, le docteur Shatterton inspire la plus totale confiance à ses visiteurs, dans le nouveau cabinet qu'il occupe :

« Voyons cela ! » s'exclame-t-il gaiement, en penchant son gros visage et ses petits yeux noirs sur la jeune Odette Cuplet.

Afin de mieux voir le furoncle qui pointe dans le cou d'Odette, il vient de saisir une loupe sur son bureau :

« Oui, oui, je vois, c'est un beau furoncle bien mûr. Cela ne sera rien. Mais... voulez-vous vous lever, mademoiselle ? Auriez-vous la gentillesse de baisser votre pantalon ? »

Le petit M. Cuplet et Mme Cuplet échangent un regard étonné.

« Dame ! poursuit le docteur Shatterton, il n'y a pas d'effet sans cause : le sang de cette enfant doit être infecté. »

Odette, rougissante, interroge ses parents du regard : voyant l'indécision de ceux-ci, elle n'ose pas refuser de montrer son ventre au docteur. Son jean glisse sur ses cuisses. Elle le retient de la main gauche, tandis que la main droite soulève avec hésitation son pull-over. Apparaît un ravissant nombril au-dessus d'une petite culotte de dentelle.

La main solide, apparemment experte du praticien, palpe le joli petit ventre avec onction.

Et, en sortant de l'asile psychiatrique, la sœur du docteur Shatterton se précipite chez le shérif.

« Mon frère est fou, il a dû être interné plusieurs fois. Il voudrait être chirurgien et faire des opérations, explique-t-elle au policier médusé. Il y a huit jours, il a quitté l'asile pour ouvrir un nouveau cabinet. Il ne faut pas le laisser faire.

— Attendez... attendez que je comprenne : votre frère est docteur ?

— Oui.

— Il a un diplôme ?

— Oui.

— Les responsables de l'asile estiment qu'il peut pratiquer ?

— Oui.

— Mais alors, madame, qu'est-ce que vous voulez que j'y fasse ? »

Puisque personne n'y peut rien et qu'il est roi dans son cabinet, le docteur Shatterton annonce au petit M. Cuplet, à la grande Mme Cuplet et à leur adorable jeune fille le surprenant diagnostic qu'il vient de déterminer après palpation :

« Qu'est-ce que je vous disais ! Evidemment, c'était cousu de fil blanc : elle a une appendicite !

— Quoi ? Comment ! s'exclame M. Cuplet.

— Mais elle n'en a jamais souffert ! affirme Mme Cuplet, n'est-ce pas, Odette ?

— Normal, normal... ce n'est qu'une appendicite chronique, qui peut entraîner une crise brutale à n'importe quel moment, voire une péritonite. J'ai bien envie de l'opérer. »

Devant l'insistance de la sœur du docteur Shatterton, le shérif a tout de même décroché son téléphone.

« Allô, madame Beacks ?... Voilà... ici, le shérif de Rockland. Je vous appelle à la demande de Mlle Shatterton. Il paraît que vous avez eu affaire à son frère, le docteur Shatterton ?

— C'est exact.

— Et vous en avez gardé, paraît-il, un souvenir disons... étonnant ?

— Ah ! vous pouvez le dire, shérif ! Je venais pour une grippe. D'abord il m'a reçue en slip. Ensuite, il m'a forcée à boire avec lui une demi-douzaine de grogs... »

Le shérif ne peut s'empêcher de sourire en demandant :

« Euh... vous a-t-il paru agressif ?

— Ecoutez, shérif, lorsque je suis sortie, j'étais tellement ivre que, s'il m'avait violée, je ne m'en serais même pas aperçue !

— Bien. Merci, madame Beacks. »

En raccrochant, le shérif se tourne vers Mlle Shatterton :

« Un peu fou, c'est sûr, mais pas forcément dangereux, non ? »

Dans le cabinet du docteur Shatterton, le petit M. Cuplet décide de faire montre d'une certaine fermeté.

« Non, docteur... Pas d'opération, du moins pour le moment.

— Simplement le furoncle ?

— Oui, simplement le furoncle.

— Vous avez tort, c'est reculer pour mieux sauter. Mais puisque vous l'exigez, nous nous contenterons du furoncle... Revenez dans une heure, ce sera fait. Vous, mademoiselle, vous restez dans mon bureau. »

De retour dans la salle d'attente, M. Cuplet dit à sa femme :

« Il faut que je m'en aille, mais toi, tu ne quittes pas les lieux. Je ne sais pas pourquoi, mais ce toubib ne me dit rien qui vaille. »

Le shérif n'en est pas encore là de ses réflexions, mais il poursuit son enquête téléphonique :

« Allô, la pharmacie Brogan ? Ici, le shérif de Rockland. Vous êtes monsieur Brogan ? Le docteur Shatterton vient d'ouvrir un cabinet dans le sud de la ville. Que savez-vous de lui ?

— Quoi !... On l'a laissé sortir ?

— Que savez-vous de lui, monsieur Brogan ?

— Il est complètement fou !

— Pouvez-vous me citer des exemples de comportement qui vous conduisent à ce jugement ?

— Eh bien, avant son dernier internement, il m'achetait plusieurs litres d'éther par semaine ! J'ai fini par savoir qu'il les buvait. Eh oui... un grand verre chaque matin, disait-il, avec un zeste de citron... Vous imaginez ce que ça peut donner ? »

Dans le même genre, au pub *Le Petit Rockland* où le docteur Shatterton est descendu en toute hâte, un repris de justice, ivrogne et chômeur invétéré, vide la sixième boîte de bière de la matinée, et le docteur s'adresse aussitôt à lui :

« Ah ! tu es là, tant mieux !... J'ai besoin d'un assistant pour une opération urgente.

— Combien ?

— Cinq dollars. Mais tu viens tout de suite, tu te laves les mains et tu enfiles une blouse blanche. »

Pas encore persuadé, apparemment, du danger qui

rôde dans le cabinet du docteur Shatterton, le shérif
fait le tour de ses relations.

« Allô, monsieur Finley ? Ici le shérif de Rockland.
Que savez-vous du docteur Shatterton ?

— C'est un dingue.

— Mais encore ?

— Il a sauté du quatrième étage avec des skis sur
un tas de paille.

— Allô ? Ici le shérif de Rockland, madame
Denow ? Que pensez-vous du docteur Shatterton ?

— Rien de bon, shérif... Je suis allée le voir un jour
que j'avais de l'urticaire, il a voulu procéder à l'abla-
tion d'un de mes seins. Je l'ai toujours, mais j'ai dû
me débattre, je vous prie de le croire. »

Pour l'heure, nul ne se débat encore chez le docteur Shatterton. Dans le couloir qui mène à son cabinet, et tandis que l' « assistant » qu'il vient de recru-
ter dans le pub voisin enfile une blouse blanche, il
murmure :

« Ne fais pas de bruit, la mère est dans la salle
d'attente, inutile de l'inquiéter. »

Au nord de la ville, le shérif au téléphone, sous le
regard atterré de la sœur du docteur Shatterton,
résume la conversation qu'il vient d'avoir avec le docteur Berger, responsable de l'asile psychiatrique :

« En somme, si je comprends bien, il a été interné
une première fois, à Hawaii, pour avoir opéré un
militaire ; une deuxième fois en Californie, après
avoir voulu remplacer le chirurgien dont il était
l'assistant ; une autre fois dans l'Etat de New York,
pour avoir donné des consultations répétées en état
d'ivresse... Et comme cela, il y en a deux pages !...
Vous êtes fou aussi, docteur Berger, ou quoi ? »

Le docteur Shatterton, revêtu d'une blouse blanche,
coiffé d'une calotte, un tissu noué autour de son

visage, s'adresse à la ravissante Odette, tandis qu'il verse de l'éther sur l'énorme tampon de coton :

« Allons-y, mon petit. Ce ne sera ni long ni douloureux. Je vais vous endormir. Vous comptez à haute voix... Allez, 1... 2... 3... »

Le visage aveuglé par le coton et l'énorme main du docteur, Odette, parvenue à 10, ferme déjà les yeux.

« C'est bon, tu la déshabilles », ordonne le docteur à son assistant.

Lorsque, une demi-heure plus tard, le shérif carillonne à la porte du docteur Shatterton, c'est une grande femme maigre, soucieuse et tripotant un collier de perles sur sa poitrine plate qui lui ouvre.

« Où est le docteur Shatterton, s'il vous plaît ?

— Je ne sais pas. Je suis une cliente. Il doit être avec ma fille dans son cabinet. Il va lui ouvrir un furoncle. »

Le shérif, après un bref regard à la sœur du docteur qui l'accompagne, se précipite dans le couloir :

« C'est où le cabinet ? C'est quelle porte ? »

Il en ouvre une, c'est la salle d'attente ; une autre, c'est la chambre. La troisième porte ouverte, le policier reste pétrifié d'horreur : sur une table de cuisine est allongée une jeune fille ravissante, ses cheveux blonds étalés autour du visage, mais son ventre barbouillé de sang est ouvert sur vingt centimètres... Le docteur Shatterton vient de lui trancher une artère avec un enthousiasme professionnel pour le moins délirant.

Lorsque l'ambulance arrivera, il sera déjà trop tard. La malheureuse Odette n'aura plus que quelques minutes à vivre.

SUSAN ET PERSONNE

« Qui est là ? »

La voix de Susan vient de remplacer le flot bruyant de la douche. Dans le silence brutalement revenu, elle vient de percevoir un léger bruit, un frottement, elle ne sait pas quoi au juste, mais elle a senti immédiatement une présence.

« Qui est là ? »

Tout en répétant « qui est là ? » Susan a une sueur froide. Mis à part deux personnes qu'elle connaît parfaitement bien, et pour cause, personne n'a la clef de son appartement. La première personne est son amant, or elle l'a quitté il y a une heure, à l'aéroport, il partait pour Londres. La seconde personne est sa femme de ménage, or il est minuit et ce n'est pas son heure.

« Qui est là ? »

C'est idiot de rester sous la douche, complètement nue, à crier qui est là. Susan attrape un peignoir, mais, au moment d'avancer vers la porte qui donne dans le salon, elle hésite.

Dans la salle de bain, la lumière est vive ; dans le salon, juste une lampe à l'éclairage tamisé. Si elle avance dans l'encadrement de la porte, elle représentera une cible parfaite. C'est ce qu'elle pense avec étonnement :

« Une cible... pourquoi une cible ? Je suis complètement stupide ! Comme si quelqu'un allait me tirer dessus ! Il n'y a personne au salon, c'est impossible, je l'aurais vu en entrant, ma chambre est de l'autre côté de la salle de bain et j'y étais tout à l'heure. La cuisine, j'y ai bu un verre d'eau, donc il n'y avait personne quand je suis entrée, personne n'est entré en même temps que moi, j'ai fermé la porte à clef. J'habite au douzième étage, les fenêtres sont fermées, pas d'autre porte, donc je suis seule, donc il n'y a personne, et j'ai rêvé. Alors, qu'est-ce que je fais là, à me glacer de peur en demandant : « Qui est là ? »

Elle l'a quand même répété, comme une conjuration, en avançant brusquement vers la pénombre du salon.

Et c'est à ce moment-là que la porte d'entrée claque avec un petit bruit.

Cette fois-ci, elle a hurlé en se précipitant dans la salle de bain. Fermer la porte, tirer le verrou lui prend une demi-seconde. Elle tremble et cherche désespérément une arme pour se défendre. Mais quoi ? La salle de bain luxueuse n'offre que de ridicules flacons de parfum et de poudre, des brosses, des éponges, tout un arsenal d'une douceur désespérante. Et il est ridicule de se réfugier dans la baignoire comme elle le fait. Une baignoire n'a rien d'un blockhaus. La brosse au long manche d'ivoire ne sert qu'à frotter le dos.

Susan, la somptueuse et ravissante Susan, pleure d'angoisse, recroquevillée dans sa baignoire, et tous les miroirs alentour lui renvoient son image en spectateurs indifférents.

Qui est là ?

Personne.

Susan Rooney a appelé la police à six heures du matin. La police est donc là, sous la forme de deux inspecteurs patrouillant dans ce quartier de Baltimore et que le central a expédiés chez elle. Ils écoutent patiemment.

« Alors, je me suis enfermée dans la salle de bain et je suis restée là, tout ce temps. J'ai cru mourir de peur.

— Vous avez encore entendu du bruit ?

— Non... plus rien.

— Donc la personne est sortie au moment où la porte a claqué. Il n'y avait plus de danger. Vous auriez dû appeler à ce moment-là. On aurait eu une chance de le coincer dans les alentours.

— Mais je n'étais pas sûre qu'il soit parti. La porte a claqué, bien sûr, mais sur le moment, je ne savais pas si quelqu'un était sorti ou entré, vous comprenez ? J'étais effrayée et après je n'osais plus sortir de la salle de bain, j'attendais le jour. »

Les policiers inspectent l'appartement, appréciant la simplicité luxueuse de l'ameublement.

« Y'a pas grand-chose ici pour se cacher. Des tapis, des coussins, à part le canapé, et encore. Derrière les rideaux, peut-être. Vous êtes sûre qu'il y avait quelqu'un ?

— Certaine.

— Vous vivez seule ici ?

— Absolument.

— Pas d'amis, de fiancé ? Personne n'a la clef ? »

Susan hésite un peu...

« Non... à part la femme de ménage. Elle arrive à neuf heures, et j'ai toute confiance en elle.

— Votre métier ? »

Susan hésite encore un peu, juste un peu.

« Cover-girl, mais je ne travaille plus beaucoup depuis un an.

— Ah !... et vous vivez de quoi ?

— J'ai placé pas mal d'argent dans une boutique de mode, le revenu me suffit et je dessine mes propres modèles.

— En résumé, vous n'avez rien vu ? Juste un bruit avant et le claquement de la porte ?

— C'est ça.

— C'est pas grand-chose, hein ? Qu'est-ce que vous voulez qu'on fasse avec ça ? Vous connaissez quelqu'un qui pourrait vous en vouloir ?

— Non. Personne.

— Bon. Pas d'affolement. Ou c'était rien du tout, ou c'est un cambrioleur qui s'est sauvé et il ne reviendra pas.

— Mais la porte ? Vous avez bien vu que la porte n'a rien !

— Vous savez, ces gars-là arrivent à fabriquer des

clefs ! Changez votre verrou, par précaution. C'est tout ce qu'on peut vous dire.

— Vous n'allez rien faire ? Vous n'allez pas me surveiller ? »

Bien sûr que non, on ne surveille pas l'appartement d'une petite cover-girl, aussi jolie soit-elle, pour une fausse alerte. La police a d'autres criminels à fouetter.

Trois semaines plus tard, le corps de Susan Rooney est découvert dans une voiture. Tout a brûlé, voiture et conductrice. L'endroit du sinistre est une portion de route isolée et en principe barrée par une interdiction. La voiture serait tombée dans un ravin et aurait pris feu, la conductrice aurait brûlé, prisonnière de sa ceinture de sécurité. Ce serait un accident. Ou un suicide.

Mais la voiture n'est pas la sienne, elle appartient à un industriel de la région. Et le médecin légiste démontre qu'il s'agit d'un assassinat. Susan Rooney a été frappée à la nuque, elle est morte avant l'incendie.

Tout au bout de l'enquête apparaissent alors deux hommes : l'industriel, propriétaire de la voiture, et son fils.

Milton Bauer, cinquante-six ans, marié, homme d'affaires averti, était l'amant de Susan. La femme de ménage l'a immédiatement signalé à la police. Quant à Hugues Bauer, son fils de vingt-cinq ans, marié lui aussi, associé aux affaires de son père, il fréquentait également Susan.

Ajouté à cela, on trouve dans le dossier le rapport des deux inspecteurs appelés par la victime trois semaines auparavant. Un rapport court, mais qui n'est pas le seul. A deux reprises, Susan a signalé le même genre de chose. Le 2 mars 1978, quelqu'un l'aurait suivie jusqu'à la porte de son appartement, elle n'a vu qu'une silhouette, l'arrivée d'un voisin l'a délivrée. Un homme allait l'attaquer, elle en était sûre. Qui ? Personne. Le voisin n'a rien vu. Le concierge n'a rien vu. Susan était alors soupçonnée de délire de persécution, lorsque pour la troisième fois elle appelait la police chez elle, en affirmant que quelqu'un guettait derrière sa porte en pleine nuit. Or, l'immeuble était fermé à clef, et la police eut beau fouiller tous les couloirs, personne. Toujours personne.

Milton Bauer et Hugues Bauer, interrogés séparément, répondent avec sérénité aux questions d'un lieutenant de la police criminelle de Baltimore. Où étaient-ils dans la nuit du 15 au 16 mars 1978, entre vingt heures et six heures du matin ? Etaient-ils, père et fils, les amants de Susan ? Quand l'ont-ils vue pour la dernière fois ? Qui lui a prêté cette voiture immatriculée au nom de la société Bauer ? Possédaient-ils chacun une clef de l'appartement ?

Il est clair que le lieutenant de la police criminelle a son idée. L'assassin est devant lui : le père ou le fils. Le fils ou le père. Pas si simple. Ce n'est peut-être personne.

Milton Bauer, le père, cheveux blond-gris, front large, sourire condescendant, ne semble pas particulièrement gêné d'être le principal témoin d'une affaire criminelle, voire le principal suspect. Il répond avec naturel.

« Susan était ma maîtresse depuis deux ans environ. Je possédais effectivement une clef de son appartement, mais je m'y rendais rarement ces derniers temps. Elle ne m'a pas parlé de ces soi-disant histoires d'agression. J'ignorais même qu'elle avait changé le verrou. Je la voyais de loin en loin, et ces derniers temps je ne l'ai vue qu'une fois, à mon bureau.

— Que voulait-elle ?

— De l'argent, lieutenant, c'est moi qui l'entretenais. C'est moi qui avais acheté cette boutique de mode, où elle ne faisait strictement rien, d'ailleurs.

Une façade, pour justifier ses revenus et lui éviter des ennuis avec les mœurs.

— Et la voiture ?

— Elle s'en servait depuis longtemps. Il était plus simple pour moi de lui céder une voiture de la société, les frais, vous comprenez.

— Saviez-vous que votre fils était également son amant ?

— Pas précisément, mais je m'en doutais un peu.

— Depuis quand ?

— Un jour, j'ai envoyé Hugues la prévenir que je devrais espacer nos relations pour le moment. J'étais couché, ordre du médecin, accident cardiaque. Je devais me ménager.

— Et vous choisissez votre fils comme messager ?

— Il m'était difficile de téléphoner devant ma femme.

— Il y a combien de temps ?

— Environ six mois. Hugues a fait sa connaissance, et j'imagine qu'il l'a revue souvent.

— Ça ne vous gênait pas ? Vous n'étiez pas jaloux ?

— Jaloux ? Lieutenant, il ne s'agissait pas d'une histoire d'amour. J'entretenais Susan, c'est tout. Et d'ailleurs, je vous l'ai dit, nos rapports s'étaient espacés.

— Où étiez-vous dans la nuit du 15 au 16 ?

— Chez moi. Avec ma femme.

— Savez-vous où se trouvait votre fils ?

— Chez lui, je suppose. Il est marié depuis deux ans, cela implique certaines obligations. »

Hugues Bauer, le fils, vingt-cinq ans, guère de ressemblance avec son père, à part la blondeur de ses cheveux. Traits mous, visage plus épais, regard moins franc. Il paraît plus jeune que son âge. Une certaine mauvaise humeur dans ses réponses :

« Oui en effet, j'ai connu Susan le jour où mon père

m'a demandé de la prévenir, c'était une jolie fille, et alors ?

— Vous l'avez revue souvent !

— Au début, c'est exact.

— Vous étiez son amant ?

— Vous pouvez dire ça, mais la chose n'était pas très importante. D'ailleurs, nos relations se sont espacées, et je ne l'ai pas vue depuis plus d'un mois !

— Vous aviez une clef ?

— Non !

— Comment vous rencontriez-vous ?

— Je lui téléphonais, on prenait rendez-vous. Susan n'était amoureuse de personne, à ma connaissance. C'était une fille entretenue, voilà tout !

— Cela ne vous gênait pas de... de la "partager" avec votre père ?

— Ecoutez. Mettez-vous bien dans la tête que Susan était une sorte de facilité. Après tout, c'est notre société qui la payait, officiellement, pour gérer une boutique de mode, d'accord, mais son travail était ailleurs.

— Vous considériez cette femme, si j'ai bien compris, comme un avantage supplémentaire dans votre travail ? Une sorte d'agrément offert par la société ? Ni plus ni moins qu'une machine à café ou un distributeur de sandwiches ?

— Lieutenant, vous voyez les choses sous l'angle le plus vulgaire qui soit. J'ai simplement dit que Susan était entretenue par mon père et que cet argent venait de la société, un point c'est tout.

— Où étiez-vous, dans la nuit du 15 au 16 ?

— Chez moi, avec ma femme.

— Et votre père ?

— Je suppose qu'il était avec ma mère. Demandez-le-lui.

— Et vous ignorez bien sûr qui cherchait à agresser cette femme, ou à lui faire peur ces derniers temps ?

— Absolument, je vous ai déjà dit ne pas l'avoir vue depuis plus d'un mois !

— C'était quand, la dernière fois ?

— Aucun souvenir d'une date précise, excusez-moi. »

Milton et Hugues Bauer sont apparemment inattaquables. Leur femme respective confirme les alibis. Pour Mme Bauer mère, Milton a passé la soirée avec elle, devant la télévision, et ils se sont couchés vers onze heures. Il n'a pas bougé de la nuit, elle-même a lu un roman jusqu'à deux heures du matin, alors qu'il dormait.

Pour Mme Bauer belle-fille, son mari Hugues est rentré tôt, il a bricolé un peu dans le jardin, ils ont dîné, bavardé, regardé un film, et le reste les regarde. Hugues n'est pas sorti.

Ultime témoin de l'enquête, une voisine de Susan. Elle s'est présentée spontanément à la police, dès qu'elle a eu connaissance de l'affaire.

« J'ai vu Susan sortir ce soir-là, il était vingt-deux heures, je rentrais à ce moment-là. Elle était accompagnée d'un homme que j'ai aperçu souvent avec elle. Ils sont montés en voiture au moment où j'ouvrais la porte de l'immeuble. Elle ne m'a pas vue et l'homme non plus.

— Vous reconnaîtriez cet homme ?

— Je ne sais pas. Sincèrement, je ne sais pas.

— Vous dites l'avoir souvent vu avec elle !

— Oui, mais toujours de loin, dans le hall de l'immeuble ou dans la rue. Et comme nous n'étions pas très intimes, juste des voisines, comme ça... "bonjour, bonsoir"... je n'en savais pas plus.

— Qu'avez-vous reconnu chez cet homme, alors ? La silhouette, l'allure, la démarche, la certitude du "déjà vu". Je ne suis pas très observatrice et je ne détaille pas les gens sous le nez. Je me suis dit simplement : "Tiens, voilà la voisine avec son ami..." »

Milton et Hugues Bauer sont debout dans une pièce, devant un mur, en compagnie d'autres hommes qui n'ont rien à voir avec l'affaire. La voisine de Susan, derrière une vitre sans tain, les observe avec attention. Elle est la seule à pouvoir identifier celui qui est sorti avec Susan le soir du crime. Or, Susan ne fréquentait intimement personne d'autre que ces deux-là. La femme de ménage est formelle, et l'enquête n'a pas découvert de troisième homme.

Le lieutenant attend. Il espère. Un seul témoin à charge lui suffirait pour démolir l'alibi du père ou du fils. Il est sûr que les deux épouses mentent. Le fait que leurs deux maris aient eu la même maîtresse et qu'elle ait été assassinée froidement ne les a pas ébranlées. A moins d'un témoignage sans équivoque, elles continueront à mentir. La famille fait bloc. Ils sont complices, ils savent qui a tué et pourquoi. Mais le venin de cette vérité ne sortira pas de chez eux. Quel que soit celui qui a tué : le père par jalousie, le fils parce que Susan préférait le père, ou l'inverse, mais c'est l'un des deux, et il a prémédité son crime. Il a tenté de l'exécuter au moins à trois reprises avant de réussir.

La jeune femme, l'unique témoin, écarquille les yeux, elle est nerveuse.

« Je ne peux pas reconnaître les visages, je vous l'ai dit.

— Contentez-vous de me dire si l'un de ces hommes est celui que vous aviez l'habitude de voir chez la victime, et qui était avec elle le soir du crime. Prenez votre temps.

— Je peux les voir de dos ? Est-ce qu'ils peuvent marcher ? »

Le lieutenant appuie sur un bouton et ordonne :

« Mettez-vous face au mur, ne bougez pas. A présent marchez, éloignez-vous l'un après l'autre. »

Les hommes s'exécutent, Milton et Hugues Bauer font de même, l'un détaché, l'autre de mauvais gré. Et le témoin, l'unique témoin, déclare :

« Je n'y arriverai jamais. Je suis désolée. Je suis incapable dans ces conditions de retrouver l'impression que j'ai eue, et pourtant je l'avais vu avec elle, cet homme, ça j'en suis sûre. »

Pas de preuves matérielles, pas de mobiles sûrs, pas de témoin, il était facile aux avocats de Milton et Hugues Bauer de réfuter une accusation aussi fragile.

Et après tout, il y avait peut-être un troisième homme ? Cet inconnu dont la victime s'était plainte à la police, qui était-ce ?

Personne.

Et qui avait tué Susan ?

Personne.

Et un assassin de plus est demeuré parmi nous.

« TU VAS VOIR, C'EST AMUSANT »

Un murmure, une sourde rumeur, puis la nouvelle éclate, clamée dans White Houses Road, un quartier de Newcastle :

« On a retrouvé William, on a retrouvé William ! »

Aussitôt, le long de l'alignement lugubre des maisons de brique rouge, qu'on croirait peintes par un décorateur pour une pièce réaliste, une foule s'élance vers le bout de la rue où quelques enfants, debout sur un tas de gravats, montrent une bâtisse en ruine en criant :

« Là ! C'est là ! »

Une petite fille indique à la mère le trou qui permet de traverser un mur branlant. Une dizaine de secondes plus tard, la femme pousse un hurlement. Son fils William Clapton, quatre ans, est mort dans les gravats.

Quelques faibles traces autour du cou, quelques brins de laine grise que l'on conserve à tout hasard ; c'est tout. La police conclut à un accident.

Un mois plus tard, de nouveau un murmure, puis une rumeur sourde, puis une nouvelle qui éclate :

« On a retrouvé Peter ! On a retrouvé Peter ! »

Cette fois, les sinistres maisons de White Houses Road se dressent sous la lune comme découpées dans du contre-plaqué barbouillé de noir. Depuis la rue, on entend grincer les escaliers et claquer les portes.

La cohorte qui suit une mère échevelée s'arrête sur la plage où, devant des blocs de béton couverts d'herbes folles, le corps du petit Peter Corley, trois ans, est allongé.

Deux assassinats à trente jours l'un de l'autre, deux cadavres à cent mètres l'un de l'autre, c'est trop pour que le détective Bramley puisse croire à un accident. D'autant que Newcastle détient cette année-là le record du crime en Angleterre et que le sinistre quartier de White Houses Road détient le record de Newcastle : cinq mille infractions passibles des tribunaux pour cent mille habitants !

Lorsqu'il surgit au milieu de cette cohue plutôt misérable, en costume, cravate, ses cheveux blondasses bien rangés en rond autour d'une calvitie précoce et fumant un cigare, le détective a l'air d'un nabab :

« Où habitent les parents de la victime ? »

Une brave vieille dame percluse de rhumatismes et de charité chrétienne montre une des maisons de brique rouge et ajoute aimablement :

« Ne cherchez pas son père, il est en taule pour un mois. »

C'est alors qu'un petit homme à lunettes, en veste blanche tachée de terre, touche l'épaule du détective pour se présenter :

« Je suis le docteur Streter, je ne puis encore rien

affirmer, dit-il, mais je pense que l'enfant a été étranglé.

— Il y a des traces de doigts autour du cou ?

— Oui.

— Alors la strangulation ne fait pas de doute ?

— C'est-à-dire... j'hésite à l'affirmer, parce que...

— Parce que quoi ?

— Parce que ces traces sont celles de doigts d'enfant, d'un jeune enfant. Appelez-moi à mon cabinet dans quelques heures. »

Après une autopsie méticuleuse, le docteur est en mesure de confirmer son premier diagnostic et de le préciser : le petit Peter Corley a été étranglé par un enfant d'une dizaine d'années.

Le détective fait la grimace :

« Vous en êtes sûr ?

— Autant qu'on peut l'être.

— Un autre gamin est mort voici un mois dans des circonstances bizarres. C'est vous qui aviez examiné le cadavre ?

— Oui. Et j'avais déjà relevé de vagues traces autour du cou. »

Pendant un instant les deux hommes se taisent. Le détective, depuis le bureau du commissariat où il s'est provisoirement installé, aperçoit les toits hirsutes de White Houses Road. Ainsi, donc, il y aurait parmi les douze cents enfants qui habitent ce quartier, ces douze cents enfants aux joues creuses, désœuvrés, qui hantent les terrains vagues pendant tout l'été, un assassin. Est-ce possible, un assassin de dix ans ? Un étrangleur en culotte courte ?

Le premier suspect qu'il interroge en fin d'après-midi est, bien entendu, un petit arriéré de huit ans. A White Houses Road, comme ailleurs, c'est à eux que l'on pense en premier. Il est assis, les jambes pendantes, sur une chaise devant le bureau du policier qui ne sait pas par quel bout le prendre. Toute la journée, les gamins l'ont poursuivi à travers les rues,

lui lançant des pierres en criant : « Assassin !
Assassin ! »

La question ne semble pas traverser l'esprit de
l'enfant et n'éveille pas la moindre inquiétude.

« Mais pourquoi est-ce que tes camarades t'accusent ? »

Les cils blonds et trop courts battent sur ses paupières. Il secoue un visage sans expression, criblé de
taches de rousseur. De quoi parle cet homme ? Il ne
sait pas.

« Mais qu'est-ce que tu as fait pour qu'ils te traitent
d'assassin ? »

Même réponse, muette, de l'enfant.

Le cinquième jour, un grand benêt de trente-cinq
ans atterrit dans le bureau du détective comme s'il
venait de la lune en parachute.

« Mais bon sang ! crie le policier. Vous auriez pu
me le dire plus tôt !

— Excusez-moi, m'sieur ! Je lis pas les journaux et
j'écoute pas la radio. »

Rageusement, Bramley jette dans un tiroir le dossier du petit arriéré, désormais hors de cause,
puisque cet oncle qui paraît devant lui affirme l'avoir
emmené le jour du dernier crime voir les avions à
l'aéroport de Newcastle, où il travaille.

Quelques instants plus tard, dans la rue, le policier
attrape par le bras le premier gamin qu'il rencontre :

« Dis donc, toi... tu sais qui a tué Peter Corley ?

— Oui, m'sieur... C'est Stephen Howard. »

Stephen Howard est le petit arriéré qui vient d'être
mis hors de cause. Les enfants sont décidément obs-
tinés à son sujet.

« Et comment le sais-tu ?

— C'est Krystie James qui me l'a dit. »

Au milieu d'un terrain vague, le policier pose la
même question à un groupe d'enfants surexcités et
obtient la même réponse en plusieurs exemplaires :

« L'assassin, c'est Stephen... C'est Stephen !

— Qui vous l'a dit ?

— C'est Krystie James... c'est Krystie James ! »

Chez Krystie James, le père est là, un peu étrange : les joues creuses, les os du visage saillants, il ressemble à une momie qui tiendrait debout par miracle. Quelques dents rescapées se découvrent en rictus lorsque, à la demande des policiers, il appelle sa fille ; le rictus est un sourire. La mère, elle, se demande, vaguement inquiète, comment l'enfant va leur apparaître. S'est-elle lavé les mains ? Est-elle peignée ? Elle se rassure enfin dès que la fillette surgit, souriante. Singulier contraste que les deux sourires du père et de la fille. Si, comme la plupart des habitants de White Houses Road, les parents ont les dents branlantes et noires, celles de Krystie James sont solides, éclatantes. Difficile d'imaginer que la mère ait eu les mêmes dents que sa fille et que celle-ci aura un jour les mêmes dents que sa mère.

Krystie James, à onze ans, est une enfant particulièrement belle. Plus que belle, même : le visage est un peu trop triangulaire, le front un peu trop large, le menton trop pointu, mais ces immenses yeux bleus ! ce nez droit ! ces lèvres charnues, bien dessinées, qui n'ont pas besoin de rouge pour être si rouges, et surtout ces expressions d'une malice étincelante donnent à la fillette un charme fou. Comme le temps a fraîchi ce matin, elle porte une petite robe de laine grise.

L'interrogatoire ne donne rien. L'enfant répond avec aplomb, beaucoup de logique et sans se contredire, faisant preuve d'une intelligence et d'une vivacité d'esprit nettement au-dessus de la moyenne. Toutefois, le détective emporte, glissées dans une enveloppe, quelques fibres de la robe de laine grise et la liste des petites amies de l'enfant.

La première sur cette liste : Pamela Collins, est en colonie de vacances. L'aînée de ses trois sœurs, en recevant le policier, lui raconte alors une curieuse anecdote : il paraît qu'après le premier crime, courant juillet, Krystie James lui aurait demandé :

« Si on tue quelqu'un, on va au ciel ou en enfer ? »

Et la jeune fille lui aurait répondu :

« Ça dépend pourquoi on a tué, comment on a tué et si l'on a du remords.

— Et si on en tue deux ? insistait alors Krystie James. (Comme la réponse tardait à venir, elle ajoutait :) Je te demande cela parce que je trouve que les policiers sont idiots de croire que William est mort par accident. En réalité il a été assassiné, je le sais. »

Dans un home d'enfants, voisin de White Houses Road, la directrice, consternée, montre au policier plusieurs bouts de papier que les pensionnaires ont trouvés un matin du mois de juillet dans le dortoir. Sur ces papiers, des écritures enfantines : « Nous tuons, attention ! Nous avons tué William ! Faites attention, espèces de bâtards ! Je tue... je reviens ! Vous êtes idiots ! »

Un graphologue identifie les deux écritures : celle de Krystie James et celle de Pamela Collins.

Larmoyante, échevelée, la maman de William, le premier des petits garçons étranglés, raconte :

« Oui, quand je suis arrivée devant la maison en ruine, c'est Krystie James qui m'a montré un trou dans le mur : "C'est par là qu'il faut passer, m'a-t-elle dit, et vous allez trouver William." Le lendemain, elle est venue chez moi et m'a demandé à le voir. Je lui ai répondu : "Mais il est mort..." Elle s'est mise à rire : "Je sais. C'est le cercueil que je voudrais voir." »

Vers le milieu du mois d'août, les fibres de laine grise trouvées sur le cadavre du petit William, que l'on a conservées par hasard, et celles prélevées sur la robe de Krystie James s'avèrent identiques. Le détective Bramley se décide à faire incarcérer l'enfant. La mère édentée jette dans une petite valise les quelques effets de sa fille, y compris la fameuse robe grise que le détective saisit au passage :

« Non. Ça, je le garde : pièce à conviction. »

Pas un instant, l'enfant toujours ravissante et charmeuse ne paraît effrayée par l'énorme machine policière et judiciaire dans laquelle elle est entraînée. Et, bien sûr, elle affirme n'avoir jamais, ni de près ni de loin, participé aux meurtres de ses deux petits compagnons.

C'est alors que le policier interroge enfin son amie Pamela Collins, revenue tout exprès de colonie de vacances. Pamela, douze ans, est un peu plus grande, aussi jolie que Krystie James, la même très belle chevelure noire ébouriffée, les mêmes dents bien blanches, mais les yeux noirs, le visage moins triangulaire et plus équilibré ; moins de charme, moins d'autorité, moins de malice.

Bramley a connu pourtant bien des assassins, il ne parvient pas cependant à imaginer que cette gamine, si correcte dans son petit blazer, ait tué. Il regarde ses mains posées sur sa jupe dont les doigts semblent encore si fragiles, et a peine à les imaginer crispés sur le cou d'un enfant pour l'étrangler.

Dès les premiers mots, il paraît évident qu'elle est littéralement subjuguée par Krystie James.

« Ce n'est pas moi, dit-elle. Je n'ai rien fait...

— Alors, c'est Krystie James ?... Mais pourquoi a-t-elle fait cela ? »

Pamela hausse les épaules.

« Elle est comme cela ! »

Et, dans le bureau silencieux, sa petite voix fait à l'inspecteur les aveux les plus insensés qu'il ait entendus de toute sa carrière.

« Pourquoi es-tu devenue l'amie de Krystie James ?

— Parce qu'elle était tellement chouette !

— Tu veux dire : belle ?

— Oui ! Vous ne trouvez pas qu'elle est belle ?

— Si ! Mais affreusement méchante !

— Oh ! cela, oui... Elle fait du mal à chaque fois qu'elle le peut !

— Par exemple ?

— Eh bien, un jour, elle a saisi Mary, qui a huit ans, par le cou et elle m'a expliqué : "Tu vois, c'est

comme cela qu'on peut tuer quelqu'un." Une autre
fois, elle a égorgé le pigeon de mon frère.

— Et tu l'as regardée sans rien dire ?

— Si, si. Je lui disais : "Tu ne vas pas faire cela..."
Mais elle l'a fait.

— Pourquoi es-tu restée son amie si tu trouvais
cela tellement affreux ?

— Je ne sais pas. Je voulais toujours jouer avec
elle, absolument. Je ne voulais pas la quitter.

— Tu étais là quand elle a tué William ?

— Non... enfin... elle m'avait dit qu'il fallait le tuer.

— Mais pourquoi, bon sang ?

— Je ne sais pas. On savait qu'il était dans la maison en ruine. Devant le trou, comme je ne voulais
pas entrer, Krystie s'est moquée de moi : "Tu te
dégonfles ? Cela ne fait rien. Je vais te montrer, tu vas
voir, c'est vite fait." Quelques instants après, elle est
ressortie... Elle était toute rouge et elle m'a dit : "Ça
y est... Tu vois, cela n'a pas été long, c'est vraiment
facile. On recommencera."

— Et les lettres ? Enfin, les petits bouts de papier
que vous avez distribués dans le home d'enfants ?

— C'est elle qui a fait le modèle. Après, elle en a
écrit cinq et moi aussi. Le soir, on est montées en
douce dans le dortoir et on a distribué les papiers.

— Mais comment as-tu pu faire une chose
pareille ?

— Moi, je prenais cela pour des blagues.

— Et l'assassinat de Peter Corley, tu y étais ?

— Ben... oui. »

Et la fillette, en hésitant, ravivant l'horreur de la
scène, raconte comment elles se sont rendues, le
31 juillet, à leur place de jeu préférée : un terrain
vague plein de détritus et de châssis de voitures
rouillées. Peter était là, avec son chien. Krystie s'est
mise à le pincer. Lorsque Pamela lui a dit : « Mais
laisse-le donc tranquille », Krystie, qui paraissait très
surexcitée, l'a repoussée violemment. Des garçons
sont arrivés. Krystie leur a crié alors : « Fichez-moi

le camp ou je vous chasse avec le chien ! » Tandis qu'ils s'enfuyaient, Krystie a jeté le petit garçon de trois ans à terre, elle s'est agenouillée et a serré ses mains autour de son cou. Enfin, elle a relevé la tête et dit à Pamela : « Tiens, continue, moi je n'en peux plus. »

Pamela affirme qu'elle a pris alors ses jambes à son cou, ne voulant pas faire de mal à Peter qu'elle aimait beaucoup.

Elle précise :

« Lorsque je suis partie, je suis sûre qu'il vivait encore et j'ai cru qu'elle allait le laisser. »

Puis elle est rentrée chez elle, mais Krystie est revenue la chercher avec le chien de Peter :

« Viens avec moi, tu vas voir, c'est une surprise. »

Elle la conduisit ainsi auprès de l'enfant dont les lèvres étaient bleues et qui était mort. Avec une lame de rasoir qu'elle avait apportée, elle a coupé quelques cheveux au cadavre et a tracé sur son ventre un K et un P pour Krystie et Pamela.

« C'est tout ? demande enfin le policier qui interroge Pamela.

— Oui. Je me suis enfuie, mais une heure plus tard Krystie m'a obligée encore à retourner près de Peter.

— Et puis ?...

— Le lendemain, heureusement, je suis partie en colonie de vacances. »

Noël 1969 est proche : dans la salle des assises de Newcastle résonne la voix pure d'une fillette de onze ans qui dit poliment, pleine de respect :

« Je remercie les jurés de leur verdict. »

Au moment où Pamela Collins, lavée de l'accusation de meurtre, se lève pour suivre le policier qui lui rend sa liberté, à ses côtés, sur le banc des accusés, Krystie James, onze ans, qui fut sa meilleure amie, d'un geste rapide, rejette ses cheveux en arrière et lui crie :

« Pamela, je te hais ! »

Puis l'avocat de Krystie, encore ému de la sentence qui vient d'être prononcée contre elle, la voit se retourner pour lui demander ironiquement en croisant les bras :

« Et maintenant, qu'est-ce qu'on fait ? »

Le verdict est : « Coupable de meurtre avec préméditation. » Mais que faire de Krystie ?

C'est évidemment la question que se pose toute l'Angleterre. Sur la suggestion des psychiatres, Krystie James, onze ans, vient d'être jugée comme une adulte responsable et non comme une enfant incapable de comprendre la conséquence de ses actes. Bien qu'elle ait toujours nié, pas un Anglais ne doutera jamais de sa culpabilité.

Comme on ne veut pas d'elle dans les maisons de rééducation, force est de l'emprisonner avec les criminelles adultes. Et les Anglais s'empressent d'oublier la plus jeune criminelle d'Angleterre.

Ainsi jusqu'au mois de mai 1972 où elle se rappelle à leur bon souvenir en s'évadant. Sa cavale ne dure que trois jours. Selon la presse anglaise, elle les passe avec l'homme qui l'avait prise en auto-stop. Ce sera sa première histoire d'amour.

Deux ans plus tard, en mai 1974, la voici libérée. Elle a maintenant vingt-deux ans, et les autorités judiciaires estiment qu'elle est en mesure de reprendre sa place dans la société. En prison, elle a étudié et passé des examens. Devenue une ravissante jeune femme au minois de chatte et aux yeux bleus, elle fait toujours montre d'une forte personnalité.

« Je n'ai pas peur d'affronter le monde, dit-elle. Je ne changerai pas de nom. Il faudra que l'on m'accepte comme je suis, avec mon identité et mon passé. »

Défiant l'opinion, elle décidera de rentrer vivre dans sa ville natale, à l'endroit même où les passants jetaient des pierres contre la maison familiale.

LES BOURGEOIS DE COLOGNE

A quoi ressemble le richissime marchand de houblon Théo Kholer ? Il ressemble comme deux gouttes d'eau au richissime marchand de houblon Ader Krantz. Même carrure, même estomac de grand buveur de bière, mêmes joues pleines et roses, même voix tonitruante.

Le premier téléphone au second depuis Cologne, dans la bonne ville de Kulmbach.

« Ader, j'ai un grand service à te demander, il s'agit de mon fils aîné Georges. Pourrais-tu le prendre en stage pour une année ?

— Sans difficulté, mon cher Théo ! Qu'est-ce qu'il y a ? Des ennuis avec ton garçon ?

— Cette génération me rend malade ! Tu connais mes principes ! Je n'ai pas élevé un fils jusqu'à vingt-cinq ans pour qu'il fasse des bêtises avec la première pin-up venue !

— Une pin-up ?

— Elle se prend pour une pin-up, en tout cas. Ma secrétaire Kristel, tu la connais ?

— Jolie fille !

— Possible, mais l'aîné des Kholer a autre chose à faire qu'à courir après une petite secrétaire. Elle l'a envoyé promener, pourtant, mais il s'obstine ! Un vrai désastre, mon vieux ! Le gamin rêve au clair de lune, lui envoie des fleurs et des poèmes, il la coince dans les couloirs, c'est devenu infernal.

— Renvoie la secrétaire !

— Ah ! non. Pour une fois que j'en tiens une sérieuse. Alors, c'est dit, je te l'envoie ?

— Expédie-moi le don Juan, j'en fais mon affaire ! Chez moi, il sera bien obligé d'apprendre le métier. Ma secrétaire est un vrai repoussoir, et il y a long-temps qu'elle a passé le cap des fredaines.

— Je compte sur toi.

— Entendu. »

Le cours du houblon est inchangé, la fortune de Théo Kholer et celle d'Ader Krantz se maintiennent solidement depuis la fin de la guerre. Ils ont reconstruit maison, industrie, honneur et compte en banque. Ils se comprennent : un fils de vingt-cinq ans doit marcher sur les traces de son père et épouser une fille de son monde, de son sang et de sa fortune à venir. Question de principe !

Question subsidiaire : peut-on construire un criminel à base de principe ?

Réponse : oui.

Georges Kholer a donc vingt-cinq ans. Le voici qui pénètre dans la villa cossue et moderne de l'ami Krantz. Même architecture, même décor que chez son père.

L'ami Krantz, qui n'a pas de fils, examine le rejeton de son vieux camarade.

Un toupet de cheveux lisses bien peignés de gauche à droite au-dessus d'un front étroit. Une paire de sourcils effarés, un regard inquiet derrière des lunettes d'étudiant sage. Un nez droit à la narine large et le reste du visage en forme de poire soutenu par un nœud de cravate étriqué.

Intérieurement, l'ami Krantz se dit :

« Aucun caractère, trouillard, le dos mou. J'espère qu'il a au moins le sens des affaires. Et en plus, monsieur boit du soda américain ! Pauvre Théo, enfin, tâchons d'améliorer l'héritier. Entre vieux copains de guerre, c'est la moindre des choses. »

L'héritier est donc invité à faire partie de la maison familiale des Krantz et à s'intégrer aux affaires des Krantz.

Ici, mêmes principes et même métier que chez son père. Il sera formé au houblon et à la discipline de son rang, ou il cassera...

Mais, à haute voix, l'ami Krantz accueille le nouveau venu avec une bonhomie étudiée :

« Alors, jeune homme, on vient faire ses classes chez un concurrent ? Excellente idée de ton père ! A partir de demain, je te colle à la manutention. Tu commences à six heures, une pause à dix heures, fin du travail à dix-sept heures. Le bas de l'échelle, mon garçon. Je ne connais rien de mieux que ça pour t'en dégoûter et te donner l'envie de grimper dans les étages supérieurs. Mais tu apprendras le métier à la base et ça te fera les muscles. Ensuite, tu apprendras à gérer les stocks, puis on te mettra à la comptabilité et, si tout va bien, tu finiras ton stage avec moi. Entre-temps, je te conseille de bien dormir la nuit et de faire du vélo le dimanche.

Georges Kholer remercie, promet d'être à la hauteur de sa tâche et on le conduit à la chambre d'ami.

« On », c'est le grain de sable, l'éternel grain de sable qui vient toujours se glisser dans les belles mécaniques humaines.

« On » a vingt-deux ans, les cheveux sages, des yeux clairs et doux, un visage fin et souriant, une grâce discrète et une éducation religieuse sans faille. « On » s'appelle Anna et occupe dans la maison Krantz la modeste situation de bonne à tout faire.

Anna porte donc les valises de « Monsieur Georges », ouvre les volets de sa chambre sur l'immensité des champs de houblon, prépare la couverture et se retire avec un charmant sourire timide.

« Je vous souhaite un bon séjour, monsieur. Votre petit déjeuner sera prêt à cinq heures trente dans la petite salle à manger. Si vous avez besoin de moi, vous sonnez ici. »

Anna est le seul vrai sourire qui ait accueilli le malheureux Georges, amoureux transi et repoussé par une secrétaire plus âgée que lui, ignoré par sa mère, terrorisé par son père et chahuté par son jeune frère. Y aurait-il enfin pour lui un peu de chaleur humaine ? Existerait-il quelqu'un qui ne songe pas immédiatement à le juger, à estimer ses capacités d'héritier du houblon, à se moquer de son air gauche et de sa timidité maladive ? Il sourit à la jeune bonne et, au fil des jours, ce qui devait arriver arriva...

Chez l'ami Krantz, millionnaire du houblon dans les années 60, on n'a guère le temps d'examiner les problèmes domestiques.

Mme Krantz, ce soir de juin, engage cependant la conversation sur ce sujet avec son époux.

« Ader, nous avons un petit ennui avec Anna.

— Ma chère, les histoires de bonne te concernent.

— Elle est enceinte, ce n'est pas convenable. Une fille que j'ai sortie de sa famille à seize ans, vierge et pratiquante !

— Enceinte ? De qui ?

— De ton protégé, évidemment, le fils Kholer.

— Ce garçon a décidément le diable au corps ! Lui as-tu parlé ?

— Je lui ai fait la leçon, bien entendu. Je lui ai expliqué que cette fille n'était pas faite pour lui et qu'il aurait pu au moins éviter de lui faire un enfant. Il est notre invité, mais tout de même ! Je tiens à cette fille, c'est une domestique parfaite et bonne lingère. Cela m'ennuierait de m'en séparer.

— Eh bien, il n'y a qu'à lui proposer cent marks d'augmentation, elle pourra s'en tirer.

— Ce n'est pas si simple, Ader, il est amoureux et mademoiselle ne supporte pas les moqueries du personnel !

— Diable, ça se voit tant que ça, qu'elle est enceinte ?

— Il y a presque six mois déjà.

— Ce garçon est un imbécile ! Me voilà obligé de prévenir son père. Après tout, c'est à lui d'indemniser Anna.

— J'ai peur que la situation ne soit pas si simple. Il a décidé de la présenter à ses parents et de l'épouser !

— Il a décidé ? Voilà bien la première fois qu'il

décide quelque chose, celui-là, et bien entendu c'est une bêtise ! Anna est d'accord ?

— Anna n'a pas très confiance en lui. D'après ce qu'elle m'a dit, il a déjà promis dix fois de l'emmener à Cologne et de la présenter à son père, mais il n'arrive pas à se décider.

— Eh bien, nous allons l'y expédier pour une semaine de vacances ! Il sera bien obligé d'affronter le vieux Kholer, je vois ça d'ici !

— Et s'il l'épouse ? Je n'aurai plus de bonne ! Anna est faite pour ce métier, il est impensable de l'imaginer devenant Mme Kholer, héritière des houblons Kholer !

— Aucun danger, je connais trop les principes de ce vieux Théo. Il va tempêter, déshériter son fils, renvoyer la belle et tout rentrera dans l'ordre. Le garçon finira son stage chez papa et Anna rentrera chez nous.

— Avec un bébé ? Tu n'y penses pas !

— Ma chère, les crèches sont faites pour ces gens-là ! A elle de prendre ses responsabilités mais, crois-moi, il faudra l'augmenter un peu si tu veux la garder. »

Devant les juges, quelque temps plus tard, Ader Krantz et son épouse ne craindront pas de répéter cette conversation dont la teneur leur apparaît toujours comme raisonnable.

C'est ainsi que Georges Kholer quitte la bonne ville de Kulmbach le 21 juin 1961 dans la voiture offerte par sa mère, en direction de Cologne et de son père.

A-t-il pris réellement la décision ? Voici son récit :

« J'ai retrouvé Anna à la gare centrale, elle avait bonne mine, elle était élégante et on ne voyait pas qu'elle était enceinte. A peine dans la voiture, elle a commencé à me supplier de l'emmener à Cologne. J'hésitais, j'avais peur de présenter à mes parents une bonne qui attendait un enfant de moi. Je voulais les préparer, y aller seul une première fois. Anna m'a accusé de chercher de mauvais prétextes. Ensuite, elle m'a dit que je roulais trop vite et a pris le volant. Elle était nerveuse, elle me disait :

« " Jette-toi contre un arbre, comme ça, on sera morts tous les deux et tu n'auras plus de décision à prendre ! Tout sera arrangé !"

« Ensuite, on s'est arrêtés sur un parking et on s'est disputés. Elle voulait garder le volant pour aller à Cologne. Moi, je ne voulais pas. Elle est vraiment devenue hystérique, elle s'est mise à crier :

« " Alors, c'est comme ça ? C'est comme ça que vous vous conduisez chez les gens distingués ? Vous couchez avec la bonne et vous vous esquivez ! Tu n'es qu'un mufle et un enfant gâté. Ce que tu cherches, c'est à te débarrasser d'un marmot qui t'encombre. Eh bien, vas-y ! Conduis, emmène-moi où tu veux ! Fonce sur la route, écrase-nous contre un arbre, espèce de lâche !"»

Selon Georges Kholer, ce sont les dernières paroles d'Anna.

Après, il ne sait plus. Il parle d'un brouillard rouge dans sa tête. Ce serait donc dans ce brouillard rouge que Georges Kholer, héritier des houblons Kholer, aurait agi avec la précision que voici :

Il y avait sur la boîte à gants de la voiture un élastique large et solide destiné à maintenir les cartes routières. Il a arraché cet élastique et a étranglé Anna. Ensuite, il a foncé sur l'autoroute jusqu'à un chemin forestier. Il s'est enfoncé le plus loin possible dans les bois pour y cacher le corps. Il a arraché les boutons de nacre de son veston à cause des empreintes d'Anna qui s'était agrippée à lui.

Puis il est retourné à Cologne, toujours à une vitesse folle, et a jeté dans le Rhin tout ce qui pourrait le compromettre, le sac à main et les papiers d'Anna, même l'élastique. Il a fait laver la voiture dans une station-service, essuyé lui-même le tableau de bord, le volant et l'intérieur des portières, puis il est arrivé chez ses parents, sa veste sur l'épaule, l'air d'un bon garçon bien gentil et bien obéissant, venu pour une semaine de vacances.

Six jours plus tard, le corps d'Anna était identifié, sa liaison avec Georges révélée et il passait aux aveux sans réticence, avec une sorte de soulagement, réclamant le rétablissement de la peine de mort « pour que sa tête soit la première à tomber ».

« J'ai voulu mourir aussi, je n'en ai pas eu le cran ! Et j'ai tué le seul être que j'aimais ! »

Ces déclarations emphatiques furent faites au moment de l'inculpation. Mais au tribunal, Georges se bat pour éviter la réclusion à vie. Sa famille a proposé aux parents d'Anna une somme de vingt-cinq mille marks s'ils ne se portaient pas partie civile.

Les deux avocats de Georges développent la théorie selon laquelle le garçon n'aurait pas tué s'il n'avait pas craint autant son père. Ils rappellent que ce père avait déjà menacé de déshériter son fils lors d'une première liaison avec une « petite » secrétaire. On met en valeur un détail (important, paraît-il). Les relations commerciales entre les deux maîtres du houblon auraient été affectées par le scandale d'une liaison ou d'un mariage avec Anna ! Et Georges le savait. Son père aurait rompu avec Ader Krantz une association qui bénéficiait aux deux sociétés.

Enfin, le père déclara lui-même à la barre :

« Je suis responsable, mon fils me craignait trop. Il me craint depuis toujours. Il a accumulé les complexes d'infériorité. Il a tué à cause de moi. »

La famille d'Anna, simple et modeste, a retiré sa plainte devant le chagrin de la famille de Georges. Ils ont entendu sans frémir que leur fille avait peut-être eu l'intention de « mettre le grappin sur un héritier en le mettant devant un "bébé accompli" ».

Anna, petite bonne bien sage, au sourire plein de charme et de gentillesse, n'avait en fait pas grand monde pour la défendre, à part le procureur.

Quant au bébé de six mois, il fut dit que l'on aurait pu le sauver par césarienne si l'assassin, pris de remords, avait transporté la mère à l'hôpital aussitôt après le crime.

Mais il y avait ce soi-disant brouillard rouge, guère de remords, et, à travers la mère, n'était-ce pas surtout le bébé que Georges supprimait ? C'est quelque chose de grave que d'avoir un enfant, d'important, qui donne des responsabilités, qui oblige les pères et mères à devenir adultes. Cela fait plus peur qu'un père, un bébé ! Les psychiatres amenés par la défense eurent tout loisir de broder sur la question du bébé...

Le crime paraît bien facile et l'art de la justice est si difficile...

Et Georges Kholer a vécu quinze ans de réclusion criminelle entre 1961 et 1976. Il a retrouvé la vie à quarante ans.

ROUDI ET MOI
DANS LA MÊME TOMBE

Mal rasé, hagard, l'homme frappe autour de lui la demi-douzaine de policiers qui l'assaillent. Un inspecteur, parant les coups de poing, parvient à lui passer les menottes. C'est la fin. Tout se brouille, se réduit en un minuscule point lumineux. L'écran de la télévision s'éteint, devient noir : le feuilleton policier que diffusait ce soir la chaîne de télévision Z.D.F. est fini, Rodolph et sa mère quittent le canapé.

« Veux-tu une omelette ? demande Joséphine Fischerbold à son fils.

— Oui.

— Cela te suffira ?

— Oui, maman, je n'ai pas faim. »

Un étrange et terrible drame va éclater dans quelques minutes, au chaud de ce bel appartement

d'une ville allemande, le soir d'un dimanche banal et
pluvieux de l'hiver 1963. Rodolph, vingt-sept ans,
juriste, employé à l'état civil, est un beau garçon
blond et calme, un peu fade peut-être, mais que tout
le monde aime bien et qui a gardé de sa tendre
enfance de très bons amis.

« Tu devrais prendre un cachet pour dormir, lui
conseille sa mère.

— Pour quoi faire ? demande le jeune homme un
peu étonné.

— Tu vas avoir une dure journée, demain. »

Rodolph en souriant convient, en effet, que les
heures qui suivent vont être mouvementées : il doit
mettre son travail à jour et s'occuper des derniers
préparatifs du mariage qui, mardi matin, va l'unir
pour le meilleur et pour le pire à sa fiancée Ingrid
Brukner. Le soir même ils partiront pour Venise.

C'est que, chez les Fischerbold, la tradition est toujours et en tout point respectée : il y a un crêpe sur
chaque photo de M. Fischerbold, mort l'année dernière, un crucifix au-dessus de chaque lit, des plantes
vertes devant la fenêtre et une couverture de laine
posée sur le canapé pour ne pas le salir.

Vers vingt-deux heures, Rodolph embrasse sa
mère et gagne sa chambre pour enfiler un pyjama et
se coucher gentiment, jetant avant de s'endormir un
regard sur la photo de sa future femme, blonde et
rose, qui sourit comme un bébé sur la table de nuit.

Joséphine Fischerbold débarrasse la table, range
méticuleusement la vaisselle dans la cuisine : un peu
trop soigneusement, peut-être, comme si elle voulait
gagner du temps. Autrefois brune, aujourd'hui le
cheveu poivre et sel, Joséphine, cinquante-deux ans,
est une femme élégante, bien que moins soigneuse
d'elle-même depuis quelque temps. Visage sans rien
de remarquable, sinon les pommettes un peu
saillantes qui lui devaient, lorsqu'elle était jeune fille,
d'être surnommée « la Chinoise ».

Vingt-deux heures trente. Joséphine traverse le

living-room, suit un petit couloir pour aller coller son oreille à la porte de Rodolph : aucun bruit, il dort.

Quelques pas pour gagner sa chambre, et Joséphine sort du tiroir de sa coiffeuse un petit paquet long et mince. Il porte encore la marque du commerçant qui le lui a vendu voici déjà deux semaines.

Du bout des ongles, Joséphine s'acharne à défaire les nœuds de la petite ficelle qui l'entoure, puis, saisissant l'extrémité du papier, elle laisse le paquet se dérouler de lui-même au-dessus du lit. Il en tombe un couteau. Un long et fort couteau pointu qu'elle ramasse en le saisissant par le manche. Au mur, la photo de son défunt mari, inspecteur des Chemins de fer, la regarde avec indifférence. Depuis qu'il est mort, Joséphine ne vit plus que pour son fils. Ce qui va se passer maintenant est la preuve que personne, aucune famille, n'est à l'abri du drame. Car, jusqu'à cette mort, la vie de famille des Fischerbold était harmonieuse et sans histoire. Il y a d'autres photos dans l'appartement. Ici les Fischerbold en compagnie de leurs amis dans un joyeux pique-nique en Forêt Noire. Là, les Fischerbold en vacances aux Canaries. Plus loin, les Fischerbold souriant à la sortie d'une église ; sur cette photo, Rodolph, qui vient d'être baptisé, n'est qu'un bébé dans les bras de sa mère.

Inspecteur des Chemins de fer, M. Fischerbold n'avait pas un gros revenu : il a donc fallu vivre très raisonnablement pour que le garçon puisse suivre les cours de la faculté de droit.

Chez les Fischerbold, on n'est ni raciste ni contestataire, chacun considère la corrida comme un jeu criminel d'un autre âge et la chasse comme un divertissement sadique. Alors, comment expliquer ce long couteau pointu dans la main de Joséphine ?

Rodolph a connu sa fiancée il y a déjà huit ans, alors qu'il fréquentait un cours de danse. Ingrid, journaliste de mode et mannequin, ne faisait qu'apporter un sourire de plus dans cette maison

heureuse. Lors de sa dernière visite, Rodolph reve-
nait de la pêche avec des poissons vivants. Tous les
trois : la mère, le fils et sa fiancée, incapables de les
tuer, se sont regardés, pouffant de rire, devant ces
poissons qui frétillaient sur la table de la cuisine. Il
a fallu appeler un copain dans la maison voisine
pour procéder à l'exécution. Alors, comment expliquer le long couteau pointu dans la main de Joséphine ?

Toute sa vie, elle s'est montrée d'une humeur égale
envers tous, même envers la fiancée de son fils. Evidemment, de-ci, de-là, elle a exprimé quelque tristesse à l'idée de rester seule après le mariage dans ce
grand appartement. Mais ni plus ni moins que les
autres futures belles-mères. Alors, comment expliquer ce visage crispé, ces dents serrées et ce long
couteau tandis qu'elle sort de sa chambre, traverse
le couloir, pose la main sur la poignée de la porte de
son fils ?

La poignée tourne lentement. Retenant son souffle,
Joséphine passe le visage par l'entrebâillement. Dans
la chambre obscure, aucun bruit, sinon une respira-
tion profonde.

Le temps de s'habituer à cette obscurité, puis Joséphine, lentement, s'approche. La lueur venue du couloir lui permet de distinguer dans les draps le visage
de Rodolph.

Mais le cou n'est pas visible... Or, c'est le cou
qu'elle veut trancher.

Doucement, de la main gauche, Joséphine soulève
le drap. Elle n'a pas un regard pour le visage paisible
de son fils. Elle ne voit que la tache blafarde du cou
qui, petit à petit, se dévoile.

Alors, sa main droite se crispe sur le manche du
couteau pointu, affûté de neuf, et d'un geste rapide
tranche la gorge de son fils.

Le sang jaillit. Mais Rodolph se redresse et
découvre sa mère debout, près de lui, un couteau à

la main. Il ressent une sensation tiède sur sa poitrine et voit pulser de sa gorge un liquide sombre.

Il a malgré tout la force de sauter du lit :

« Oh ! maman ! Qu'est-ce que tu as fait ? »

C'est un râle plus qu'une question, qui s'étouffe dans le sang. Encore quelques pas et il s'écroule sur la moquette du couloir.

Joséphine regarde l'agonie de son fils en murmurant plusieurs fois de suite :

« Pauvre chéri... Pauvre chéri. »

Après quoi elle va dans le living-room chercher un coussin pour le glisser sous la tête du jeune homme. Celui-ci tardant à rendre le dernier soupir, elle lève encore une fois le couteau pointu pour le lui plonger dans le cœur.

Joséphine vient d'entendre frapper à la porte d'entrée. La famille Herbert, locataire du dessous, a été réveillée par le bruit lorsque Rodolph s'est effondré dans le couloir. Mme Herbert, ayant jeté un manteau sur ses épaules, vient de gravir l'escalier quatre à quatre. Elle demande maintenant derrière la porte fermée :

« Avez-vous besoin d'aide, madame Fischerbold ? »

Elle entend la voix calme de celle-ci lui répondre :

« Non, non, merci madame Herbert, ce n'est rien. Mon fils vient d'avoir un petit malaise, mais cela va mieux. Merci encore. »

La voisine, tranquillisée, redescend chez elle, tandis que Joséphine pieusement recouvre le cadavre avec la couverture qu'elle vient de prendre sur le canapé.

Cela fait, elle ouvre en grand le robinet du lavabo de la salle de bain pour laver ses bras pleins de sang. De retour dans sa chambre, la voici qui revêt la robe de deuil portée pour la dernière fois lors de l'enterrement de son mari.

Dans le living-room elle ouvre le petit secrétaire, sort du papier à lettres, s'assoit confortablement et commence à écrire une lettre d'adieu. Une longue longue lettre qui lui demande plus d'une heure de rédaction, car elle en remplit quatre pages d'une écriture nette, précise, sans la moindre trace d'agitation. La lettre commence par la phrase suivante : « Je quitte la vie et j'emmène Roudi avec moi. Tout ce que je vais écrire est la plus stricte vérité. Personne ne ment dans un moment pareil. »

Le reste traduit son désespoir, sa terreur de la solitude, sa jalousie, sa rage froide de voir son fils épouser ce mannequin blond et rose au sourire de bébé. La lettre se termine par cette prière : « S'il vous plaît, mettez-nous, Roudi et moi, dans la même tombe. Nous voulons rester ensemble. Adieu. »

Seul signe de son trouble : elle oublie de signer. Mais elle n'oublie pas de déposer près de la lettre l'argent nécessaire à l'enterrement : ce qui lui reste de l'assurance touchée à la mort de son mari.

A sept heures du matin, en un lundi pluvieux d'automne, Mme veuve Joséphine Fischerbold, cinquante-deux ans, qui vient d'égorger Rodolph, son fils de vingt-sept ans, sort de sa maison bourgeoise, méticuleusement vêtue de son manteau d'astrakan, un petit foulard noué autour du cou et coiffée d'un chapeau qui ajoute à l'ensemble une touche de respectabilité parfaite.

Dans le parc municipal, qu'elle doit traverser pour se rendre à la gare, elle ouvre son sac à main, en sort la bague de fiançailles de Rodolph qu'elle jette avec désinvolture dans un buisson.

Huit heures trente. Elle monte dans le train.

Huit heures quarante-cinq. Elle quitte quelques instants son compartiment comme si elle se rendait aux toilettes. En réalité, Joséphine se contente d'ouvrir la porte du wagon, pour jeter dans la campagne le long couteau pointu et sanglant.

Neuf heures quinze. Parvenue dans la petite ville qui semble être le but de son voyage, Joséphine accomplit à pied le trajet qui sépare la gare de l'église, où elle s'agenouille et prie pendant une quinzaine de minutes. Avant de quitter l'église pour retourner à la gare, elle glisse deux cents marks en billets dans le tronc.

Neuf heures quarante-cinq. La voici qui monte de nouveau dans le train comme si elle voulait retourner chez elle.

A la même heure, au quatrième étage de la maison bourgeoise, un ami de Rodolph, venu le chercher pour l'aider dans ses préparatifs de mariage, après avoir longtemps sonné et frappé, s'étonne que personne ne lui réponde. La voisine du dessous, Mme Herbert, le rejoint quatre à quatre :

« C'est bizarre, dit-elle. Cette nuit j'ai été réveillée par un bruit. Mme Fischerbold m'a dit que son fils venait d'avoir un malaise. Pourvu que cela ne se soit pas aggravé. »

L'ami de Rodolph, inquiet, à tout hasard, essaie de jeter un œil par le trou de la serrure. Or, que voit-il par le trou de la serrure ? Exactement dans son champ visuel... Le corps de son ami qui semble dormir dans le couloir, allongé sous une couverture, la tête sur un coussin. Mais un rayon de lumière venu d'une fenêtre lointaine laisse deviner une énorme tache sombre autour de lui sur la moquette.

« Ma parole, c'est du sang ! »

Dix heures. Profitant d'un arrêt dans une petite gare, Joséphine, apparemment décidée à se suicider, saute de son wagon, se rend au bout du quai, descend sur la voie et marche quelques instants entre les rails. Elle cherche un endroit propice, un virage par exemple, qui empêcherait le conducteur d'un train de la voir de loin, ou bien un arbre, un muret qui lui permettrait de se dissimuler pour se jeter sous la locomotive au dernier moment.

Mais dans les champs, de loin, des paysans

l'observent, étonnés de voir une femme marcher ainsi sur la voie. Elle décide alors d'attendre qu'ils soient partis. Peut-être dans une heure ou deux iront-ils déjeuner. Elle a tout son temps.

Dix heures trente. Sous une pluie battante, Joséphine a gagné le centre de la petite ville pour entrer dans un café et attendre l'heure du déjeuner. Elle prend une tasse de thé et mange des gâteaux. De retour à la gare, une heure plus tard, elle consulte les horaires des chemins de fer. Un train est prévu pour dix heures cinquante. Quinze nouvelles minutes à passer dans la salle d'attente. Après quoi elle gagne l'extrémité du quai, descend sur la voie et marche au-devant du train.

Le voici qui apparaît, tout là-bas, très loin, minuscule. Le train approche tandis que Joséphine avance d'un pas égal, enjambant la pierraille de traverse en traverse.

Il n'y a plus de paysans dans les champs, mais un arbre à droite, et un peu plus loin un muret sur la gauche. Or, non seulement elle ne se dissimule pas, mais se fige bien visible au milieu de la voie lorsque le train n'est plus qu'à 200 mètres.

Après avoir fait hurler sa sirène, le conducteur actionne brutalement les freins, et dans un hurlement le lourd convoi s'arrête à quelques pas.

Dans le bureau du commissariat, un vieux policier bourru, ancien combattant qui doit à une grenade sa gueule de travers, voit s'asseoir devant lui le distingué expert en psychiatrie qui vient d'interroger la criminelle :

« Alors ?

— Alors c'est une dépression, dit le psychiatre aux cheveux en brosse, essuyant ses lunettes.

— Une dépression ? Dites plutôt que c'est une folle !

— Elle a en effet le comportement d'une folle, admet le psychiatre. Etre fou, c'est avoir un comportement anormal. Si je suis là, c'est pour expliquer pourquoi, comment elle en est arrivée à ce comportement que vous appelez : la folie... Je vous en parle ou je me contente de faire un rapport au Parquet ?

— Allez-y, grogne le vieux policier, je vous écoute.

— Eh bien, Mme Fischerbold a été poussée à l'assassinat par un complexe mère-fils maladif. Celui-ci s'est aggravé après la mort de son mari, pour prendre de monstrueuses proportions lorsqu'elle a su qu'elle allait perdre Rodolph à cause de ce mariage. La psychose dépressive, d'abord lente, est devenue une force capable de faire exploser sa personnalité.

— Je veux bien, mais de là à tuer son fils...

— Ce n'est pas tellement étrange, monsieur le Commissaire, cela peut arriver à bien des gens, n'importe quand, n'importe où. L'assassinat a été préparé soigneusement et n'a donc pas eu lieu dans un instant de colère : ce n'est pas un crime passionnel. Le but d'une personne dépressive, son objectif essentiel, c'est de se nuire, de se démolir, de se détruire. Et tout ce qui lui barre le chemin, tout ce qui l'empêche d'atteindre ce but doit être écarté, anéanti, quoi que ce soit ou qui que ce soit. Dans le cas de cette femme, la dépression est tellement forte qu'elle a éteint l'amour très réel qu'elle portait à son fils. Son fils vivant, elle ne pouvait pas se suicider, alors elle l'a tué.

— Moi je veux bien, grogne encore le commissaire, mais comment expliquez-vous le cynisme avec lequel elle vient de m'avouer son crime ?

— Ce n'est pas du cynisme, monsieur le Commissaire, mais une sorte de sérénité. Elle m'a dit : "A présent, je suis contente de ne pas m'être suicidée. Maintenant, je peux expier. Je veux expier." La mort du fils a supprimé le complexe, donc supprimé l'intention de se suicider. Les onze mille marks qu'on a trouvés sur elle démontrent que, consciemment ou non, elle ne comptait plus se suicider. Elle m'a expliqué : "Je les ai mis sans réfléchir dans mon sac." »

Un petit détail : l'église catholique refusera à Rodolph un enterrement religieux, le considérant comme excommunié. Explication : il avait l'intention d'épouser Ingrid dans une église protestante.

Les conventions et les explications à propos de tout, et son tout, finiront-elles par rendre fous jusqu'à ceux qui les créent et les recherchent ?

Table

En Jaguar le dimanche 5
Monsieur le chef de rayon 13
Le caisson de surcompression 21
Flash-back 30
La femme aux béquilles 38
La mère d'Isabelle 47
J'avais dit que je vous tuerais 55
Nuit noire 63
Un amoureux des armes 71
Drôle de destin 81
Ecrit dans la poussière 89
Comme un soupçon 97
Des aveux spontanés 105
Psychomeurtre 114
Insuffisant en allemand 123
Balthazar savait 133
L'assassin des petites filles 141
Il était gentil, papa 150
La mort au téléphone 159
Hélène est restée seule 167
Le furoncle d'Odette 176
Susan et personne 184
« Tu vas voir, c'est amusant » 193
Les bourgeois de Cologne 203
Roudi et moi dans la même tombe 210

Composition réalisée par JOUVE

IMPRIMÉ EN FRANCE PAR BRODARD ET TAUPIN
La Flèche (Sarthe)
LIBRAIRIE GÉNÉRALE FRANÇAISE - 43, quai de Grenelle - 75015 Paris.
ISBN : 2 - 253 - 04303 - 6